KB239795

1970's

갈마지
워쩌!

표윤명 장편소설

gasse • 가쎄

갈마지 워쩌!

©표윤명 2012

초판 1쇄 인쇄 2012년 5월 13일
초판 1쇄 발행 2012년 5월 13일

글 표윤명

펴낸곳 도서출판 가쎄 [제 302-2005-00062호]

주소 서울 용산구 이촌동 302-61 jeil 201
전화 070. 7553. 1783
팩스 02. 749. 6911
인쇄 정민문화사

ISBN 978-89-93489-21-7

값 10,800원

이 책의 판권은 지은이와 도서출판 가쎄에 있습니다.
이 책 내용의 전부 또는 일부를 재사용하려면 반드시
양측의 서면동의를 받아야 합니다.

www.gasse.co.kr

1970's 갈마지 워쩌! 시작합니다.

갈마지 워쩌 **순서**

1. 기타의 꿈

"자! 떠나자~ 동해바다로~"

동해바다로 떠나자는 돼지 멱따는 소리가 시원한 살구나무 그늘 아래에서 떠나갈 듯이 들려오고 있었다. 요란한 기타 소리도 짝을 맞추고 있다.

"또 지랄이구먼, 또 지랄이여"

한심하다는 소리에는 부러움마저 담겨 있었다. 아니, 어느 정도는 배 아픔까지 배어 있는 듯했다.

"짜아식. 원제 철 들라구 저 지랄인지 물르겠어!"

일에는 도통 관심 없고 여름철 뙤약볕 그늘아래 쓰르라미 울어대듯 짖어대고 있는 병덕이에게만 관심이 있는 석만이 내뱉는 소리였다.

"하이구, 고연히 넘으 자슥 숭볼거 읍슈. 당신 치다꺼리나 잘 허유."

구장 댁의 울화통이 우르르 쏟아져 나왔다.

"아니, 뭐여? 이눔으 여편네가 근디."

석만은 눈을 부라려 쌍심지를 돋군 채 노려보았다. 그렇지 않아도 기회만 엿보고 있던 차에 잘되었다 싶었던 것이다. 그런 석만의 의중을 알아챈 구장 댁은 이번에도 말꼬리를 슬며시 내려뜨리고 만다.

"일이나 허유, 일이나."

구장 댁이 없었던 일로 하자는 듯하자 이번에는 석만이 이런 좋은 기회를 놓칠 리 있겠느냐는 듯이 목에 힘을 주어 대기 시작한다.

"내 시방 일헐 기분이여? 이 눔으 여편네가 근디 걸핏허문."

석만은 쥐고 있던 호미 자루를 원수진 일도 없는 밭고랑에 냅다 팽개쳐 버렸다. 호미자루가 죽는소리를 한다.

"아! 또 시작이여, 또 시작."

들깨밭 한쪽 구석에 쪼그리고 앉아 강 건너 불구경하듯 묵묵히 김을 매기만 하던 경만이 보다 못해 소리를 냅다 질러댄 것이다.

"아! 일하기 싫으면 싫다고 하고 들어가세요. 거 일하는 사람 김빠지게 하지 말고."

핏대가 잔뜩 오른 경만이 눈을 부라린 채 허리를 곧추 펴며 일어섰다.

"저 자식은 근디 즈 성두 물러 보구."

기세가 꺾인 석만은 도깨비 여울 건너가는 소리로 웅얼거리며 슬그머니 엉덩이를 내려뜨리고 만다. 마누라보다는 늦도록 장가도 못 간 동생이 안쓰러워 그러는 것인지 아니면 그보다 가방끈이 짧은 탓인지 석만은 항상 동생의 눈치를 살피곤 했다.

주저앉은 석만은 내키지 않는 호미질을 설컹설컹 해대며 바랭이 풀을 잡고는 실랑이를 벌여댔다.

"허! 이런 잡놈으 바랭이허군."

구겨진 자존심을 들깨밭 잡초에 휘둘리며 석만은 억지로 시간을 때웠다. 석만이 마지못해 억지로 시간을 때우고 있다는 것은 똑같이 매기 시작한 밭고랑을 보면 알 수 있다. 구장 댁의 펑퍼짐한 엉덩이가 저만큼 앞질러 나갈 때까지도 석만은 똥 싸고 뭉개 앉은 어린애 마냥 그 자리에 그대로 머물러 있었던 것이다. 뿐만 아니라 두 사람의 실룩이는 엉덩이 뒤로 쌓이고 있는 풀더미가 확연히 다른 것에서도 알 수 있었다. 구장 댁의 뒤로는 뾰족산 갈미봉만큼이나 커다랗게 쌓여 가고 있었는데 석만의 뒤로는 마당에 내질러 놓은 어린애 똥만큼이나 작달막한 것으로 충분히 헤아릴 수 있었던 것이다.

"아! 이렇키 뜨거운 날 더위라두 먹으면 오쩔라구 쉬지두 않구덜 일만 해쌌는댜."

더 이상 참기 힘들었던지 욕먹을 각오를 한 석만은 또다시 한마디 내뱉고 말았다. 그러자 이번에도 구장 댁은 기다렸다는 듯 쏘아붙였다.

"이 썩어빠질 놈으 인간아! 덥다구 뭇허구, 춥다구 뭇허구. 그럼 온제 일을 헌단 말여. 온제?"

구장 댁은 시퍼렇게 풀물이 든 수건을 벗어 세수한 듯 번들거리는 땀을 닦아내고는 허공에 휘둘러대며 삿대질을 해댔다.

"아! 내 얘기는 좀 쉬었다 허자는 거지 뭐."

석만은 양심이 찔리는지 이번엔 마누라의 화딱지에 맞대응하지는 않았다.

"뭔 일을 그렇게 후억지게 했다구 쉬어, 쉬긴."

구장 댁의 한심하단 투에 듣다 못한 경만이 다시금 허리를 펴고 일어섰다.

"정 그렇게 힘들면 저기 병덕이 있는 그늘에 가서 좀 쉬었다 오세요."

경만의 말에 기다렸다는 듯 석만은 염치도 없이 금세 희번득한 얼굴이 되어 싱글거려댔다. 그리고는 은근한 목소리로 재차 확인을 하듯 물었다.

"그래두 되겠냐?"

"잠깐 다녀오세요."

경만은 심드렁한 목소리로 석만의 반문에 대꾸하고 말았다. 경만의 목소리가 심드렁한 이유는 이미 석만이 일하기는 글렀다는 것을 알아차린 것은 물론 이런 일이 어제오늘의 일만도 아니었기 때문이다.

"으이그, 저것두 사내라구 내가 여지껏 믿구 살았으니 내가 미친년이지. 미친년."

구장 댁은 무릎을 탁탁 두들겨대며 신세타령과 함께 밭고랑에 다시 주질러 앉았다.

"뭐여? 저눔으 여편네가 근디."

독 오른 독사처럼 석만이 핏대를 잔뜩 끌어올리자 경만이 다시 나섰다.

"아, 그만하고 빨리 나가세요. 일하는데 방해하지 말고."

경만의 핀잔에 석만은 못 이기는 척 슬그머니 발길을 돌리고 말았다. 한여름 뙤약볕은 달달 거리며 콩을 볶아대는 솥 안처럼 후끈하니 그렇게 달아오르고 있었다.

한가한 쓰르라미가 귀 따갑게 울어대고 있는 밭둑 위 살구나무 아래 평상
에는 병덕이가 여전히 기타를 둘러맨 채 다리를 꼬고 앉아 신이 나 있었다.
이렇게도 사랑이 괴로울 줄 알았더라면 다시는 사랑 따윈 하지 않겠다며 인
상을 써대고 있었던 것이다.

흰 셔츠 단추를 두어 개쯤 열어젖힌 채 반쯤 눈을 감은 병덕이는 자기도취
에 빠져 있었다. 폼으로 보아서는 요즘 잘 나간다는 어느 가수 못지않았다.

그런 병덕이 코밑에는 소철이가 쪼그리고 앉아서는 신들린 듯 흔들어대고
있는 병덕이의 손가락에 그만 정신을 잃고 있었다.

"야, 빙덕이 기타 솜씨는 알아줘야 헌다니께. 그새 엄청허니 늘었구먼이."

석만이 평상으로 다가서며 기타 솜씨를 추켜세우자 병덕이는 더욱 눈을
가늘게 치떴다. 그리고는 턱까지 내밀며 더욱 깊은 자기도취의 나락 속으로
빠져들었다. 실로 가관이 아니었다.

"야, 쇠철이 넌 또 여기 웬일이냐?"

석만이 소철의 안부를 묻자 뚫어져라 병덕이의 현란한 손끝을 바라보고
있던 소철이는 히죽거리며 석만에게로 관심을 옮겨갔다. 그리고는 인사를
꾸벅했다. 입가에는 한 자쯤이나 되는 끈끈한 침을 매달고 있었다. 예의 그
멍청한 웃음은 떠나지를 않았다. 아는 체에 감사해 하는 것이기도 했다.

이때 갑자기 기타 줄 끊어지는 소리가 요란하게 들리더니 병덕이의 노랫
소리가 멈췄다.

"에이, 증말 뭐허자는건지 물르겄네."

병덕이는 기타를 내려놓으며 눈살을 찌푸린 채 소철이를 향해 흰자위를

흘겨댔다. 눈알이 돌아갈 지경이다.

"왜 그리나?"

소철이는 느닷없는 병덕이의 화난 모습에 입을 헤 벌린 채 병덕이의 눈치를 살펴댔다. 입에서 늘어진 침이 오르락내리락 야단이다.

"왜 그러냐? 뭣 땜이 그러는거?"

석만은 병덕이가 기타를 멈추고 오만가지 인상을 써대는 것이 자기에게서 멀어진 관심 때문이라는 것을 잘 알고 있었다. 그러나 석만은 그런 병덕이가 재미있어 모르는 척 시치미를 뚝 떼고 말았던 것이다.

"아! 쇠칠이 너 땜에 그러는거 아녀. 넘 카수되는 게 그렇기두 배 아프냐?"

병덕이의 느닷없는 야단에 소철이는 어쩔 줄 몰라 하며 미안해서 고개도 들지 못했다. 나이는 병덕이보다 두어 살 많았지만 갈마지에서 소철이에게 하대하지 않는 사람은 아무도 없었다. 때문에 병덕이가 소철이를 풀 먹은 강아지 나무라듯 나무라는 것은 어쩌면 당연한 일이었다.

소철이는 모자라게 태어나 어려서 버림받았다. 이를 불쌍히 여긴 마을 사람들이 돌아가며 돌보다가 이마저도 여의치 않게 되자 성 부자가 거두어들였다. 헌데 성 부자는 근동에서도 알아주는 자린고비였다. 가진 것은 많으나 받을 줄만 알고 남에게는 못대가리 하나 베풀 줄 모르는 지독한 구두쇠 중의 구두쇠였던 것이다. 그런 그가 소철이를 선뜻 나서 거두어들인 것도 그 나름대로 다 검은 속뜻이 있었기 때문이다. 소철이를 무일푼 거저로 농사 채에 부려 먹을 수 있다는 계산이 있었기 때문이었던 것이다. 그의 그런 시커먼 아궁이 밑구녕 같은 속뜻을 모를 리 없는 마을 사람들이었지만 소철이를 그에게 군말 없이 선뜻 내맡긴 것도 내 코가 석 자인 마을 사람들로서는 별 다른 도리가 없었기 때문이었다.

석만은 병덕이의 속마음을 잘 알면서도 짐짓 모르는 척 소철이만을 나무 랐다.

"야, 쇠칠아! 왜 거 빙덕이 노래 소리는 훼방 놓구 그러냐? 이 쪽으루다 물러서. 니 땜이 빙덕이 노래를 못듣잖냐."

핀잔을 들은 소철이는 시무룩한 표정이 되어 무릎걸음으로 두어 발짝 뒤로 물러섰다. 그제야 병덕이는 화가 좀 풀린다는 듯 기타를 다시 들었다. 자신에게로 모아준 관심에 보답이라도 하겠다는 듯이 말이다.

병덕이는 기타 줄을 고르며 목소리를 가다듬었다. 그때였다.

"쇠칠이 닌 일 다핫냐?"

한 가락 보란 듯이 뽑아 젖히려고 입을 삐죽이던 병덕이는 다시금 김빠진 맥주 꼴이 되어버리고 말았다.

"다했슈. 우리 아저씨가 오늘은 그만 해두 된다구 했슈."

예의 그 멍청한 웃음과 함께 소철이는 석만의 물음에 착실히 대답했다. 병덕이의 우거지상을 벌써 잊은 모양이다. 하긴 처음부터 병덕이의 마음을 알 리가 없었으니 그도 그럴만하다.

"그려, 짜아식."

기특하다는 듯이 흘리고 있는 석만의 대답은 소철이 보다는 병덕이 더러 들으라는 소리였다. 병덕이의 속을 저녁 양말 뒤집듯 확 뒤집어 버리려고 했던 것이다.

"에이, 참!"

병덕이가 다시 핏대를 올려댔다. 그러자 석만은 얼른 병덕이를 타일렀다.

"이, 그려. 알았으니께 어여 신나게 한 곡 뽑어 봐라이."

병 주고 약 주는 격이었다. 병덕이는 입술을 잘근잘근 씹으대며 독 오른 독사 눈으로 괜한 소철이만 노려보다가는 다시 기타 줄을 튕기기 시작했다.

미련 없이, 후회 없이 그저 남자답게 길을 가겠다며 병덕이는 발광을 떨어 댔다. 기타 줄은 끊어질 듯 춤을 춰댔다. 그 옆에 앉은 석만의 어깨도 들썩인 다. 입으로는 병덕이의 노래를 따라 흥얼거려댔다.

앞에 쪼그리고 앉은 소철이도 어깨를 추썩이며 온몸을 흔들어 대는데 헤 벌린 입에서는 맑은 침이 줄줄 흘러내리고 있다. 차마 눈뜨고 못 봐줄 광경 이다.

석만의 흥얼대는 소리가 점점 높아질수록 병덕이의 노래 소리는 점점 더 악을 써대기 시작했다. 그러더니 결국 석만의 기차 화통을 삶아 먹은 듯한 높은 목청을 따라잡지 못한 병덕이가 기타 줄 끊어지는 소리와 함께 또다시 노랫가락을 멈추고 말았다.

"나 참! 오늘 영 노랫발이 안스는구면."

마뜩잖은 표정으로 병덕이가 건너편 성 부자집 과수원을 바라보자 석만은 고까운 표정으로 병덕이를 노려보았다.

"야, 이 자슥아! 으른이 신이 나서 노래즘 따라 불렀기로서니 뭘 그걸 가지 구 지랄이여 지랄이."

석만의 노골적인 닦달에 병덕이는 기타를 들쳐 메고는 자리를 일어섰다.

기타 줄 울리는 소리가 휑하다.

"히, 빙덕아! 한 번만 더 불르자이. 나두 한 번 만 불러보자이."

히죽거리며 소철이가 남의 속도 모르고 눈치 없이 나섰다. 병덕이의 가슴에 불을 확 질러버리고 만 것이다.

"에이, 쌍. 빙신이 지랄허구 자빠졌네, 그냥. 확."

병덕이는 주먹을 쥔 채 소철이를 쥐어박으려는 시늉을 했다. 차마 휘두르지는 못했다. 그래도 소철이는 천연덕스럽기만 하다.

"에이, 빙덕아. 그러지 말구."

석만도 거들고 나섰다.

"그려. 쇠칠이 말대루 승질내지 말구 한 번 신나게 우리 놀어보자 빙덕아. 아! 말이 났으니께 말이지 이 근동에서 그래두 너만 한 카수가 오디 있냐? 니나 되니께 그래두 기타 둘러메고 멋들어지게 노래를 부를 수 있는 거 아녀. 덕분에 우리 같은 촌 무지래기 덜두 기타 소리에 맞춰 한 가락 신나게 뽑을 수 있는거구."

석만은 징그럽게 무더운 여름날 오후 한때를 그래도 시원한 그늘에서 소일하는 데는 병덕이의 기타 소리만 한 것도 없었기에 아니꼽기는 하지만 병덕이의 비위를 맞출 수밖에 없었다.

석만의 추켜세우며 달래는 말에 병덕이는 마음이 풀리는지 삐죽거리며 걸음을 뭉그적거려댔다. 그리고는 아량을 베풀듯이 한 마디 던지는 것을 잊지 않았다.

"뭐, 그렇긴 히두. 아! 노래를 허는디 끼어들구 그러문 오티기 허잖은규.

구장님두 생각을 히봐유. 아! 구장님이 마이크 잡구 노래허는디 쇠칠이가 마이크 뺐어갔구 지랄허문 좋것유?"

병덕이의 마음이 돌아선 것을 확인한 석만은 한 번 더 살살 구슬려댔다.

"아이, 미안혀. 카수 노래허는디 내가 잠깐 실수했구먼. 근디 말여 빙덕이 자네가 워낙 신나게 불러대니께 나두 물르게 그만 노래가 나오는디. 하 이눔으 주딩이가."

석만은 두툼한 입술까지 쥐어 잡아가며 병덕이의 비위 장을 맞춰줬다.

"뭐, 내가 노래헐 때는 십중팔구 그렇키딜 환장을 허긴 허더먼서두."

석만의 배알이 뒤틀렸다. 꼬나보는 눈 하며 말하는 주둥이가 아니꼽고 더러웠지만 그래도 잠깐은 참아야 했다.

"이, 그렇지? 것 봐. 나만 그런 게 아니라니께. 자네의 그 나훈아 뺨치는 노래 솜씨는 말여 이 갈마지 아니, 이 예산의 보배여. 보배. 내 군수헌티 얘기혀서 우리 그 뭐시냐, 거."

석만은 입가에 허옇게 버캐까지 문 채 침을 튀겨대며 병덕이를 추켜세웠다.

"이, 최고다. 최고. 빙덕이가 최고다."

입을 헤 벌린 채 소철이도 거들고 나섰다. 손뼉까지 쳐댔다.

"거봐라. 이 무지렝이 쇠칠이두 알 잖냐? 쇠칠아! 그래 니가 보기에 누가 최고 카수냐?"

"으, 빙덕이지. 빙덕이."

어찌 되었든 두 사람의 연이은 추켜세움에 병덕이의 마음이 서풍에 바람개비 돌아가듯 그렇게 휙 돌아앉고 말았다.

"자리에 앉어유."

점잖은 소리와 함께 병덕이가 다시 다리를 꼬며 평상에 앉았다. 그러자 석만은 기다렸다는 듯 병덕이의 곁으로 바짝 다가가 앉으며 또다시 아양을 떨어댄다.

"저기 말여, 이렇키 동네서 혼자 불를 게 아니라 말여. 저기 왜 있잖여. 콩쿨대회 같은 거 나가보지 그려."

"콩쿨대회유?"

콩쿨대회라는 말에 병덕이 냉큼 호기심이 동하는 모양이다.

"아! 그려. 추석 때 암하리 이발소 앞에서 해마다 허잖여."

병덕이는 어깨를 한 번 으쓱 추스르고서는 기타 줄을 주르르 흔들어댔다. 맑은 기타소리가 때마침 불어오는 시원한 바람을 타고 경쾌하게 쏟아져 나왔다.

"뭐, 내가 그런디 나가겠슈. 즉어두 테레비서 허는 신인가요제 정도면 물러두."

혀까지 차대며 이제 기고만장해졌다. 그런 병덕이를 두고 석만의 눈빛은 아니꼽고 더러워 못 봐주겠다는 표정이다.

"이? 아! 그려, 맞어. 빙덕이 자네 정도면 그 정도는 나가야지. 암은."

고깝고 더러워도 시간은 때워야겠기에 석만은 한 번 더 눈감아 준다. 그러자 병덕이는 아래턱을 더욱 곧추세운 채 실눈까지 뜨고는 다시 기타를 타기 시작했다.

오늘이 가기 전에 떠나갈 당신이니, 영영 가는 아쉬운 당신이니 어쩌며 병덕이는 한껏 분위기를 잡아본다. 하지만 노래의 분위기와는 그다지 어울리지 않는 평상의 형편이 그저 요란스럽기만 하다. 그래도 석만은 즐겁다는 표정이 얼굴 가득하다. 노래가 즐거운 것인지 아니면 병덕이의 백치미가 즐거운 것인지 알 수 없다. 소철이도 덩달아 마냥 즐겁기만 하다.

"야, 즉여준다이."

석만은 즐거운 감정을 억제하지 못하고 그만 큰 소리로 기분을 드러내고 말았다.

"어, 죽인다 죽여. 막 죽여라."

석만의 방정에 소철이가 깨방정을 떨어댔다. 그제야 분위기가 요상함을 눈치챈 병덕이 또다시 기타 줄을 끊어버리고 말았다.

"이런 빙신새끼."

소철이의 지랄 발광에 석만은 소철이의 입을 틀어막았다. 석만의 손가락 사이로 소철이의 게거품이 몽실몽실 새어나왔다.

"에이, 드러워 새끼."

석만은 뜨뜻하고 끈적거리는 불쾌한 무언가가 손가락사이로 스며 나오자 얼른 손을 떼고는 소철이의 등짝에 문질러댔다.

병덕이는 기타를 둘러맨 채 자리를 일어서 석만과 병덕이를 번갈아 노려보았다. 자신의 노래를 우습게 보는 두 사람에 잔뜩 화가 나 있었다.

이때, 마을 언덕 위로 이삿짐을 가득 실은 털털이 용달차가 성 부자네 오리 뒤뚱거리듯 뒤뚱거리며 올라섰다.

"이? 저 건너 서울 양반이 오는구먼. 그러구 보니께 벌써 날짜가 이렇기 됐네. 참 세월 빠르구먼."

병덕이는 심사가 뒤틀렸다. 용례네 앞마당 모과나무 뒤틀리듯 그렇게 배배 꼬인 채 뒤틀린 것이다. 가제나 제 노래실력을 우습게 본 것에 화가 나 있었는데 그나마 아예 관심마저 빼앗기게 되자 약까지 올랐다.

"내 이런 동네서 기타를 친다는 게 참 안 어울리는 짓이지. 뭐, 수준이 맞어야 뭘 허지."

석만의 눈길은 안타깝게 뒤뚱거리고 있는 용달차에서 헤어나지 못하고 있었다. 그러면서도 병덕이의 말은 심드렁히 잘도 받아넘긴다.

"그려, 그럼 니 수준에 맞는디서 한 번 히봐."

석만의 비아냥대는 말에도 병덕이는 쌍심지를 돋운 채 용달차만을 노려보았다. 자신의 관심을 송두리째 빼앗아 간 저놈의 차가 못내 얄밉기만 했던 것이다.

용달차는 황토 길로 접어들어 살구나무 아래에서 멈추어 섰다. 이어 용달차의 유리창이 내려지고 희멀건 사내의 얼굴이 빠끔히 드러났다.

"안녕하십니까? 구장님."

"아이구, 인저 오시는가뷰."

"예, 아침 일찍 출발한다고 한 것이 그만."

"아! 그류."

두 사람은 구면인 듯 반갑게 알은 채를 하면서 인사를 나누었다. 사내는 미안한 기색으로 석만은 고생했다는 듯 그렇게 서로에 대한 예의를 깍듯이 했다.

"그럼 이따가 짐 정리하고 다시 찾아뵙겠습니다."

"아이구 찾어뵙다니유. 지가 이따가 찾어뵈야쥬."

"예, 그럼."

"예, 그러쥬."

다시 한 번 예의를 갖춘 후 용달차는 뒤뚱거리며 뽀얀 먼지를 뒤로한 채 마을 안으로 사라져갔다.

"누구유?"

병덕이가 궁금하다는 듯 물었다. 이제 기타에 대한 미련도 버린 듯했다. 분위기가 식을 대로 식어버렸기 때문이다.

"이, 서울서 내려오는 신 상무라구. 큰 회사의 무슨 부장인가 뭔가 허던 사람이랴. 근디 그 두구 농사 질러 내려오는 겨."

"근디 큰 회사 부장이면 뭣 땜이 이런 촌구석으루다 내려온대유. 벌어놓은 돈두 많을 텐디."

"그러게나 말여. 하튼 그거까지야 내가 알바 아닌디, 저 건너 꼽분이네 집으루 이사오는겨."

"빈집 하나 채워서 괜찮겠네."

병덕이는 심드렁히 골이 났다. 표정도 탐탁치가 않았다.

"빙덕아, 우리 가보자! 저 차 따러 가보자!"

소철이는 분위기 파악도 못하고 괜스레 신이 나서는 병덕이에게 어린아이처럼 보채댔다.

"야, 인마. 거긴 가서 뭐혀?"

"에이, 가서 이삿짐두 날러주구 그러자!"

"이런 빙신 지랄허구 자뻐졌네."

가제나 새로 들어온 사내에 대한 감정이 좋지 않은데다 소철이마저 나서 감싸고돌자 병덕이는 부아가 치밀었다. 그래 냅다 나오는 대로 욕지거리를 쏘아붙인 것이다.

"그려. 내는 빙신이니께 잘난 니는 그 카순가 뭔가나 잘혀봐."

병덕이의 욕지거리에 소철이도 화가 난 모양이다. 흘리던 침까지 튀겨대며 인상을 써댔다. 뽀얀 황토 먼지를 일으키며 사라져간 용달차만을 바라보고 있던 석만도 그제야 소철이에게로 시선을 돌렸다.

"뭐여? 이런."

뜻하지 않은 대꾸에 화가 난 병덕이가 주먹을 불끈 말아 쥐었다.

"야, 야! 그만둬라이. 잘 난 니가 참어야지."

석만은 다급히 병덕이를 말렸다. 그 사이 소철이는 부리나케 언덕 아래로 달려 내려갔다. 그리고는 소리쳤다.

"그려. 빙덕이 동상두 그러면 못쓰는겨. 아무리 못났어두 그러지 말어. 나 이두 내가 더 많은디 씨이. 나는 가서 새 식구를 맞을겨. 우리 동네에 새로 온 식구말여."

소철이의 외침에 두 사람은 잠시 멍하니 서 있었다. 분구더기 위에서 시원한 솔바람이 쏴하니 몰려들었다.

"저런 빙⋯⋯신이."

병덕이는 소철이에게 병신이라 중얼거리며 옹알이를 해댔다. 하지만 더 이상 소철이에게 들릴 만큼 큰 소리로 떠들어대지는 못했다.

소철이는 용달차가 사라져 간 아카시아 이파리 무성한 과수원 길을 따라 멀어져갔다.

사람의 그림자가 마냥 그립기만 했던 곱분이네 마당도 오랜만에 다시 사람들로 북적여댔다. 새로운 식구를 맞이하는 반가움에 마을 사람들이 죄다 모여들어 부산을 떨어댔기 때문이다.

"이거 오랜만에 동네에 경사가 났구먼."

동네 어르신 박 영감이 꾸부정한 허리를 흔들어 대며 하는 반가움에 겨운 소리였다. 목소리에는 신명까지 잔뜩 묻어나 있었다.

"그류. 다 덜 못살겠다구 고향 떠나는 판에 이렇키 시골로 내려오는 분두 있으니"

"그러게 말여. 그러구보니께 이게 몇 년 만이여?"

"기주네 아들낳구 오년만인가?"

"그려, 그러구 보니께 그러네."

새로운 식구를 맞이한 반가움에 갈마지 사람들은 하나같이 흥이 나 있었다. 하지만 떠들썩한 마을 사람들과는 달리 신 상무의 아내는 어깨가 축 처진 채 시무룩한 표정이었다. 심란하게 쌓여 있는 토방 위 이삿짐 때문만은 아닌 것 같았다. 간혹 한숨까지 몰아쉬었다.

신이 난 마을 사람들을 뒤로하고 신 상무의 아내는 토방으로 올라서 이삿짐을 풀어놓기 시작했다. 괘종시계, 솜이불, 라디오, 세숫대야, 옷가지며 숟가락, 밥그릇, 연탄집게까지 온갖 살림살이가 풀어지기 시작했다. 깨진 거울하며 찢어진 달력에 녹슨 장도리가 심란한 마음을 더욱 어지럽게 했다.

빙 둘러선 산과 과수원 그리고 보이느니 시리도록 푸른 하늘과 나무뿐이다. 사람이라곤 지금 모여 있는 이 사람들이 전부인 것 같다. 더구나 보아하니 딱히 대화 삼을만한 사람도 없는 듯했다. 답답하지 않을 수 없는 노릇이었다. 그러니 마을 사람들 입장에서야 즐겁고 경사스러운 일일지 모르겠지만 신 상무 아내의 입장에서는 그저 눈앞이 아득하기만 한 일이었던 것이다. 신 상무의 아내는 깊은 한숨을 몰아쉬었다.

그런 아내의 심정을 아는지 모르는 지 신 상무는 이삿짐을 풀 생각도 하지 않고 그저 마을 사람들과 희희낙락 즐거울 뿐이다. 참으로 답답한 노릇이었다.

"쯤 답답허기는 히두 살어보면 알겄지먼서두 인심이 워낙이 좋아서 잘 왔다는 생각이 절루 들규 아마."

"예, 저도 잘 알고 있습니다. 먼젓번에 내려왔을 때 구장님을 뵙고 나서 그럴 것 같다는 생각이 들었거든요."

신 서방의 동네자랑에 신 상무는 맞장구를 쳐주었다. 입가에는 흡족한 웃음이 가득한 채로였다. 그러자 신 서방은 그러냐며 또 신 상무의 말에 맞장구를 쳐주었다. 두 사람이 죽이 척척 잘도 맞아 돌아갔다.

"근디 신 상무는 오디 신 씨래유?"

신 서방은 족보까지 따지고 들었다.

"예, 평산신씨 사간공팝니다."

"아, 그류. 지는 영산신씬디. 허긴 같은 신씨니께."

신 서방은 신 상무가 같은 영산신씨가 아닌 것이 무척이나 아쉬운 모양이었다.

"뭐여, 시방 종친회라두 헐라는감?"

기주아버지가 나서서 끼어들었다.

"종친회라두 히야지 그럼. 서울서 어렵게 내려온 양반인디."

아쉽기는 했지만 그래도 신 서방은 괜히 좋았다. 서울에서 내려온 신 상무가 같은 신 씨였기 때문이다.

"아줌씨, 서울서 살다 시골루다 내려와서 좀 섭섭허시지유?"

신 서방이 그렇잖아도 심란한 신 상무의 아내에게 말을 걸었다.

"아니에요. 다 사람 사는 곳인걸요."

"앞으루다 여기두 발전헌다니께 쪼금만 참으시먼 괜찮을거유. 서울만은 못히두 말이유."

"예."

신 상무의 아내는 시답잖다는 듯 짧게 대답하고 말았다.

"근디 아줌씨를 뭐라구 불러야헌데유?"

신 서방이 주책을 떨어대자 옆에서 듣고 있던 박 영감이 촐싹거리며 나섰다.

"뭐라고 불르긴 이 사람아. 서울서 내려왔으니께 서울댁이지."

"아! 서울댁유. 그거 좋네유."

신 서방은 혼자 좋아서 난리다. 그리고는 신 상무 아내의 눈치를 살피며 은근히 물었다. 싫다는 대답이 나올까 염려하는 눈치다.

"오떠유? 서울댁이 마음에 드시남유?"

거듭 묻는 말에 신 상무의 아내는 아무렴 어떠냐는 듯 고개를 끄덕였다. 얼굴에는 마지못한 억지웃음마저 머금고 있었다.

"예, 좋네요."

"그럼 아줌씨를 불를 때는 인저 서울댁이라구 불러야겠구먼유."

신 서방의 확정에 마을사람들은 모두 좋아라하며 떠들어댔다.

"인저 갈마지에두 서울댁이 생겼구면."

"그려, 거무실것들 코를 납작하게 해주자구."

신 상무나 서울댁은 이들이 지금 무슨 이야기를 하고 있는 것인지 알 수가 없었다. 그저 서울에서 온 사람들이니 대우를 해 주려고 그러는 줄로만 알았다. 하지만 그 이유는 엉뚱하게도 다른 데 있었다. 옆 동네 거무실에 인천에서 이사 온 인천댁이 있었기 때문이다. 거무실 사람들은 도회지에서 이사 온 인천댁을 종종 자랑삼곤 했다. 그때마다 갈마지 사람들은 거무실의 인천댁을 두고 시샘을 하곤 했었다. 약이 올랐던 것이다. 그런데 이제 서울에서 이사 온 사람이 갈마지에 있으니 그런 시샘은 하지 않아도 될 것이다. 더구나 서울은 인천보다도 더 큰 도시가 아니던가? 그런 갈마지 사람들의 속셈과는 달리 신 상무의 관심은 전혀 다른 데 있었다.

"아니, 여기도 발전을 한다는 소리는 뭡니까?"

신 상무가 옆에 있던 석만에게 물었다.

"이, 그런 얘기가 있슈. 될지, 안 될지는 물르넌디 여기가 개발이 된다는 거유."

개발이라는 말에 신 상무의 호기심이 바짝 당겨진 모양이다. 석만의 팔을 잡아끌며 다시 묻는다.

"자세히 좀 말해 보세요. 어디가 어떻게 개발이 된다는 건지."

"저 앞 과수원으루다 도시계획인가 뭔가가 서 가지구서 읍내 있는 군청허구 경찰서허구 죄다 이리루 나온다는규."

"그래요?"

신 상무의 눈이 반짝 빛났다. 그러면서 생기가 돌았다. 순간, 짐을 정리하며 이야기를 엿듣고 있던 서울댁의 눈빛이 몹시도 불안하게 일렁였다.

"허구, 여기 땅값이 꽤 올랐슈. 요 몇 달 새루다 평당 삼만 원으루다 올렸다니께유. 신 상무가 사둔 성 부자네 사태골 밭두 한 이 만원은 너끈히 받을 수 있을뀨."

석만의 말에 신 상무의 눈빛이 다시 한 번 빛을 발했다. 입가에 웃음꽃이 활짝 핀 것은 덤이자 두말하면 잔소리였다.

"그러구 보니께 이사 오자마자 땅값두 올렸네유이. 아마두 이 갈마지가 신 상무헌티는 복 받은 땅인가뷰."

"그러네이. 집들이 겸해서 한턱 단단히 내여것는디유."

신 서방이 거들며 입맛까지 다셔댔다.

"그러죠 뭐. 덕분에 땅값도 올랐다는데 그 까짓것 못하겠습니까? 또 어차피 해야 할 일인걸요."

떵떵거리는 신 상무에 마을 사람들은 왁자하니 환호성을 질러댔다. 오랜만에

곱분네, 아니 서울댁 앞마당에 사람 사는 맛이 났다.

마을사람들은 해질녘이 다 되어서야 집으로 돌아갔다. 조용해진 마당 너머로 아카시아 푸른 이파리가 뒤늦은 환영을 하듯 손을 흔들어대고 있었다.

비운 지 오래되어 잡초가 수북이 자라난 마당과 무너진 담장은 말이 아니었다. 한참을 다독여야만 집 꼴이 될 것 같았다. 그런데도 신 상무는 무엇에 홀린 사람처럼 밖으로만 쏘다니기에 바빴다. 집안일은 모두 서울댁의 몫이었다.

신 상무는 양복을 폼 나게 빼입고는 여기저기 기웃거리더니 마침내 이사 온 지 얼마 되지도 않아서 읍내의 유지가 되어버리고 말았다. 읍내 다방의 진귀한 고객이 되어버린 것이다.

"미스 조도 한 잔 더하지 그래?"

"어머! 정말요?"

새침한 미스 조는 신 상무의 말에 어쩌면 그렇게도 도량이 넓으냐는 듯, 존경어린 눈빛으로 신 상무를 쳐다보았다. 그런 미스 조의 반응에 신 상무는 더욱 목에 힘을 주어 댔다.

"아! 그럼 커피 한잔 가지고 뭘."

"이름도 참 좋아, 신 상무. 난 사장보다도 상무나 전무가 더 좋더라. 근데 진짜 멋진 상무가 우리 읍내에 나타났다니깐."

미스 조는 짓다 만 치마처럼 짧은 미니스커트 아래로 드러난 미끈한 다리를 배배 꼬아 가며 신 상무의 곁으로 바짝 다가앉았다. 아슬아슬 위태위태

했다. 눈을 즐겁게 하는 미스 조에 신 상무는 그저 고맙기만 한 모양이다. 게 슴츠레한 눈으로 그녀의 뽀얀 다리를 훑어보느라 정신이 없었다.

"그려, 그건 맞는 말이여. 나도 쩨쩨한 사장보덤은 이 신 상무가 더 좋으니께."

맞은편에 앉아있던 마담도 미스 조의 말에 맞장구를 치며 추켜세웠다

"그렇지, 언니?"

여우 같은 미스 조가 다시 한 번 확인사살을 했다.

"내가 지금은 이렇게 촌구석에 쳐박혀 있지만 그래도 왕년엔 하루에 몇억 씩을 주무르던 사람이야."

가슴을 활짝 펴고는 목에 힘을 주어 좌우로 소리 나게 두어 번 꺾어 댄 신 상무는 더욱 뻣뻣한 자세로 두 여인을 내리깔아보았다. 촌년들이 나 같은 사내와 차 마시는 것을 영광으로 알라는 것만 같았다.

"어머! 정말요?"

"그럼."

"얘는 속구만 살았나. 신 상무가 그렇다면 그런 줄 알어야지."

찡긋거리는 마담의 눈짓에 미스 조는 얼른 아양을 떨어대며 신 상무의 곁으로 더욱 바짝 다가앉았다. 그리고는 어깨에 얇은 끈이 달린 원피스 아래로 아슬아슬하게 감춰진 가슴을 보란 듯이 디밀어댔다. 흔들리는 가슴이 환장할 지경이다.

"아이, 더워. 우리 시원한 거 한 잔 더 하자!"

손 부채질로 뽀얀 가슴팍을 슬쩍슬쩍 드러내 보이기까지 하자, 그만

신 상무의 애간장은 녹아나고 말았다. 그림의 떡이나마 이런 맛에 읍내에
나오는 것이었다.

신 상무의 음흉한 눈빛이 놓칠세라 미스 조의 열린 가슴 속으로 스며들었
다. 그러나 뽀얀 가슴을 채 훑기도 전에 찢어진 마담의 눈길이 끼어들었다.
신 상무는 입맛을 다시며 마담의 눈길을 외면하고는 나오지도 않는 헛기침
을 억지로 해댔다. 헛기침이 괜한 고생이다. 그리고는 공짜 구경이 미안했는
지 얼른 냉커피를 입에 올렸다.

"응? 그래. 시원한 걸로 한 잔씩 쫙 돌려봐."

"야! 역시 신 상무라니깐."

"역시인 거 인저 알았니?"

미스 조와 마담은 환호하며 신 상무를 추켜세웠고 신 상무는 오늘도 가벼
워지고 있는 주머니를 걱정해야 했다. 이렇게 신 상무는 읍내 다방을 팥 바
구니 쥐새끼 드나들 듯 하며 그저 싸질러 돌아다니기에만 바빴다.

때는 호시절, 가을하고도 한가위

암하리 이발소 앞 개천에는 콩쿨대회를 위한 무대가 꾸며져 있었다. 휘영
청 밝은 한가위 달이 훤히 내려다보고 있는 가운데 이발소 앞 공터에는 사람
들로 북적거려 발 디딜 틈조차 없었다. 추석맞이 콩쿨대회는 해마다 치르는
동네잔치 중의 잔치였다. 너도나도 못 부르는 노래실력을 만인 앞에 드러내
기 위해 인근에서 한다하는 젊은이와 꾼들, 자칭, 타칭, 카수들이 모두 모여들
었던 것이다. 서울에서 공장 다니는 미자, 자칭 공무원이라 폼 잡는 파출소

사환 두식이, 역전 리어커꾼 김 씨까지. 인근 마을에서 원정을 오기도 했다.

"야! 인저 갈마지 카수 빙덕이가 데뷔허는 겨?"

석만과 신 상무를 비롯해 소철이, 구장 댁, 박 영감, 신 서방 등 갈마지 식구들도 모두 모였다.

"야! 빙덕이 잘해라이!"

"그려. 쇠칠이두 응원허는디 잘허야지."

병덕이는 어디서 구했는지 번쩍번쩍 빛나는 반짝이를 헐렁이 옷 여기저기에 붙인 채 기타 줄을 고르며 폼을 잡고 서 있었다. 마치 삼류악단의 피에로를 보는 듯 했다. 게다가 본 것은 있어서 무릎 위에 기타를 올려놓은 채 흥얼거리며 보란 듯이 진짜 가수 흉내를 내고 있었다. 실로 가관이 아니었다.

"역시 폼두 지대루 잘 잡는구먼 그려. 갈마지에 진짜 카수 났어."

"아믄. 빙덕이 총각만헌 카수가 워디 예산바닥에 있기나 헌감?"

갈마지 사내들과 아낙들은 병덕이 들으라는 듯 너도나도 한 마디씩 추켜세웠다.

"히. 빙덕이 최고다, 최고!"

소철이까지 거들고 나서자 뒷짐을 진 채 지켜만 보고 있던 신 상무도 한 발짝 앞으로 나섰다. 그리고는 예의 그 서울사람 티를 내기 시작했다.

"그러면 내가 가수 임병덕 씨 매니저를 맡아야겠구먼."

"이? 매니저, 그건 또 뭐여?"

갈마지 사람들은 처음 들어보는 새로운 말에 궁금하다는 듯 해박하고 유식한 서울 사람, 신 상무의 설명을 기다렸다.

"참, 내. 매니저도 모른단 말입니까?"

한심하다는 듯 고개까지 절레절레 흔들어대는 신 상무의 표정을 살피며 갈마지 사람들의 관심은 병덕이에게서 신 상무에게로 옮겨갔다. 낫 놓고 기역자도 모르는 일자무식한 갈마지 사람들은 신 상무를 둘러싸고 한바탕 유식한 강연을 듣기 시작했다.

"매니저라는 것은 말입니다. 한마디로 말해서 가수 혹은 탤런트, 배우 등등 연예인들의 모든 스케줄을 짜고 관리하는 전문 경영인을 말하는 겁니다."

신 상무의 말에 제일 먼저 와하고 환호성을 지른 것은 소철이었다. 그러자 석만이 나서며 소철이의 오도 방정을 나무랐다.

"야이, 자슥아! 니가 뭐 안다구 지랄이여, 지랄이."

"에이, 나두 안다 뭐."

석만의 무시에 소철이는 입을 삐죽이며 토라졌다. 그리고는 희뜩한 눈으로 석만을 바라보았다.

"뭐여? 알긴 니가 뭘 알어 인마!"

석만은 소철이의 희뜩한 눈에 마뜩잖은지 다시 한 번 면박을 주었다. 괜한 자존심이 엉뚱한 소철이만 닦달하고 있는 것이다.

"근디 시케줄은 또 뭣이랴?"

석만과 소철이가 실랑이를 벌이고 있는 가운데 구장 댁이 나서며 또 물어댔다.

"하이고, 참. 갈수록 태산이라더니 무식들 하시긴."

신 상무가 고개를 다시 한 번 절레절레 흔들고 나서 막 설명을 하려고 할 때였다.

"아! 시방 뭣덜 허는 거여, 콩쿨대회 귀경 온겨? 잔솔빼기 허러 온겨?"

한쪽으로 밀려난 병덕이가 잔뜩 심통이 나서는 흰자위를 희번덕거리며 사람들을 노려보고 있었다.

"콩쿨대회에 와서 떠들구 잔소리 헐라면 일찌감치 덜 꺼지라구. 남 분우구 망치지 말구 말여."

병덕이는 눈 아래 보이는 것이 없는 양 함부로 지껄여댔다. 저보다 나이가 많은 경만이 형은 물론 아저씨 아주머니뻘인 석만과 신 서방 그리고 구장 댁을 비롯해 박 영감 같은 노인들도 잔뜩 있었는데 말이다. 이것은 평소 병덕이가 갈마지 사람들에게 싸가지 없이 말하는 것이 습관처럼 되어 있었기 때문이기도 했지만 이런 병덕이를 그대로 받아준 갈마지 사람들의 잘못도 없지 않아 있었다.

"뭐여? 저 자슥이 보자보자 허니께 참."

"아이, 참어유. 참어."

석만이 화를 내며 팔을 걷어붙이고 나서자 구장 댁이 다급히 말려댔다.

"아! 그럽시다. 아무래도 오늘은 병덕이 총각이 데뷔를 하는 날이니까 기분이 좀 뭐해도 우리가 조금 참고 응원을 합시다. 우리 갈마지의 명예를 위해서 말입니다."

신 상무가 나서서 진정시켰다. 그러자 이번에는 석만의 화딱지가 구장 댁으로 향했다.

"이 무식헌느무 여편네야! 물르면 가만이나 있지. 뭘 그리 궁금허다구 무식헌 티를 내구 그려. 무식헌 티를."

느닷없는 삿대질에 황당한 것은 구장 댁이었다. 더구나 동네 사람들 앞에서 면박을 당하자 구장 댁도 부아가 치밀어 올랐다.

"아! 물르는것즘 물어보면 오때서 그류. 무식허니께 배울라구 그러는거 아뉴. 배워 볼라구."

지지 않고 석만에게 대들었던 것이다.

"뭐여? 그래두 잘 났다구 지랄이네, 지랄이."

"그려, 지랄허는 마누라 둬서 좋겠다. 좋겄어!"

두 내외의 분위기가 심상치 않았다. 험악해졌던 것이다. 누군가는 나서서 말려야했다. 그러나 갈마지 사람 중에 나서는 이는 아무도 없었다. 이들의 성깔을 잘 알고 있었기 때문이다. 누군가 나서서 말린다면 싸움은 더욱 커질 것이 뻔했다. 그냥 두어야 한다. 그러면 저절로 사그라질 것이다. 이를 잘 아는 갈마지 사람들은 이들에게서 관심을 돌려 신 상무에게로 눈길을 주었다.

"아! 뭣들 허는겨 좋은 귀경나와서. 석만이 자네가 그만두도록 허게."

곁에 있던 암하리 구장 최덕팔이 나서서 석만을 끌고 갔다. 그제야 두 사람의 다툼이 좀 사그라졌다. 집에 가서 보자며 석만은 몇 마디 더 던져댔지만 갈마지 사람들의 관심이 떠난 마당에 자신이 목소리를 더 높일 이유는 없었다. 구장 댁은 구장 댁 대로 창피했던지 웅얼거리며 고개를 돌리고 말았다. 석만의 면박에 꼬장꼬장한 말대꾸로 최소한 자존심을 지켜냈다는 것에 만족하는 모양이었다.

"우리 병덕씨가 오늘 컨디션이 좋아야 트로피를 거머쥘 텐데 말입니다.

좀 무식한 사람들이 언짢게 하더라도 예술인이 참아야지 어떡하겠습니까?'

신 상무의 같잖은 예술인이라는 말에 병덕이는 그제야 입이 헤 벌어져서는 기분이 좀 풀어지는 모양이었다.

"와! 예술인이래, 예술인. 빙덕이가 예술인."

소철이가 마치 외양간을 뛰쳐나온 망아지 마냥 천방지축으로 날뛰며 떠들어댔다. 그러자 콩쿨대회장에 모인 사람들의 시선이 모두 소철이와 병덕이에게로 모아졌다.

"저런, 빙신 새끼가."

병덕이는 콩쿨대회장에 모인 사람들에게 보란 듯이 놀리듯 떠들어대고 있는 소철이를 향해 욕을 퍼부어 댔다.

"하, 참. 병덕씨가 참으래도. 저런 모자란 사람과 대적했다간 사람들이 예술인 병덕씨를 어떻게 보겠어요? 잘못하다간 똑 같은 사람 되고 만다니까요. 이미지 관리를 잘하려면 그런 것도 염두에 두어야 한다고요."

"허긴 그렇겠쥬?"

신 상무의 부추김에 병덕이는 고개를 끄덕이며 딴은 그렇다는 듯이 애써 화를 삭였다. 목에는 어느새 깁스한 양 뻣뻣하게 힘까지 들어가 있었다. 예술인이라는 호칭이 그렇게 만든 것이다.

"헌디 신 상무는 진짜 매니저를 좀 해보신가뷰?"

우수절기 대동강 물 풀리듯 확 풀린 얼굴로 병덕이는 신 상무에게 아양까지 떨어댔다. 신 상무의 하는 짓이 마음에 꼭 들었던 것이다.

"뭐, 병덕씨도 가수니까 알라나 모르겠지만 사발과 대접이라고 인기

듀엣이 있잖습니까?"

병덕이는 고개를 갸웃하며 사발과 대접이라는 듀엣을 떠올려 보았다. 하지만 그리 쉽게 떠오르지를 않았다. 그렇다고 가수라 잔뜩 추켜세워놓은 마당에 모른다고 하면 가수로서의 체면이 서지 않을 것 같아 아는 척을 하고 말았다.

"아! 사발과 대접유. 알지유."

병덕이의 알은 체에 신 상무는 화색이 만면했다. 통하는 사람이 있어 반갑다는 것이다.

"오! 역시 가수는 다르다니까. 그 사발과 대접이 바로 내가 키운 애들이에요."

신 상무의 말에 병덕이는 더욱 놀라운 표정을 지어 보였다. 그러면서 한편으로는 존경어린 눈빛까지 떠올려주었다.

"그래요?"

"신 상무가 가수를 키웠었다구?"

"그게 증말이여?"

놀라움 반, 의심 반으로 갈마지 사람들은 신 상무를 다시 쳐다보았다. 여기저기서 사실을 확인하고자 하는 말들이 쏟아져 나왔다.

"근디 사발과 대접이란 가수덜두 있었나?"

"글씨 말여."

"테레비에두 나오구 그러남유?"

구장 댁과 만복이네가 궁금하다는 듯 물었다. 얼굴에는 궁금함이 다닥다닥

붙어있었다.

"하! 참. 텔레비전에 나와야 만이 꼭 인기가수냐? 그게 아니라는 걸 왜들 모르시나. 이러니까 우리나라 순수예술이 안 되는 거야. 참, 안타까워."

대답하는 신 상무의 얼굴에는 순수예술에 대한 고뇌로 가득 차 있었다. 예술에 대한 무지함과 무관심이 예술을 사랑하는 사람의 가슴에 커다란 대못을 박아놓고 말았던 것이다.

"이, 그건 또 뭔 귀신 씻나락 까먹는 소리랴?"

"참, 무식허긴. 내 말이 안 나온 다니께."

구장 댁이 한 마디 더 거들고 나서자 듣고만 있던 병덕이가 아는 척하고 나선 것이다. 그리고는 신 상무의 말을 부연 설명했다.

"아! 매니저님 말씀은 말여. 카수라구 히서 테레비에만 나오는 건 아니란 말여."

병덕이의 말투에는 어느새 신 상무에 대한 존경으로 가득 차 있었다. 그리고 이제 그를 매니저라 부르며 편들고 나섰다.

"그럼 그게 뭔 카수여? 테레비에두 안나오는디."

"매니저님. 이 무식헌 사람덜 허군 얘기두 안통허니께 저쪽으루 가시쥬. 인저 슬슬 준비히야 될 것 같으니께."

"그럽시다."

병덕이의 말에 신 상무도 동조하며 끼리끼리 어울리기로 한 모양이다. 하여튼 오늘의 주인공은 누가 뭐래도 병덕이니까 말이다. 어떻게 하든 병덕이 곁에 있어야 자신이 좀 더 주목을 받을 것 같았기 때문이기도 했다.

"난 참 무슨 얘긴지 통 몰르겠네."

"그려이."

"아! 진짜 카수는 말여. 테레비같은데 나오지 않구 말여, 자기의 예술세계를 살려나간다 이거여. 순수한 예술세계를 말여!"

답답하다는 듯 무대를 향해 가던 병덕이가 뒤를 돌아보며 냅다 소리를 질러댔다.

"예술? 예술은 무슨 얼어빠질놈으 예술이여! 지가 뭔 카수라구."

"순수 예술 좋아허구 자뻐졌네. 지가 뭔 예술인이라구."

"니가 카수면 내는 나훈아다, 이 자슥아!"

"허파에 바람만 잔뜩 든 놈이 저 신 상문가 뭣인가 허는 놈 땜이 아예 오장육부에 다 바람이 들어가 버렸다니께."

갈마지 사람들은 모두들 마뜩잖은 한 마디씩을 웅얼거려댔다.

그나저나 드디어 암하리 콩쿨대회가 시작되었다. 요란한 밴드마치 연주와 함께 텔레비전에 몇 번인가 얼굴을 비추었다는 사회자가 호들갑스럽게 무대 위에 모습을 드러낸 것이다.

"안녕하십니까? 오광팔, 여러분께 인사 올립니다."

어울리지 않게 머리에 쓴 하얀 벙거지를 갖은 폼을 다 잡아가며 허공에 벗어 던진 후, 오광팔이라 자신을 소개한 사회자의 말이 끝나기 무섭게 장내 한쪽이 다시 한 번 웅성거려댔다.

"뭘 팔어?"

"광을 판댜."

암하리 곰쥐네가 묻는 말에 갈마지 구장 댁이 일러줬다.

"뭔 광을 팔어?"

갈마지 사람들이 사회자의 이름을 놓고 왈가왈부하고 있을 때 그 잘난 사회자가 제 이름에 대해 이실직고를 해댔다.

"에, 장소팔 씨 잘 아시죠. 그 분은 아버지께서 장에 소를 팔러 가다가 낳았다고 해서 장소팔이라 이름을 지었다고 하죠. 근데 저는 아버님께서 동양화를 좋아하셔서 그만 골방에서 광을 팔다가 저를 낳았다고 합니다. 그것도 그냥 광이 아니고 오광입니다. 오광."

사회자의 입담에 암하리 콩쿨대회장이 떠나갈 듯 웃음바다가 되고 말았다. 시작은 화기애애하게 잘 되고 있었다.

잠시 후, 사회자 오광팔의 호명에 따라 순번대로 한 명씩 나와 노래를 부르기 시작했다. 휘영청 떠오른 한가위 달빛과 함께 암하리 콩쿨대회는 무르익어 가고 있었다.

"나~ 어떻게~ 나를 두고 떠나가면~ 그건 안 돼~. 정말 안 돼~."

나를 두고 떠나면 안 된다며 마이크를 붙잡고 애원하던 덕식이의 노래가 끝나자 우레와 같은 환호성이 쏟아져 나왔다. 이웃동네 발연리 솔안말 사람들이다. 자기 마을 사람이라고 잘 부르든 못 부르든 모두 우승감이라며 소리를 질러댔다. 동네 콩쿨대회의 특성이다.

"네, 잘 들었습니다. 참가번호 십 이번 배련이 솔안말에서 오신 박덕식 씨의 나 어떻게 였습니다. 아! 정말 우리 지역에 이렇게 노래를 잘하는 카수들이 많으리라고는 미처 생각지 못했습니다. 심사를 맡아보고 계신 분들이 참

어렵겠습니다. 고심하고 계신데요. 자! 그럼 여기서 참가번호 십 삼번 갈마지에서 오신 임병덕 씨를 모셔 노래를 들어보도록 하겠습니다. 임병덕 씨!"

드디어 오광팔의 입에서 임병덕이라는 이름이 나왔다. 병덕이 차례가 된 것이다. 갈마지 사람들의 환호성과 함께 사람들의 시선이 무대 입구로 모아졌다. 이때 낡은 통기타를 어깨에 둘러멘 채 어정쩡한 걸음걸이로 무대 위로 올라서던 병덕이가 긴장한 탓인지 임시로 가설한 나무 계단을 오르다 그만 발을 헛디뎌 앞으로 고꾸라지고 말았다. 덕분에 콩쿨대회장은 한바탕 웃음소리로 떠나갈 듯 와자해졌다.

사람들의 웃음거리가 된 병덕이는 더욱 긴장된 모양이다. 안절부절 몸 둘 바를 몰라 하며 어기적어기적 무대 위로 겨우 올라섰다. 계단에 부딪힌 무릎이 아팠던지 무대 위로 올라서서도 연신 무릎을 비벼대고 있었다.

"아이구, 이거 올라오시느라 수고가 대단히 많으셨습니다."

오광팔의 웃음기 섞인 장난에 콩쿨대회장은 다시 한 번 와자하니 시끄러워졌고 병덕이는 더욱더 몸 둘 바를 몰라 했다.

"이번 콩쿨대회를 위해 특별히 장만하신 의상 같은데 어디서 구하셨습니까?"

오광팔의 질문은 병덕이의 혼란스러우리만큼 요란한 복장에 대한 물음으로 이어졌다. 그만큼 병덕이의 의상이 사람들의 눈길을 끌고 있었던 것이다. 그러나 그 또한 진지한 것이기보다는 비아냥에 장난기 섞인 것이었기에 사람들로 하여금 배꼽을 잡게 만들었다. 사람들의 시선이 일제히 병덕이의 대답을 기다리고 있었다. 그런 예기치 못한 얄궂은 질문과 상황들이 병덕이를 더욱 당황하게 만들었고 표정은 점점 더 굳어져 들기만 했다.

"이 귀한 빤짝이는 어디서 구하셨습니까?"

곤란한 질문이 다시 한 번 더 이어졌다. 얄궂은 오광팔은 병덕이의 난감함을 즐기고 있는 듯했다. 일부러 그러는 것만 같았다. 사람들 또한 마찬가지였다. 병덕이가 대답을 못하고 우물쭈물하며 몸까지 비틀어대자 사람들은 마침내 폭소를 터뜨리고 말았다.

대답을 하지 않으면 안 될 상황이 되자 병덕이는 그제야 겨우 입을 열었다.

"예. 저, 집이서 지가."

그러나 그것이 또한 폭소를 자아내게 했다. 말도 채 잇지 못했던 것이다. 떨리는 목소리로 겨우 한 마디 한마디 뱉어냈다. 갈마지 사람들은 불길한 예감이 들었다. 저러다 노래도 못하고 내려오는 것은 아닌가 염려되었던 것이다. 뿐만 아니라 동네 망신이나 시키지 않는지 정말로 염려가 되었다. 그렇게 된다면 창피해 어떻게 얼굴을 들고 다닌단 말인가? 병덕이의 망신은 별개였다. 동네 망신이 문제였던 것이다. 여기저기서 염려의 소리가 새어나오기 시작했다. 박 영감으로부터 구장 대 석팔네, 곰쥐네, 석만은 한숨까지 쉬어댔다. 남들은 웃느라 정신이 없는데 갈마지 사람들은 가슴을 졸이며 애찔하기만 했던 것이다.

염려는 현실이 되고 말았다. 이제 병덕이는 입마저 굳어들었는지 떠듬거리며 말도 제대로 못했다. 그러자 듣고 있던 오광팔이 답답했던지 자신이 직접 통역을 자처하고 나섰다.

"아! 집에서 손수 만드셨다고요."

"예."

예라는 한 마디도 겨우 뱉어냈다.

"통기타를 들고 나오셨는데 통기타 연주하신지는 얼마나 됐습니까?"

"그냥. 저, 쪼끔 해 했습니다."

참으로 답답하고도 안타까운 노릇이었다. 사람들은 이제 웃기보다는 안됐다는 표정으로 병덕이의 일거수일투족을 살펴보기 시작했다. 그러면서 또한 그의 입에서 어떠한 웃음거리가 쏟아져 나올지 기대하는 눈치였다.

"네, 좀 긴장하신 거 같은데 긴장 푸시고. 그럼 직접 기타를 치시며 노래를 할 모양이죠?"

"예."

이제 병덕이의 표정은 물론 혀까지 굳을 대로 굳어 있었다. 말도 제대로 못하고 있는데 노래는 애당초 글러먹은 것 같다.

"아니, 쟈가 근디 왜 저런댜?"

"글씨, 바짝 언 거 같은디."

"저래서 오디 노래나 허겄어."

무대 아래에서는 드디어 병덕이를 걱정하는 소리가 새어나오기 시작했다. 건넛마을 솔안말과 원탱이에서 온 민선네와 연희네 그리고 거무실 과수원 댁이 웅성거리며 주고받는 소리였다. 갈마지 사람들은 이제 창피해서 얼굴도 못들 판이었다.

"예, 많이 긴장하신 것 같은데 긴장 푸시고. 자! 준비하신 곡은?"

"예. 저, 뭣이냐. 그."

병덕이는 준비한 노래 제목마저 잊은 듯 더듬거리며 대답을 못했다. 그러자 오광팔은 이 말도 제대로 못하고 있는 골치 아픈 참가자를 두고 그만 물러나고자 했다.

"네, 밴드 없이 직접 기타를 치면서 부르겠답니다. 많은 박수로 격려해주시기 부탁드리겠습니다."

병덕이에게 모든 것을 떠맡기고는 무대 뒤로 총총히 사라졌던 것이다.

"와, 갈마지 카수 빙덕이 파이팅."

"부라보! 빙덕이."

"잘해라이."

"빙덕이 최고다."

병덕이를 환호하는 온갖 말들이 쏟아져 나왔다. 그리고 잠시 후, 환호하는 소리도 잦아들고 장내는 쥐 죽은 듯이 조용해졌다.

무대 위에는 암하리 이발소에서 머리 감을 때 앉는 등받이 없는 동그란 의자에 어정쩡한 자세로 다리를 꼬고 앉은 병덕이가 기타를 만지작거리며 줄을 고르기 시작했다. 드디어 '텅' 하고 기타 줄 소리가 한 번 울리더니 '티리리 팅. 텅. 탕.' 하며 기타줄 소리가 연이어 울려 퍼졌다. 그러나 리듬감이 전혀 없는, 누구나 기타 줄을 건드리기만 해도 나는 그런 소리였다. 흥겨운 선율을 기대했던 사람들은 실망으로 가득 찼다. 하긴 병덕이 하는 꼴을 보아서는 애당초 그런 기대를 하지도 않았는지 모른다. 낡기는 했으나 기타가 아까울 지경이었다. 이어 병덕이의 입술도 달싹였다. 노래를 부르기 시작한 것이다.

"오 오 동 잎 하 ㄴ 닢 두 잎."

그야말로 늙은이 시조도 아니요 어린아이 옹알이도 아닌 희한한 노래 소리가 흘러나왔다. 목소리도 떨리고 기타를 치는 손도 떨리고 있었다. 사람들은 기다리고 있었다는 듯 배꼽을 잡고 웃어대기 시작했다.

"뭔 노래가 저렇댜?"

"그러게 말여."

"갖은 폼을 잡어 대더라니. 내 그럴 줄 알았어."

사람들의 야유와 웃음소리에 묻혀 병덕이의 노랫소리는 아예 들리지도 않았다. 그러자 병덕이는 사시나무 떨 듯 떨어대다가는 그만 자리를 일어서 무대 아래로 뛰쳐 내려가고 말았다.

그러자 곧바로 오광팔이 나와 사태를 수습하기에 이르렀다. 오광팔은 그럴 줄 알았다는 듯 목소리에 신명까지 나 있었다. 입가에는 진한 미소마저 어려 있었다.

"네, 임병덕씨가 너무 긴장한 탓에 제대로 실력발휘를 못한 것 같습니다. 여러분도 다 마찬가지예요. 이 자리에 서면 심장이 무쇠 같은 사람도 떨리게 마련입니다."

그리고는 재빨리 사태를 진정시키고자 다음번 참가자를 불러냈다.

"너무 탓하시지 마시고 그럼 다음번 참가자를 모시도록 하겠습니다."

오광팔의 호명에 따라 암하리 떡대가 건들거리며 나왔다. 사람들의 관심은 이내 떡대에게로 옮아갔다.

"아니 오티기 된겨. 빙덕이가 오늘을 올마나 손꼽어 기다려 왔는디 저렇키 허구 만댜."

"그러기 말여."

"아, 신 상무. 오티기 된겨?"

병덕이 사건은 신 상무에게로 넘어갔다. 모두 신 상무만을 바라보았다. 갈마지의 명예훼손이 그로 인한 것이라는 듯 원망의 눈초리로 바라보았던 것이다.

"글쎄요. 저도 통 예상을 못했던 일이라서."

신 상무는 괜한 뒷머리만 벅벅 긁어대면서 쓴 입맛을 다셔댔다. 이럴 줄 알았더라면 나서지나 말았을 것을 괜히 나서서 구박만 받게 되었으니 신 상무로서도 그저 딱하기만 한 노릇이었다.

"아! 자네는 빙덕이 매니전가 뭔가 잖여. 빨리 좀 가서 알어 봐. 오티기 된 건지 말여."

"예, 그러죠."

신 상무는 잘 되었다는 듯 재빨리 자리를 떴다. 병덕이를 찾는다는 핑계로 갈마지 사람들의 비난을 면하고자 했던 것이다.

병덕이는 어둠 속을 달렸다. 언덕 위 검은 솔밭에 다다를 때까지 무작정 달리고 또 달렸다. 그리고 휘영청 밝은 달빛 아래 검게 서 있는 소나무에 기대어 멀리 휘황한 불빛의 콩쿨대회장을 내려다보았다. 병덕이는 휘황한 불빛의 콩쿨대회장이 갑자기 두렵게 느껴졌다. 자신을 비웃으며 깔깔거리고 웃어대던 사람들이 두려워졌던 것이다.

와르르 눈물이 쏟아져 내렸다. 작년에 돌아가신 어머니의 얼굴이 흐릿해진 눈동자 속에 선연히 떠올랐다. 병덕이는 소나무에 기댄 채 주르르 주저

앉아 얼굴을 무릎에 묻고는 소리 죽여 울었다. 푸른 달이 검은 길을 하얗게 비추고 있었다.

2. 학다방 사람들

눈이 내리고 있었다. 세상을 온통 하얗게 바꾸어 버린 눈은 밤새 내리고도 모자란 지 점심때가 다 되어가는 지금까지도 그칠 줄을 몰랐다. 폭설이었다.

구불거리는 하얀 논두렁을 따라 소복이 쌓인 눈을 밟으며 신 상무는 건넛집 구장네로 향하고 있었다. 논두렁을 건너 언덕에 다다르자 인기척에 놀란 장끼가 푸드덕거리며 흰 눈을 젖히고 날아올랐다.

"하이고, 그놈 참."

신 상무는 입맛을 다셔대며 날아가는 장끼를 물끄러미 쳐다보았다.

"거 입맛만 다시면 뭐헌대유. 땅 허니 한 마리 쏴 떨어뜨려야 제맛이지."

고개를 돌려 바라보니 석만이 울바자 너머로 고개를 내빼고는 신 상무를 향해 웃음 짓고 있었다.

"허! 난 또 누구시라고."

"눈두 이렇기 많이 내리구 했는디 오쩐 일루다 일찍허니 행차를 허셨는 감유?"

석만이 아침 일찍 행차한 이유를 묻자 그제야 생각났다는 듯 신 상무는 손바닥까지 비벼대며 조심스레 입을 열었다.

"저, 구장님 좀 뵙고 상의 말씀 드릴 것이 있어서."

신 상무의 정중한 태도에 섞인 미안한 듯한 표정과 상의 말씀이라는 말에 석만은 은근히 목에 힘까지 주고는 정색을 하며 손짓해댔다.

"들어오시쥬."

서울 양반이 별 볼 일 없는 시골 구장에게 물어볼 것이 있다니, 그것도 상의 말씀을 드린다니 어찌 목에 힘이 들어가지 않을 수 있겠는가? 이 땅의 주인은 당연히 굴러 온 돌이 아닌, 박힌 돌, 석만 자신이라는 얘기였다.

"아뇨. 들어갈 일이 아니고, 괜찮으시면 오늘 저하고 읍내에 잠깐 나갔다 오시면 안 되겠습니까?"

"읍내유?"

생뚱맞은 읍내라는 말에 석만은 고개를 갸웃하며 되물었다.

"예."

신 상무의 대답에 석만은 의아했으나 곧 고개를 끄덕였다. 상의 말씀 좀 드리겠다는데 차마 거절할 수 없었던 것이다. 더구나 이렇게 눈으로 천지가 뒤덮인 날에는 슬슬 나돌아다니는 것도 괜찮은 일이었다.

"그럼, 잠깐만 기다리시지유."

석만은 생각지 않은 일이 갑자기 생기자 마음까지 들떴다. 무료하게 구들
장 신세나 지고 있으려니 답답하기만 했었는데 오랜만에 읍내 구경까지 하
게 되었으니 왜 아니 그랬겠는가? 얼른 그러마 하고 대답을 하고는 부리나
케 뛰어들어가 옷을 갈아입고 나왔다.

"아니? 저 냥반이 근디 무슨 바람이 불어서 저 난리랴. 이 눈구뎅이 속이."

석만을 따라나오며 소리를 질러대던 구장 댁은 울바자 바깥에 서 있는 신
상무를 보고는 앗 뜨거라 하면서 내지르던 말을 그만 꿀꺽 집어삼키고 말았
다. 그런 구장 댁을 보고 신 상무는 입가에 웃음을 머금은 채 점잖게 인사를
올렸다.

"안녕하셨습니까? 구장 댁 사모님."

구장 댁은 신 상무가 사모님이라 칭하며 인사를 해오자 몸 둘 바를 몰라
하며 허리를 연신 굽실거려댔다.

"하이구, 안녕허셨유."

석만도 신 상무가 아내더러 사모님이라 칭하자 얼떨떨한 표정이 되어 있
다가는 이내 목에 힘까지 주어 댔다. 잘 난 서방 둔 덕에 사모님 소리 듣는
줄 알라는 뜻이었다.

"그럼, 내 뎅겨 올테니께."

"알었유."

기차 화통을 삶아 먹은 듯하던 목소리가 어느새 나긋나긋하게 변해 있었
다. 사모님의 위력은 그만큼 대단한 것이었다. 구장 댁은 석만의 뒤를 졸졸
따라나오며 대문 앞까지 배웅해댔다.

"그럼 댕겨와유. 즘심은?"

구장 댁은 평소답지 않게 상냥한 말투로 석만의 점심까지 걱정을 해댔다.

"이, 먹고 올테니께 걱정 말어."

석만도 아내의 별스러움에 화답이라도 하듯 점잖고 위엄 있는 목소리로 답했다.

"알었유."

신 상무는 다시 한 번 구장 댁에게 깍듯이 인사를 올리고는 발길을 돌렸다. 그러자 구장 댁은 황송해하는 눈빛으로 다소곳이 허리를 굽혔다.

"예, 잘 댕겨오슈이."

사모님답게 기품이 넘치는 태도였다. 두 손을 가지런히 앞에 모은 채 빠르지도 늦지도 않게 공손히 허리를 굽혔던 것이다. 사과나무에 소복이 쌓여있던 눈 무더기가 와르르 쏟아져 내렸다.

석만과 신 상무는 아리랑 고개를 넘어 마침내 읍내로 들어섰다. 거리는 쌓인 눈 때문인지 한산하기만 했다. 터미널 한쪽 구석에 우중충한 건물 사이로 학다방이란 간판이 요란스레 덜렁거리고 있었다. 매서운 겨울바람에 온몸을 떨어대고 있었던 것이다.

신 상무는 투박한 나무문을 밀치며 싸늘한 바람과 함께 학다방 안으로 들어섰다. 석만은 신 상무의 뒤를 바짝 따랐다. 마치 읍내 장날 엄마 손을 잡고 따라나온 어린아이만 같았다. 석만은 장날 읍내에 나왔다가 늘 지나치기만 했던 학다방을 오늘에서야 비로소 처음으로 들어가 본 것이기도 했다.

석만은 궁금했었다. 읍내유지들 아니면 잘 차려입은 양복 차림의 사내들이 아리따운 아가씨들과 시시덕거리며 노닥거리던 모습이 늘 궁금하기만 했던 것이다. 그러면서 자신같이 농사나 지으며 동네 구장이나 보고 있는 사람에게는 그저 그림의 떡이려니 생각하고 있었다. 석만은 갑자기 가슴이 뛰었다. 얼굴까지 벌겋게 달아올랐다.

"어머, 신 상무 오셨다!"

호들갑스런 소리와 함께 아가씨들이 달려들었다.

"어머머, 이 궂은 날씨에 어떻게 오셨을까이."

반색하며 맞이하는 마담의 요란에 신 상무는 기특하지 않으냐는 듯 목에 힘까지 주어가며 거드름을 피워댔다. 석만은 그런 신 상무가 달라 보였다. 지금까지 보아오던 신 상무가 아니었다.

아가씨들은 신 상무에게 매달리며 아양을 떨어댔다.

"이리로 앉으세요, 추우실 텐데. 어머, 이 귓불 좀 봐! 뻘겋게 달아오른 것이 꼭 홍시 같애."

"어머! 그러게 말이야."

두 아가씨는 꽁꽁 언 신 상무의 귓불을 두고 마치 제 귓불이 얼어 터지기라도 한 양 안타까움에 젖어 어찌할 줄을 몰랐다.

"구장님, 이리로 앉으시죠!"

"예."

신 상무의 앉으라는 말에 그제야 아가씨들은 석만에게로 눈길을 주며 알은 체를 하기 시작했다.

"안녕하세요!"

"처음 오시는 분인가 봐요?"

쾌활하고 화사한 웃음으로 인사를 건네는 아가씨들.

"아, 예."

석만은 잔뜩 멋쩍은 모습으로 모자를 벗어가며 대답했다. 그리고는 까치집을 지어버린 머리를 긁적이며 아주 어색한 인사를 건넸다. 그러자 아가씨들은 키득키득 웃음을 흘리며 눈길을 외면해댔다. 석만의 모습과 태도가 모두 우스꽝스러웠기 때문이다. 무안해진 석만은 내심으로 불쾌했다.

"아, 뭣들 하는 거야! 여기 뜨끈한 커피나 한 잔씩 빨리 돌려. 목구멍에 고드름 얼겠다."

"네, 알겠습니다."

앞자리에 앉은 석만을 바라본 신 상무는 그제야 아가씨들이 왜 그리 소란이었는지를 알 수 있었다. 하마터면 신 상무도 웃음을 터뜨리고 말 뻔했다.

"구장님, 모자는 쓰시는 게 좋겠네요."

"예?"

아직도 상황을 파악하지 못한 석만은 어리둥절한 표정으로 주위를 둘러보았다.

"아저씨 머리 위에 까치가 둥지를 틀었어요."

"그류?"

그제야 상황을 파악한 석만은 얼굴이 벌게지며 들고 있던 모자를 푹 눌러 썼다. 때에 찌든 녹색 바탕에 퇴색된 누런 무늬의 새마을 모자 역시 석만의 어눌한 행동만큼이나 어색하기 짝이 없었다.

"우리 동네 구장님이셔, 인사들 하지."

신 상무의 친절한 소개에 그제야 마담과 아가씨들은 놀랐다는 듯 눈을 크게 떴다.

"어머! 그러세요. 어쩐지 내 보기에 관리 냄새가 난다 했더니."

"관리 냄새라니?"

무슨 말인지 모르겠다는 듯 생뚱맞은 얼굴로 자신을 바라보고 있는 신 상무를 향해 김양이 다시 부연설명을 해댔다.

"아이, 참! 구장님이시라면서요. 그러니까 나랏일을 보는 관리시잖아요."

"아! 그런가?"

그제야 신 상무와 마담은 그렇다는 듯 고개를 끄덕이며 웃음을 지어 보였다.

"그럼요. 요즘 나랏일 보기가 그리 쉬운가요. 머리에 든 게 있고, 능력 있고, 빽 있고, 그래도 볼까말까 라 던데."

"하긴 그래. 구장 일이라는 게 아무나 볼 수 있는 건 아니지, 그럼."

석만은 자신을 추켜세우는 말에 몸 둘 바를 몰라 어찌할 줄을 몰랐다. 그러면서도 한편으로는 어깨가 으쓱해졌다. 그러자 없던 용기가 생기고 서서히 목에 힘까지 들어가기 시작했다.

"구장 일이라는 게 뭐 별건감. 아무나 보문 되는 거지 뭐."

석만은 목을 길게 내뺐다. 그리고는 누리끼리한 눈을 아래로 내리깔며 거드름마저 피워대기 시작했다. 목소리부터가 달라졌다.

"하이구, 아무나 보긴 그걸 오티기 아무나 보구 그런다. 아무리 촌 동네 구장이라구 허지만 그래두 그게 만만한 일은 아닐텐디."

마담이 호들갑을 떨어댔다.

"그럼 언니, 말이 동네구장이지 요즘은 농업대학 안 나오면 하기 힘들어! 동네에서 능력을 인정받아야 한다니까."

구경만 하고 있던 미스 조까지 나서며 맞장구를 쳐댔다.

"맞아, 내 서울에 있을 때 서초 화훼단지에 볼 일이 있어 갔는데 거기서 박사급 정도의 농사꾼을 여럿 봤다니까. 헌데 이 구장님만 한 농사지식을 갖고 있는 사람은 못 봤어. 정말이야. 사과나무나 배나무 가꿔놓으신 것 보라고, 기가 막히지."

신 상무도 석만을 추켜세우며 나섰다. 미스 조를 거들었던 것이다.

"이? 화해단지 건 또 뭐랴?"

마담이 예의 그 무식한 티를 내며 침을 튀겨댔다. 그러자 김양이 깔깔거리며 호들갑스럽게 웃어댔다. 그런 김양을 두고 마담은 고리눈을 한 채 노려보았다.

"야, 이년아! 넌 뭐가 똑똑해서 웃구 지랄이냐 지랄이"

앙칼진 마담의 삿대질에 김양은 찔끔했다.

"하튼 언니는. 내 뭐 똑똑해서 이러우."

"똑똑해서 안 그러문 내 무식해서 그러냐?"

마담과 김양 사이에 실랑이가 이어졌다.

"아, 뭐 모를 수도 있지 뭐. 김양은 지적이고 다 좋은 데 말이야, 그 너무 솔직한 표현이 좀 거슬려. 상대방 기분도 좀 염두에 두고 표현을 해야지."

신 상무가 잘난 척 김양을 두둔해댔다. 그러자 마담의 고리눈이 신 상무에게로 옮아갔다.

"뭐? 표현이 솔직해. 그럼 얘 말이 맞다는 얘기유 시방."

마담의 불똥이 신 상무에게로 튀자 그는 자리를 고쳐 잡아 앉았다.

"아니, 그게 아니라 김양이 말을 너무 가리지 않고 해대니까 그러는 거죠."

신 상무는 힐끗 김양을 바라보았다. 김양은 신 상무의 눈짓을 알아채고는 입을 삐죽거리며 더 이상 가타부타 말을 하지 않았다.

"나두 전번에 한 번 가 봤넌디. 야, 크긴 크더구먼. 그렇키 큰 하우스는 생전 츰이여. 대단 허더구먼이. 그 큰 하우스에 꽃으루 꽉 찼넌디."

석만이 아는 척을 하며 나섰다.

"이, 그럼 화해단진가 뭔가 허는 것이 꽃동네란 말여?"

"그류, 꽃을 재배허는 동네유 거가."

"이, 난 또 화해단지라구 히서 싸운 사람덜이 막걸리 마시문서 오해를 푸는 딘줄 알었지."

마담의 무식함이 음침한 다방 안을 유쾌한 웃음꽃으로 활짝 피어오르게 했다.

"자, 커피 드시면서 말씀 나누세요."

미스 조가 아슬아슬한 미니스커트를 씰룩거리며 커피를 들고 왔다. 그러자 신 상무와 석만의 눈이 누가 먼저랄 것도 없이 동시에 미니스커트의

아래쪽으로 쏠렸다. 미스 조의 희멀건 한 허벅지가 그대로 적나라하게 드러나 있었다. 허벅지도 허벅지지만 미스 조의 걸음이 옮겨질 때마다 거뭇거뭇 드러나는 허벅지 안쪽을 두 사내는 궁금해 죽을 지경이었다. 이미 목구멍으로 침 넘어가는 소리가 들려왔다. 미스 조는 탁자 앞에 쪼그리고 앉아 커피를 놓았다. 석만의 눈이 다시금 데굴거리기 시작한다. 미스 조의 움푹 파인 가슴이 절반은 드러나 있었기 때문이다. 석만은 이게 웬 떡이냐 싶게 시선을 고정시킨 채 체면마저 잊고 있었다.

이때 석만의 허벅지에서 철썩하고 둔탁한 소리가 들려왔다. 마담이 보다 못해 손바닥을 내리친 것이다. 석만은 그제야 화들짝 놀라며 시선을 돌렸다. 마담의 고리눈이 잡아먹을 듯이 석만을 노려보고 있었다.

"하튼 사내덜이란 너나 읍시."

석만은 무안한 얼굴로 신 상무를 바라보았다. 그러자 신 상무는 두 손으로 얼굴을 벅벅 문질러대며 나는 아니라는 듯이 고개를 외로 돌리고 말았다. 하지만 번지르르한 개기름이 흐르고 있는 신 상무의 얼굴에서 나는 아니다 라는 말은 콩으로 메주를 쑨다 해도 믿을 사람이 하나도 없을 듯한 것이었다.

"아휴, 아저씨들이란 정말 지저분해서."

김양도 마담을 거들었다. 그러자 듣고만 있던 미스 조가 나섰다.

"뭐 어때! 난 내 몸을 남자들이 보아줄 때가 제일 좋드라 뭐."

그러면서 꼭 붙이고 있던 다리를 슬쩍 벌리며 샐쭉 웃었다. 두 사내는 벌어진 미스 조의 허벅지를 설핏 보고는 짜르르하니 몸을 떨어댔다.

"얘. 지조를 좀 지켜라! 무슨 애가 그렇게 헤프니?"

"헤프긴 누가 헤프다고 그래."

질투의 눈빛이 가득 담긴 김양이 언성을 높이자 미스 조도 지지 않고 목소리를 높여댔다. 그러자 기회는 이때다 싶게 신 상무가 나섰다. 구겨진 체면을 살릴 탈출구를 찾았던 것이다.

"자, 자! 그만하고 여기 앉아. 이러다 싸움나겠네."

신 상무가 미스 조를 달래며 자리에 앉혔다.

미스 조가 자리에 앉고 나서 잠시 어색한 침묵이 감돌았다. 커피잔에서 뜨거운 김만이 모락모락 피어올랐다.

"커피 식겠어요. 드세요, 구장님."

미스 조가 은근한 눈길로 석만을 바라보며 커피를 권하자 김양과 마담은 비릿한 웃음을 흘리며 미스 조를 흘겨보았다.

"이, 그류. 근디 미스 조는 고향이 오디유?"

석만은 미스 조의 친절에 화답하고자 물었다. 그러나 그것은 궁금해서 물은 것이 아니라 그저 생각나는 대로 아무거나 물은 것이다. 그래야 미스 조의 친절에 대한 도리일 것 같았기 때문이다.

"고향요? 시골 다방에서 커피나 파는 년 고향은 알아서 뭐하시게요?"

석만의 느닷없는 고향 타령에 미스 조는 맥이 탁 풀린다는 듯이 시무룩이 답했다.

"뭐, 그냥."

그런 반응에 석만은 괜스레 미안스럽기만 했다. 괜한 것을 물었나 싶기도 했다.

석만의 그런 마음에는 아랑곳하지 않고 마담과 김양은 그마저도 예사롭게 생각하지를 않았다. 더욱 아니꼬운 얼굴로 입까지 삐죽거려댔다.

"좋겠다! 미스 조는."

김양의 비아냥거림이 끝나기 무섭게 신 상무가 느물거리며 나섰다.

"김양이야 뭐 내가 있는데. 너무 부러워할 거 없어, 내가 잘 해주잖아."

"아저씨가 뭐 저한테 해준 게 있어요?"

신 상무의 말에 김양이 큰일 날 소리라는 듯이 입을 내밀며 따지고 들었다.

이들의 눈꼴사나운 수작을 가만히 보고만 있던 마담이 더는 못 참겠다는 듯 나서고 말았다.

"하이구 이거, 몸땡이 늙었다구 인저 나 같은 퇴물은 쳐다두 안보니 서러워서 못 살겠네."

마담의 신세타령에 이번에도 신 상무가 나섰다.

"아, 이거 왜들이래? 이제 그런 얘기는 그만 하고. 이거 이러다가 싸움 나겠어."

"그래요 언니, 우리 재밌는 얘기나 해요. 날도 구질거리는 데."

신 상무의 제안에 미스 조가 아양을 떨어대며 좋아라 맞장구를 쳐댔다.

"이 구장님은 말이야. 우리 갈마지에서 두 번째로 가는 땅 부자야. 이제 그쪽으로 개발이 되면 아마 억대부자가 될 거야."

분위기를 바꾸려고 신 상무가 떠벌려대기 시작한 것이다. 그러자 마담과 두 아가씨는 입을 벌린 채 다물지를 못했다.

"억대는 무슨."

석만의 목에는 은근히 힘이 들어가 있었다.

"아니, 그렇게 땅이 많아요?"

믿을 수 없다는 눈으로 김양이 재차 확인에 들어갔다.

"그럼. 갈마지 땅의 절반은 성 부자 것이고 그 나머지 절반의 칠 할은 이 구장님 형제분이 갖고 있는 걸."

그제야 김양은 손뼉까지 쳐대며 신 상무의 말을 믿는 시늉을 해댔다.

"어머!"

"대단하시다!"

미스 조도 동조하며 괜스레 좋아라 했다.

"근디, 성 부잔가 허는 그 냥반은 누구여?"

마담의 어중띤 물음이 또다시 이어졌고 뒤이어 이번에는 석만의 한심하다는 듯한 말투가 뒤따랐다.

"아니, 이 예산 땅에서 성 부자를 물른단 말여? 마담두 귀가 어둡긴 어둡구먼."

"이? 귀는 잘 들리는디."

마담의 어눌한 대답에 우중충한 다방 안에 한바탕 웃음비가 시원스레 쏟아져 내렸다.

"구장님 말씀은 귀가 나쁘다는 게 아니고 소식이 어둡다는 게지. 예산 사정을 잘 모른다는 말이야."

"이, 그려."

신 상무의 자세한 설명조차도 제대로 이해를 못 했지만 마담은 또다시 무시를 당할까봐 겁나 알았다는 듯이 고개를 끄덕끄덕하고 말았다.

"근디, 그 성 부자가 누구여?"

마담은 조심스레 또 다시 물었다. 성 부자가 누구인지 알고 싶은 마음은 굴뚝같았지만 젊은 년들에게 무시당하는 것 또한 그것만큼이나 싫었기 때문에 조심스레 물은 것이다.

"갈마지 과수원허구 논허구 사태골 밭허구 허면 한 삼만 평은 될 거여 아마."

석만이 손가락을 꼽아가며 골똘히 계산을 해대자 두 아가씨의 입에서 환호성이 터져 나왔다. 그와 동시 마담의 질문이 이어졌다.

"삼만 평이먼 올마나 된다?"

마담의 질문에 김양과 미스 조도 궁금한 것은 마찬가지였다. 하지만 영악한 그녀들은 무식한 티를 낼 수 없었다. 아니, 조금만 기다리면 저절로 알게 될 것이다. 무식한 마담이 총대를 멜 것이기 때문이다. 아니나 다를까 영악한 그녀들의 짐작은 틀림이 없었다. 궁금한 것은 참지 못하고 무식하든 유식하든 쏟아내야 직성이 풀리는 마담이 나서 주었기 때문이다.

그녀들은 삼만 평이면 얼마나 넓은 것인지 도저히 감을 잡을 수가 없었다. 그러나 많다는 것만은 확실했다. 세 여인은 고개를 길게 내뺀 채 똑똑한 구장님의 대답을 기다렸다.

"이, 저 농전핵교가 한 이만 오천 평정도 되니께."

마담과 아가씨들은 누가 먼저랄 것도 없이 탄성을 질러댔다. 농업전문대학보다 넓은 땅이면 엄청난 크기다. 그녀들로서는 가히 상상도 할 수 없는 크기였다.

"갈마진가 뭣인가에 그렇키 큰 부자가 있었어이?"

화등잔만 해 진 눈으로 마담은 입을 다물지 못했다.

"그류."

석만은 자랑스럽기라도 한 듯 더욱 목에 힘을 주어 댔다. 자기 동네에 그런 부자가 있었다는 것이 어깨를 으쓱하게 했던 것이다. 그 이면에는 또한 자신에 대한 것도 얼마간 있었다. 그다음으로는 석만이 자신이었기 때문이다. 아니나 다를까 신 상무가 석만의 심중을 꿰뚫고 입을 열었다.

"여기 앉아있는 구장님도 그만은 못하지만 대단한 땅 부자 시라니까 그러네."

그제야 여인들의 관심이 석만에게로 모아졌다.

"참! 그렇지. 하이구 구장님 이거 다시 봐야겠슈."

존경이 가득 어린 눈빛으로 마담이 굽실거리자 석만의 목은 부러질 듯 빳빳하게 곧추세워졌다. 눈은 희뜩 하게 내리깔리고 몸은 뒤로 한껏 젖혀졌다. 그러자 때 묻은 장미무늬 소파가 삐거덕거리며 지랄을 떨어댔다.

"뭐, 다시 보긴."

"구장님, 그 땅 다 뭐하실 거예요?"

김양은 아양 반으로 촐싹거리며 물었다.

"뭐하긴 김양, 이제 터미널이 들어서면 거긴 금싸라기 땅이 될 텐데. 그 땅 팔아서 사업을 하시겠지."

당연한 것 아니냐는 듯 신 상무가 나선 것이다. 그의 얼굴은 마치 석만의 대변인이라도 된다는 듯한 표정이었다.

"금싸래기면 올마나?"

마담이 다시 나서 물었다. 얼굴에는 여전히 무식한 티가 줄줄 흘러내리고 있었다.

"글쎄, 지금 시세야 평당 삼만 원을 밑돌지만 앞으로 모르긴 몰라도 한 십만 원 이상은 받을 수 있을 거 같더라고."

"어머, 어머!"

화등잔만 해진 눈으로 마담과 김양, 그리고 미스 조는 석만을 동시에 바라보았다. 마치 나 좀 살려달라고 애원하는 물에 빠진 과부들만 같았다.

신 상무의 그걸 갖고 뭘 그러냐는 듯한 표정에 세 여인은 더욱 환장할 지경이 되고 말았다. 석만은 목에 있던 힘이 어느새 어깨에까지 내려와 있었다. 눈을 내리깔아대며 커피를 홀짝거렸다.

"사장님!"

김양이 감기 끝에 가라앉지 않은 고양이 콧소리로 석만의 팔을 안으며 바싹 다가앉았다. 김양의 그것이 물컹하니 석만을 즐겁게 했다.

"어, 이거 왜 이런댜?"

석만은 생각지 못한 김양의 행동에 안절부절못했다. 그러자 이번에는 건너편에 있던 미스 조까지 석만의 곁으로 다가와 앉았다. 미스 조의 야들야들한 살결이 석만의 혼을 홀딱 빼놓았다.

"하이구, 왜덜 이런댜."

하지만 좋은 것을 달리 표현할 방법은 없었다. 그저 행복에 겨운 신음을 뱉어낼 뿐이었다.

"구장님은 좋겄다! 여시같은 년덜이 양짝으로다 달겨 붙어대니."

마담이 들으라는 듯 지껄여대자 가제나 몸 둘 바를 몰라 하던 석만은 더욱 안절부절못해댔다. 그러나 그 몸짓에는 여전히 좋아서 어쩌지 못하는 것이었다.

"왜덜 이런댜, 이!"

싫지만은 않은 듯 석만은 자리를 고쳐 앉기에 바빴다. 피한다는 핑계로 양쪽 모두를 즐기고 있었던 것이다.

"계집의 마음은 갈대라더니 만."

눈앞에서 벌어지고 있는 질투 나는 광경에 신 상무는 한숨을 길게 몰아쉬었다.

"건 또 뭔 도깨비 여울 건너가는 소리랴?"

신 상무의 푸념에 마담의 무식한 궁금증이 다시 도졌다.

"아! 그렇잖아요, 마담. 어제까지만 해도 이 신 상무의 양팔에 매달려 죽자 살자 하던 년들이 돈 많은 사장님이 떡하고 나타나니까 우르르 그쪽으로 죄다 몰려갔잖습니까. 내 참! 이거 더러워서."

"그럼 신 상무는 땅 가진거 읍슈?"

"나야 뭐 산고랑 밑 사태골에 손바닥만 한 자갈밭 하나 갖고 있지. 구장님에 비하면 땅도 아니지 뭐."

신 상무와 마담이 초라한 이야기를 주고받고 있는 동안에도 김양과 미스 조는 석만의 양팔에 매달린 채 갖은 아양으로 석만의 쾌락을 풍성하게 해주고 있었다.

"내 참! 이년덜 허군, 못봐주겠네 그려. 야! 이년덜아, 그만덜 주접떨구 배달이나 나갈 준비덜 혀."

"에이, 마담언니는 괜히 그래."

석만은 옆에 매달린 미스 조의 흔들리는 가슴팍이 좋았다. 힐끔힐끔 쳐다보는 것도, 어쩌다 짜릿하게 부딪혀오는 것도 모두 미치도록 좋았다. 석만은 앉은 그 자리가 바로 에덴동산이었다.

"아이고, 이거 재미없어 갈란다."

신 상무는 심통이 잔뜩 나서는 자리를 일어섰다. 생각지 못한 사태에 마담은 의아한 눈으로 신 상무를 올려다보았다. 그러나 아가씨들은 여전히 갈 테면 가라는 눈빛이었다.

"아니, 왜 그려? 신 상무."

마담이 뜨악한 눈으로 물었다.

"왜 그러긴. 읍사무소에 볼일이 있어서 가봐야 돼."

그리고는 석만을 돌아보며 작별 인사를 건넸다.

"구장님! 그럼 갈마지서 뵙지요. 전 읍사무소에 볼 일이 있어서 먼저 일어나야겠습니다."

석만은 아쉬웠다. 야들야들한 두 아가씨를 두고 떠나야 한다는 것이 못내 아쉬웠던 것이다.

신 상무의 작별에 멍해진 석만은 잠시 주춤거리다 일어섰다. 마치 읍내 장날 엄마 손을 잡고 따라나온 아이가 길을 잃을까봐 조바심 내는 것과도 같았다.

"그럼 나도 가 봐야쥬 뭐."

"아이, 사장님! 좀 더 있다가 가시지 그래요. 날도 춥고 길도 미끄러운데."

미스 조가 석만의 팔을 꼭 껴안으며 가슴에 문질러댔다. 환장할 노릇이다. 석만은 온몸이 녹아들었다. 두 다리에 힘이 쪽 빠졌다.

"아, 그게 말여"

석만은 말도 나오지를 않았다. 온몸의 신경이 팔에만 쏠려져서는 혀까지 굳어졌다.

"그건 무슨 그거예요. 바쁘시지도 않으면서."

여우 같은 미스 조가 예쁜 눈을 살짝 흘긴 채 콧소리까지 흘려대며 잡아끌자 석만의 얼굴은 벌겋게 달아올랐다.

석만은 어쩔 줄을 몰랐다. 몸은 가야 한다며 일어섰지만 의지는 그대로 소파에 남아 있었다.

"구장님, 조금만 더 있다가 가세요. 네, 쪼끔만."

김양마저 나머지 팔을 잡아끌며 아양을 떨어댔다. 여복이 터지는 날인가 보다. 석만은 싫지 않은지 허허 웃음만 연신 흘려댈 뿐이었다.

그러는 사이, 신 상무는 찬바람에 덜컹거리는 문짝만을 뒤로 남긴 채 휑하니 밖으로 사라져버리고 말았다. 석만은 이제 혼자 남았다는 난감함보다는 젊은 아가씨 둘을 상대해야 한다는 난처함이 은근한 부담으로 다가왔다.

"저, 내가 있잖어 말여. 다음에 다시 들를 테니께 오늘은 이만 허자구 이."

석만은 안 되겠다 싶었는지 아가씨들을 밀치고는 재빨리 도망치다시피 자리를 떠났다.

"아니? 사장님."

"구장님."

미스 조와 김양이 석만을 잡으려 뛰쳐나왔으나 석만은 이미 버스터미널을 향해 다람쥐처럼 날랜 걸음으로 내빼고 난 뒤였다. 부르릉거리는 요란한 엔진 소리를 뒤로 내뿜으며 버스는 사람들을 기다리고 있었다.

갑자기 살을 에는 찬바람이 밖으로 나선 미스 조와 김양을 습격해댔다. 두 아가씨는 어깨를 잔뜩 움츠린 채 손을 비벼댔다. 그리고는 서로 마주 보며 싱긋 웃고는 종종걸음으로 다방 문을 밀치고 들어갔다. 차가운 바람이 미스 조의 치맛자락을 따라 스스스 몰려 들어갔다.

터미널을 벗어난 석만은 달팽이 고개 둘레거리이듯 신 상무를 찾아 헤맸다. 하지만 신 상무는 온데간데없었다. 읍사무소로 찾아갈까도 생각했지만 쓸데없이 쫓아다니는 것도 실없는 짓일 것 같아 그냥 발길을 돌리고 말았다. 아리랑 고개를 향해 발길을 돌리고 만 것이다.

때는 이미 점심때가 훌쩍 넘은 듯했다. 춥고 그악스런 날씨 탓인지 읍내거리는 한산하기만 했다. 발목까지 푹푹 빠지는 눈은 읍내거리도 마찬가지였다. 누구 하나 쓸지 않아 그대로 쌓여있었던 것이다. 그나마 다행인 것은 날씨가 개어 햇빛이 드러난 맑은 하늘을 볼 수 있다는 것이었다. 햇빛 덕분인지 차가운 칼바람에도 양지쪽은 그런대로 온기가 닿아오고 있었다. 다행이었다.

석만은 읍내를 벗어나 사직골로 향했다. 사직골을 지나 아리랑 고개로 올라서서는 자꾸만 학다방 쪽을 바라보았다. 고개를 돌려 목을 길게 내뺀 채 두릿거리곤 했던 것이다. 야들야들한 촉감이 아직도 석만의 어깨에 와 닿아 있는 것만 같았다.

"좋긴 좋더만."

석만은 아쉬운 듯 중얼거렸다. 입맛까지 다셔댔다.

"내 참! 고년덜."

고갯마루에서도 자꾸만 고개를 돌려대며 아쉬운 듯 발걸음을 늦춰본다. 참말로 아쉽기만 했다. 금오산 산봉우리를 올려다보자 하얗게 뒤덮인 산봉우리가 마치 뽀얗게 터질 듯 솟아올랐던 미스 조의 가슴팍처럼만 보였다. 그것마저도 그렇게 보였다.

석만은 긴 한숨과 함께 신음소리를 흘려내고야 말았다.

"하이고, 고것 참! 미치겠구먼!"

석만은 머리까지 흔들어댔다. 고개를 넘어가며 잊고자 애썼다. 그러나 그것은 생각뿐이었다. 어딘가가 자꾸만 부풀어 올라댔다.

"그려, 다음에 또 가보지 뭐."

심드렁히 스스로를 위로하며 발걸음을 옮겨놓았다.

임씨네 과수원 울타리 너머에서 푸드덕거리며 장끼 한 마리가 멋들어지게 날아올랐다. 아카시아 줄기에 소복이 쌓여있던 눈 더미가 우수수 쏟아져 내렸다.

석만이 학다방을 나가고 얼마 있지 않아 신 상무가 다시 들어왔다.

"갔지?"

신 상무의 눈빛이 다락방에 숨겨둔 것을 노리는 쥐새끼 눈망울처럼 그렇게 반짝 빛났다. 그리고 그런 눈빛에 화답이라도 하듯 세 여인의 입에서 동시에 짤막한 대답이 쏟아져 나왔다.

"응, 갔어."

신 상무는 그래도 못 미더운지 덜렁거리는 문쪽을 한 번 바라보고는 다시 물었다.

"어때?"

고개까지 내밀며 어떠냐고 물었다.

"뭐, 잘 될 것 같던데."

김양이 고개를 끄덕이며 잘 될 것 같다고 수긍을 해댔다.

"그렇지?"

신 상무도 확인을 하려고 물었던 모양이다.

"그러니까 잘 하면 이번에 한 몫 크게 거머쥘 수 있다니까. 미스 조 역할이 제일 중요해. 알았지?"

신 상무가 눈초리에 힘까지 주어가며 미스 조를 바라보았다. 그러자 미스 조는 질겅질겅 씹어대던 껌을 더욱 요란하게 딱딱 씨부려대며 입을 좌우로 크게 놀려댔다.

"아씨는 참! 장사 한 두 번 해보나, 걱정도 팔자셔. 그런 촌뜨기 하나 후리는 건 일도 아니라니께."

"그려, 얘 전문이 그거 아녀. 먼저 있던 장흥서두 그 일루 도망 온 거 아닌감."

마담의 너스레에 미스 조는 째진 눈을 하얗게 흘겨댔다.

"언니! 언니는 왜 남의 사생활을 까발리고 난리야 글쎄."

미스 조가 암내 난 암고양이같이 표독하게 대들자 마담은 슬쩍 고개를 외면하고 말았다.

"미안혀, 내가 허는 얘기는 사업상 그렇다는 거지. 뭐, 다른 뜻이 있어서 그런 건 아녀."

마담의 변명에 이번에는 김양도 끼어들었다.

"에이, 그럼. 미스 조 네가 이해 좀 해라 애. 언니가 뭐 네가 사기꾼이라는 걸 동네방네 알리고 싶어서 그러니? 다 같이 잘해 보자고 그러는 거지."

"그려. 맞어, 그거여."

잘했다는 듯이 마담이 김양의 말을 두둔하고 나섰다.

"아무리 그래도 그렇지."

"자, 그만하고 내 얘길 잘 들어보라고. 이제 운을 띄웠으니 시작은 한 셈이고 문제는 구장을 어떻게 구워삶느냐 하는 거거든."

"그야 뭐, 미스 조가 있잖아요!"

걱정도 팔자라는 듯 김양이 미스 조를 턱짓으로 가리켰다.

"문제는 미스 조가 아니라 구장이라고, 인물이 워낙 농사만 짓던 좀생이라서 쉽지가 않을 거야."

"하이구, 그런 사내덜이 한 번 빠지면 더 대책이 읍다니께! 안 그러냐 미스 조야."

마담의 말에 미스 조가 고개를 끄덕끄덕했다.

"그건 마담 언니 말이 맞아. 그런 좀팽이들 꼬시기가 훨씬 수월한 편이지. 됩새 그런 좀팽이들은 순수니, 사랑이니, 진정 어쩌구 하면서 지겹게 달라붙어서는 떨어지지도 않아요. 귀찮게시리."

"거봐, 신 상무. 그 냥반은 인저 미스 조헌티 빠져서 뼉다귀두 지대루 못추리게 됐어 인저."

마담은 재미있다는 듯 입가에 느물거리는 웃음을 잃지 않았다.

"하여튼 잘들 해야 해. 요즘 서울 복덕방 사람들이 팥 바구니 쥐새끼 드나들 듯 들랑거리는데 이참에 우리도 한 몫 크게 잡아 보자 고들. 그 구장 땅만 잘 구슬려 넘기면 큰 몫 잡을 수 있을 거야 아마. 내가 알기로 그 동생이 갖고 있는 것까지 한 만 오천 평 되는 걸로 알고 있는데. 문제는 또 그 동생이야. 농사만 아는 촌닭 같지만 이게 여간내기가 아니거든, 농전까지 나왔다고 그러데."

"그려이?"

마담은 또 신 상무의 염려에 장단을 맞췄다. 잔뜩 근심 어린 눈빛으로 신상무를 올려다보았던 것이다. 마담은 그렇게라도 해야 자신의 몫을 다하는 것이라 생각했다. 마음으로라도 힘써 함께 하려 했던 것이다.

"하여튼 구장만 혼을 쏙 빼놓으면 제아무리 똑똑하고 잘 난 동생이 있다 하더라도 해먹을 수 있는 방법은 얼마든지 있으니까 우리 한 번 잘 해보자고."

신 상무는 세 여인을 죽 둘러보며 하나씩 눈을 맞췄다. 그러자 그녀들은 신이 나는지 주먹까지 쥐어 보이며 너스레를 떨어댔다.

"그려! 우리 거 뭐시냐? 화이팅, 이 그거 한 번 해보자이!"

마담의 제의에 미스 조와 김양이 좋아라 하며 손을 내밀었다. 장난스럽고 진지하지 못한 태도에 마음이 썩 내키지는 않았지만 신 상무도 손을 내밀지 않을 수 없었다.

"파이팅!"

낡고 음침한 다방 안에서 음험한 외침이 울려 나왔다. 춥고도 구질구질한 오후였다.

그날 이후로 석만은 시간만 나면 학다방을 찾았다. 이제 신 상무가 석만의 눈치를 보아가며 학다방을 맴돌 지경이 되고 말았다. 그러다가는 아예 밖으로 미스 조를 불러내기 시작했다.

"학다방이쥬? 미스 조줌 부탁허유."

"누구신데요?"

김양은 전화를 걸어온 위인이 갈마지 구장 석만이라는 것을 대뜸 알아챘으면서도 모르는 척 이기죽거렸다.

"이, 저 먼 친척뻘 되는 사람인디유."

"친척요? 미스 조 걔는 고아라서 친척이 없는 걸로 아는데."

김양은 질경질경 껌을 씹어대며 이상하다는 말투로 되물었다.

"친척 누구요?"

꼬치꼬치 캐묻는 김양이 석만은 죽도록 얄미웠으나 당장 해야 할 것은 김양의 물음에 대한 대답이었다.

"이, 사촌 오빠 되는 사람이유."

되는 대로 미스 조에게 있는지 없는지도 모르는 사촌오빠를 빌려 떨리는 목소리로 둘러대고 말았다.

"사촌 오빠면 먼 친척도 아닌데, 이상하네."

듣고 보니 그랬다. 먼 친척이라고 해놓고서는 겨우 사촌 오빠라 둘러댔으니 자신이 생각하기에도 민망한 노릇이었다. 석만은 얼굴이 화끈 달아올랐다. 김양이 자신을 알아보고 있다는 생각이 들었기 때문이다.

"바쁘시지 않으면 여기 터미널 옆인데 오시지 그래요."

또다시 날아드는 난감한 말에 석만은 부아가 확 치밀어 올랐다.

'육시럴 년 그냥 바꿔주면 되지 뭘 자꾸 따지구 지랄이여.'

속으로 욕을 한 바가지 퍼붓고도 화가 풀리지를 않았다.

"아! 지금 그럴만한 상황이 못 되야서."

"알았어요."

김양은 그제야 알았다고 대답하고는 일부러 석만이 들으라는 듯이 큰 소리로 외쳐댔다.

"미스 조! 사촌 오빠래, 받아봐."

석만은 이기죽거리는 김양의 목소리를 또렷이 들을 수 있었다. 얼굴이 다시 한 번 화끈 달아올랐다.

"사촌오빠?"

미스 조는 무슨 사촌오빠냐는 듯이 의아해하며 수화기를 건네받았다.

"누구는, 얘! 늬 늙은 오빠 말고 누가 있겠니."

김양의 말에 미스 조는 눈을 찡긋거리고는 고운 목소리로 수화기 너머 그 가짜 사촌오빠를 불러냈다.

"이, 미스 조. 나여 갈마지구장."

석만은 김양이 들을까 두려워 모기만 한 소리로 미스 조를 불러댔다.

"어머! 오빠. 오빠가 웬일이야?"

미스 조는 김양을 바라보며 진짜 오빠를 만난 듯 호들갑을 떨어댔다. 그러자 김양은 미스 조의 곁에 바짝 붙어서는 키득거리며 수화기를 엿들었다.

"옆에 누가 있남?"

키득거리는 김양의 소리를 듣고는 석만이 말을 제대로 못했다.

"아뇨. 나야 뭐 잘 지내죠. 근데 오빠는?"

미스 조는 김양을 향해 연신 눈을 찡긋거리며 석만을 안심시키려는 듯이 엉뚱한 소리를 해댔다. 그러자 석만도 미스 조의 의도를 알아채고는 마음을 놓으며 입을 열었다.

"다른 게 아니구, 먼젓번에 우리 약속 헌거 있잖어. 그거 오늘 쫌 지키자구, 이."

"아이, 오빠는. 나 지금 바쁜데."

미스 조가 난색을 표하자 석만은 더욱 애가 타는지 목소리가 환장할 지경이다.

"아녀. 오늘은 꼭 만나구 가야겠구먼. 지발 내 소원 쫌 들어줘 미스 조, 이."

미스 조는 수화기에 대고 긴 한숨을 몰아쉬었다. 그리고는 한참을 그렇게 고민하는 듯싶더니 마침내 반승낙을 하고 말았다.

"오빠, 그럼 사정이 그렇게 어렵게 되었다니까 내가 사장님한테 한 번 여쭤보고 시간을 내볼게요."

"이, 증말인감?"

석만은 듣고도 믿기지 않다는 소리였다. 미스 조가 뭐라고 하기도 전에 먼저 제 말만을 던져댔다.

"그럼 말여, 내 온양 가는 버스를 타구 있을 테니께 금방 나와서 내 탄 차를 타라구. 알었지? 사람덜이 눈치채지 못허게 말여."

석만은 누가 들을세라 연신 두리번거리며 목소리를 낮춘 채 주위를 훑어보았다.

"알았어요."

미스 조는 무슨 큰일이라도 있는 것처럼 시무룩이 대답을 해주었다.

"이, 그럼 내 기다리구 있으께이."

석만은 신이 났다. 수화기를 집어던지듯 내려놓고는 매표소로 달려갔다.

학다방 안에서도 난리가 났다. 미스 조가 수화기를 내려놓기 무섭게 김양이 박수까지 쳐대며 호들갑을 떨어댔다.

"애, 됐니?"

마담도 눈을 화등잔만 하게 뜨고는 달려들며 보채듯 물어댔다. 미스 조는 얼굴에 환한 미소와 함께 고개를 끄덕였다.

"그럼 이제 절반은 성공이야."

"하이구, 인저 갈마지에 깨진 쪽 바가지 찬 위인 하나 나겠구먼."

마담도 덩달아 신이 났다. 석만의 불행은 곧 나의 행복이라는 듯 마담과 김양은 그렇게 깔깔거리며 좋아했다.

"그러게 말이우."

김양이 마담에 꿍짝을 맞췄다.

"하튼 잘 구워 삶아서 꼼짝 못허게 만들어야 헌다이."

"언닌 별게 다 걱정이우. 쟤가 뭐 한두 번 그런 일을 하우."

부러워 그러는 건지, 아니면 약이 올라 그러는 건지, 김양은 미스 조를 힐끔거리며 이기죽거렸다. 그러자 미스 조도 지지 않고 맞받아쳤다.

"그럼! 내가 뭐 이런 일을 한두 번 해보나. 걱정말우."

이때 다방 문이 덜커덩 열리며 코끝이 빨갛게 언 신 상무가 들어섰다. 찬바람이 방정맞게 뒤따라 들어왔다.

"어머! 이제 오시네."

김양은 응원군이라도 맞듯이 손뼉까지 쳐대며 반가워했다.

"아이구! 인저 일이 시작됐어."

마담이 호들갑을 떨어댔다.

"일이 시작되다니요?"

아닌 밤중에 홍두깨였다. 하지만 신 상무는 곧 그 의미를 알아채고 얼굴에 희색이 만면해졌다.

"구장님이 드디어 미스 조를 낚았다니까요."

김양이 촉새처럼 나섰다.

"얘. 오티기 구장이 미스 조를 낚었니. 미스 조가 구장을 낚었지."

마담이 좋아라 하며 깔깔거렸다.

"그런가?"

김양도 마담의 말에 동조하며 깔깔거렸다. 다방 안은 한바탕 웃음꽃으로 만발했다.

웃고 떠드는 사이, 미스 조가 옷을 갈아입고 나왔다. 베이지색 투피스에 옅은 화장을 해 평소보다 더 화사하기만 했다. 예쁘기도 했다.

"야! 이거 미스 조. 아깝다, 아까워!"

신 상무가 혀까지 차대며 한 바탕 탄성을 질러댔다.

"사내덜허군 참!"

마담이 먼저 한심하다는 투로 신 상무를 꼬나보며 미스 조에게로 질투의 눈빛을 던졌다.

"그럼 신 상무께서 먼저 드시지 그래요?"

김양은 아예 입을 삐죽거리며 노골적으로 신 상무의 심기를 쥐어박았다.

"내가 뭐, 말이 그렇단 얘기지. 아, 진짜 예쁘잖아!"

"이쁜 게 다 얼어 죽었나베."

신 상무의 예쁘다는 말에 마담이 고개를 돌리며 들릴락 말락 혼잣말로 중얼거려댔다. 그러자 자신을 두고 왈가왈부하는 꼴을 보다 못한 미스 조가 그만 김양에게로 달려들고 말았다.

"얘! 내가 뭐 갈비니? 먼저 드시구 어쩌구 하게."

미스 조가 김양에게로 달려든 진짜 이유는 마담의 말에 기분이 무척 상했기 때문이다. 사내들이 예쁘다 하는 말을 인정해 주려 하지 않는 마담에 화가 났던 것이다.

"그만덜혀. 어여 가봐라! 구장님 기다리시겄다. 쌈질일랑 갔다 와서 히두 안 늦으니께."

미스 조는 마담의 임시 중재안에 입을 삐죽거리며 두고 보자는 듯한 눈길로 김양을 한 번 흘겨보고는 휑하니 밖으로 나가버렸다.

"언니는. 진짜 우리가 싸우기를 바라는 것 같으우."

김양은 마담을 향해 투덜거렸다. 미스 조가 그리 화를 내는 것도 사실은 자신 때문이란 것을 잘 알고 있는 마담은 달래는 소리로 김양을 다독였다.

"이것아! 말이 그렇다는 거지 뭐, 늬덜이 싸워서 내 좋을 게 뭐 있겄니."

"그럼. 식구들끼리 싸워서 뭐 좋은 일 있겠어. 따지고 보면 이것도 하나의 사업인데 종업원들끼리 치고받고 싸우면 손해 보는 것은 사장님 아녀."

신 상무도 옆에서 껄떡거리며 거들었다.

"자, 여기 앉아서 미스 조 소식이나 기다리자고. 커피나 좀 한 잔 줘봐!"

땟국 물이 자르르한 장미무늬 소파에 털썩 주저앉으며 신 상무는 김양을 바라보았다.

"미스 조가 온제 올 줄 알구 기대려. 내일 올지 모레 올지 말여."

"미스 조는 영악해서 시간 오래 안 끌 거야 아마."

"허긴, 그 여수 같은 년이. 그렇겠지?"

마담은 얼굴에 환한 웃음을 가득 머금은 채 확인을 하듯 물었다.

"그럼!"

마담과 신 상무가 찧고 까부는 사이 김양이 따끈한 커피를 들고 왔다.

3. 플라스틱 러브

　버스는 경쾌한 노랫소리와 함께 석만과 미스 조를 온양시내에 내려놓
았다.

　"구장님! 우리 온천이나 하고."

　"이? 온천은 무슨. 그냥 일단 들어갔다가."

　석만은 놓칠세라 미스 조의 손목을 잡아챘다. 그리고는 으슥한 뒷골목으
로 끌고 갔다. 온통 붉은 간판의 여관들뿐이었다. 그래도 음침한 뒷골목에
비해 건물들은 깨끗하고 화려한 편이었다. 관광도시다운 면모가 엿보였다.
예산 읍내의 지저분하고 촌스런 뒷골목과는 비교도 안 되었다. 온천장이란
붉은 간판 앞에서 미스 조는 짐짓 망설였다.

　"들어가자구! 좋은 디여."

　석만은 미스 조의 손목을 우악스레 잡아끌었다. 그러나 미스 조는 도살장에

끌려들어가는 암소처럼 뒷걸음질을 쳐댔다. 하지만 그것도 처녀라는 증거를 위한 시치미이자 정절을 지키겠다는 쇼에 불과한 것이었다. 이내 석만의 힘에 못 이기는 척 발길을 떼어놓고 말았다.

"어서 오십쇼! 사장님."

앳되어 보이는 사내가 두 사람을 반갑게 맞았다. 미스 조는 부끄러운 듯 고개를 외로 꼰 채 석만의 뒤로 숨었다.

"방, 있남유?"

촌스럽게 튀어나온 말투에 미스 조는 이내 얼굴이 잘 익은 석류 속처럼 빨개졌다. 미칠 지경이다.

"아! 그럼요, 사장님. 침대 방을 드릴까요, 아니면 온돌방을 드릴까요?"

사내는 재미있다는 표정이다. 미스 조는 얼굴이 화끈 달아올랐다.

"이? 난 침대는 영."

석만은 침대라는 것은 말로만 들었지 본적도 없었다. 그래 침대라는 말이 부담스러워 우물 쭈물거렸다. 그러자 이 영리한 사내는 알아서 결정을 해버리고 말았다.

"예, 그럼 온돌방으로 드리겠습니다. 따라오시죠!"

웃음을 흘리며 앞서 가는 사내의 묘한 표정을 바라본 미스 조는 얼굴을 잔뜩 찌푸려댔다. 미모에 대한 자존심, 문화적 우월감, 뭐 그런 것들이 그녀로 하여금 절로 얼굴을 찌푸리게 했던 것이다. 그리고 그 문화적 우월감은 곧 앞서가는 석만의 팔을 잡아당기게 했다.

"구장님, 침대 방으로."

미스 조의 은근한 한 마디는 곧 석만을 문화인으로 바꿔놓고 말았다.

"이, 그려? 알었어. 이봐유, 우리 침대 방으루다 줘유."

앞서가는 사내를 다급히 불러대며 석만은 다시 한 번 촌티를 유감없이 드러냈다. 미스 조의 얼굴이 다시 한 번 화끈거리는 순간이다.

"예, 알겠습니다."

사내는 다소곳이 대답했다. 그러나 미스 조는 그 다소곳함마저 진정성이 보이지를 않았다. 자신을 얕잡아 보는 것으로만 들렸기 때문이다.

사내를 따라 계단을 올라가면서 석만은 눈이 휘둥그레졌다. 대낮인데도 어둠침침한 조명과 붉은 카펫, 그리고 군데군데 놓여있는 고급스런 화분과 화려한 장식물들이 석만의 목과 눈동자를 잠시도 쉬지 못하게 만들었기 때문이다. 달팽이 모가지 둘레거리이듯 석만은 쉬지 않고 촌티 나는 행동을 쏟아냈다. 미스 조는 차마 웃어야 할지 울어야 할지 몰랐다. 그저 미치고 환장할 따름이었다.

"여깁니다. 들어가시죠!"

사내는 방문을 활짝 열어젖히며 불을 켰다. 깜깜하던 방안이 이내 휘황찬란한 조명으로 바뀌며 화려한 모습을 드러냈다.

"이야, 좋구먼! 하이구, 이런디서 오티기 잔다."

석만의 감탄에 사내는 그예 웃음을 참지 못하고 키득거리고 말았다. 사내는 웃으면서도 석만보다는 미스 조의 눈치를 더 보아댔다. 미스 조를 연신 힐끔힐끔 쳐다보았던 것이다. 미스 조는 쥐구멍이라도 찾고픈 심정이었다.

"그럼 편히 쉬십시오!"

사내는 깍듯이 예의를 갖추고는 돌아섰다. 그 예의마저 의심스러운 것이기는 했지만.

"아이, 참! 구장님, 내가 창피해서."

미스 조는 더 이상 참지 못하고 불만을 토해냈다. 고운 얼굴에 살짝 인상이 그려졌다.

"이? 이, 괜찮어, 미스 조! 챙피허긴 뭐가 챙피혀, 내가 잘 해 줄테니께."

석만은 미스 조의 뜻도 이해하지 못했다. 기가 막힐 따름이다.

"사랑혀! 미스 조."

석만은 다짜고짜 미스 조를 껴안았다. 화사한 향기와 함께 말캉한 느낌이 한 아름 폭 안겨졌다. 석만은 그대로 녹아드는 듯했다. 시각은 물론 후각과 촉각까지 그야말로 까무러칠 노릇이었다. 이대로 죽어도 좋을 듯싶었다.

미스 조는 안 된다는 듯 몸을 뒤틀어댔다. 그럴수록 석만은 더욱 짜릿했다. 가슴으로 닿아오는 형언할 수 없는 보드라움과 말캉거림이 석만의 오금을 저리게 했다. 두 팔에 힘을 주어 놓치지 않으려는 듯 더욱 꼭 껴안았다.

"아! 구장님."

향기로운 입으로 미스 조는 미치도록 아름다운 신음소리를 흘려냈다. 석만의 귀를 자극하는 천상의 소리였다.

"괜찮어. 미스 조! 내가 올마나 미스 조를 기다렸는지 알어?"

석만은 괜찮다며 미스 조의 몸에 자신의 몸을 밀착시켜댔다. 석만의 온 몸은 터질듯 부풀어 올랐다.

그 순간, 석만의 들뜬 분위기를 깨뜨리는 눈치 없는 소리가 문가에서 날아

들었다. 난데없는 노크소리가 들려온 것이다. 화들짝 놀란 석만은 미스 조를 밀쳐냈다.

"저, 손님. 죄송합니다만 숙박계 좀 써주십시오!"

전혀 죄송해 보이지 않는 사내의 얼굴이 빼꼼히 열린 문틈으로 짓궂게 디밀어졌다.

"아! 예."

석만은 입맛을 쩝 다시고는 머쓱한 표정으로 사내에게로 다가갔다. 그리고는 어정쩡한 자세로 문에 기댄 채 숙박계를 쓰기 시작했다. 치부책을 쓰듯 석만은 꼼꼼하게 적어갔다.

"허, 이거 오티기 히야 허나."

석만은 숙박계를 쓰다 말고 난감해했다. 미스 조의 이름을 몰랐던 것이다. 석만이 미스 조의 이름을 놓고 고민하고 있을 때, 사내는 힐끔거리는 눈으로 연신 미스 조를 훔쳐보았다. 미스 조의 헝클어진 옷매무새를 본 사내는 의미 있는 웃음을 노골적으로 미스 조에게 던져대기 시작했다. 미스 조는 사내의 눈길을 의식하고는 불쾌한 표정으로 옷매무새를 매만지며 돌아섰다.

"저, 잠깐만 나가 있을류."

나가 있으라는 말에 사내는 의아한 얼굴로 석만을 바라보았다.

"왜 그러시는데요?"

"아니, 잠깐이면 돼유. 우리 상의할 일이 있어서."

말끝을 흐리는 석만에 사내는 멀뚱한 얼굴로 고개를 갸웃거렸다.

"그러죠, 뭐."

사내가 나가고 나서 석만은 미스 조에게로 잽싸게 달려갔다.

"이거 말여. 이름을 써야 허는디 내가 물러서."

순간, 미스 조는 허탈한 웃음을 흘리지 않을 수 없었다.

"참, 구장님. 이리 주세요. 제가 쓸게요."

미스 조는 석만에게서 숙박계를 채트리듯이 빼앗았다. 그리고는 답답하는 듯이 한숨을 몰아쉬고는 단숨에 써내고 말았다.

"자! 갖다 주세요."

석만은 화가 난 미스 조의 눈치를 살살 보아가며 숙박계를 들고 문 앞으로 갔다. 그리고는 문을 열고 숙박계를 내밀었다.

"이렇키 쓰면 되나유?"

석만이 내미는 숙박계를 보지도 않고 사내는 고개를 끄덕였다.

"예, 됐습니다. 즐거운 시간 되십시오!"

사내는 큰소리로 인사를 하고는 미스 조를 힐끔 쳐다보았다. 미스 조더러 즐거운 시간이 되라는 얘기였다.

"예, 고마워유."

석만은 사내의 뜻도 모른 채 그저 답답하기만 했다. 참으로 눈치도 지지리도 없는 사내다. 그러니 당하고 있는 미스 조의 심정이야 어떻겠는가? 답답하고 환장할 노릇이다.

석만은 잽싸게 문을 잠갔다. 싸늘한 쇠붙이 부딪히는 소리가 문고리에서 들려왔다.

"구장님, 그런 거는 제대로 쓰면 안돼요."

약간 화가 나기도 하고 답답하기도 한 미스 조는 무식한 석만을 가리키려 들었다. 마치 잘못한 아이를 타이르는 엄마만 같다.

"이, 뭐가 말여?"

석만은 여전히 깜깜하기만 하다.

"숙박계 말이에요. 누가 그런데다 진짜 이름을 써요."

미스 조는 핀잔을 주듯이 석만을 나무랐다. 하지만 석만에게는 지금 그런 것이 중요하지 않았다. 둘만이 남았다는 사실만이 중요할 뿐이었다.

"그런 게 뭘 그렇키 중요허다구 그려."

아무렇지도 않다는 듯한 석만의 말에 미스 조는 그저 한심하기만 했다.

"인저 우리 둘뿐이구먼."

석만은 음흉하게 웃고는 우악스럽게 달려들었다. 순간 미스 조의 입에서 비명소리가 터져 나왔다. 석만이 미스 조를 꼭 껴안고는 침대 위로 그대로 나자빠졌던 것이다. 침대의 탄력과 미스 조의 말캉한 몸은 석만을 황홀의 나락으로 떨어뜨렸다.

"구장님, 이러지 말고. 읍."

석만의 무례하고도 거친 손은 미친 듯이 미스 조의 몸을 더듬어대기 시작했다. 싸구려 담배 냄새 폴폴 풍기는 거친 입술로는 모진 세상 풍파 이겨낸 미스 조의 현란한 입술을 찾아댔다. 이성을 잃은 석만은 미스 조의 몸을 짐승처럼 탐닉했다. 거칠게 이는 욕구를 채워나갔던 것이다.

한동안 몸부림치며 거부의 몸짓을 보이던 미스 조도 이제는 잠잠해졌다. 석만의 욕망을 받아들일 준비를 하는 모양이다. 둘은 서서히 알몸이 되어갔다.

미스 조의 뽀얗고 풍만한 몸매가 적나라하게 드러나고 농사일로 단단하게 다져지고 햇볕에 그을린, 그래도 아직은 쓸 만한 석만의 몸도 드러났다.

"구장님, 이제 살살. 응."

코 먹은 소리로 아양을 떨어대며 석만을 달래보지만 선을 넘어선 석만의 귀에 그런 것이 들려올 리 만무했다. 오직 몸으로 전해오는 짜릿한 황홀감만이 있을 뿐이었다. 석만은 마치 청춘이었던 시절로 돌아간 듯했다. 어떻게 이런 힘이 솟구치고 있는지도 알 수가 없었다. 집에서는 한 번도 이런 힘이 솟구쳤던 적이 없었기 때문이다.

석만의 몸이 미스 조의 몸을 막 찾아들려는 순간, 아내의 쥐었다 놓은 보리개떡 같은 얼굴이 삐쪽산 위로 보름달 떠오르듯 그렇게 환하게 떠올랐다. 한 번도 이런 힘을 써주지 못한 아내의 얼굴이 눈물로 젖어들며 자신을 바라보고 있는 듯했다. 순간, 석만은 온몸에 힘이 쫙 빠지며 모든 동작을 멈추고 말았다. 그리고는 아차 싶었다. 아니나 다를까, 석만의 몸은 삼복더위 시장바닥에 널브러진 낙지 늘어지듯 흐물거리며 늘어져 버리고 말았다.

"구장님, 왜 그래요?"

미스 조도 느꼈는지 의아한 목소리로 물어댔다. 석만은 이래서는 안 된다고 속으로 부르짖으며 안감힘을 써보았다. 아내의 얼굴을 잊으려 애썼던 것이다. 하지만 그럴수록 아내의 보리개떡 같은 얼굴은 더욱 선명하게 떠올랐다. 휘영청 밝은 달처럼 그렇게 석만의 뇌리 속에 떠올랐던 것이다.

'이러면 안되는디.'

마음속으로 이렇게 되 뇌이며 다시 미스 조의 몸을 더듬었지만 이제 소용이 없었다. 꿈쩍도 하지 않았던 것이다.

"구장님! 조급하게 굴지 말고 살살 이렇게."

미스 조가 나서 석만의 몸을 일으켜보려 애썼다. 하지만 한 번 수그러진 석만의 몸은 소용이 없었다. 영 일어설 기미를 보이지 않았던 것이다. 석만은 더욱 당황했다. 미스 조 앞에서 이런 부끄러운 일이 어디 있단 말인가?

이제 상황은 뒤바뀌어 미스 조가 적극적으로 석만에게로 달려들었다. 석만을 눕혀 놓은 채 미스 조가 올라서 일을 시작했던 것이다. 하지만 사정은 조금도 달라지질 않았다.

"이런 니미럴."

석만은 미스 조의 몸을 밀치며 일어섰다.

"내 이눔으 여펀네를 그냥."

석만은 제 머릿속에 떠오른 아내를 원망하며 욕을 퍼부어댔다. 미스 조는 어안이 벙벙했다.

"어머! 구장님?"

"아녀, 미안혀. 내 잠시 마누라 생각을 쫌 혔더니만."

미스 조는 한동안 멍하니 석만을 바라보다가는 허리를 굽히고 키득거리기 시작했다.

"왜 웃구 그려. 넘은 신경질나 환장허겄는디."

"구장님도 참! 마나님 생각에 겁이 나서 이렇게 초라하게 됐단 말예요?"

미스 조의 이기죽거리는 말에 석만은 '아차' 싶었으나 자존심은 이미 구 겨질 대로 구겨지고 난 뒤였다.

"구장님! 여긴 여관이예요. 구장님 말대로 우리 둘뿐이라고요. 잊으시고 다시 한번 시작해 봐요. 네?"

"이, 그려."

미스 조는 석만의 몸을 다시 일으키기 위해 갖은 방법을 다 동원했다. 많은 사내들을 상대해 온 노하우를 죄다 발휘했던 것이다. 그러나 석만은 영 가망이 없어 보였다. 고개를 파삭 숙인 석만의 몸은 시장 바닥에 널브러진 낙지 대가리처럼 흐물거리며 초라하게 죽어있었던 것이다. 살아날 가망이 조금도 없어 보였다.

"휴."

지친 미스 조의 입에서 한숨이 새어나왔다. 최선을 다했음에도 일이 제대로 되지 않았을 때의 허탈함이 그녀 얼굴에 가득했다.

석만은 부끄러움과 구겨진 자존심으로 얼굴을 붉혔다.

"구장님! 오늘은 안 되겠어요. 우리 다음에 멋진 시간을 갖기로 하고 오늘은 그만 해요."

의외로 미스 조가 괜찮다는 듯이 나긋나긋한 목소리로 달래 오자 석만은 그나마 적잖은 위로가 되었다.

"그려, 미스 조는 역시 마음두 비단 같어. 이런 등신 같은걸."

"구장님, 왜 자꾸 그런 말씀을 하시고 그래요. 저는 괜찮아요. 시골 다방에서 커피배달이나 하고 있지만 저도 진정한 사랑이 뭔지는 안다고요. 저는요, 이런 유치한 사랑보다는 진정한 마음을 주고받을 수 있는 플라토닉러브를 좋아해요."

"이? 플라스틱러브?"

의아한 얼굴, 어눌한 말투로 플라스틱러브를 되뇌고 있는 석만을 두고 미스 조는 배꼽을 잡았다.

"왜 그려?"

웃고 있는 미스 조를 두고 석만은 모르겠다는 듯이 또 물어댔다.

"플라스틱이 아니고 플라토닉러브요, 구장님."

"하튼 그게 뭣인디?"

석만의 궁금증은 더하기만 했다.

"정신적인 사랑요! 이런 저급한 육체적인 사랑이 아니라, 진정한 마음을 서로 주고받을 수 있는 그런 사랑 말예요."

"이, 그런 것두 있었구먼이! 정신적인 사랑."

석만은 그제야 알겠다는 듯이 고개를 주억거리며 혼잣말로 중얼거려댔다.

"예, 그러니까 구장님과 저는 이제 플라토닉러브를 하는 거예요. 그렇게 생각하시면 마음도 편하고 괜찮을 거예요."

"이, 알겠구먼. 그럼 인저 미스 조허구 난 그 플라스틱 러븐가 뭔가 허는겨!"

"플. 라. 토. 닉. 러브."

미스 조는 친절하게도 어린아이 가르치듯이 한자 한자 또박또박 플라토닉 러브를 다시 일러주었다.

"알었어. 그라구 인저 내가 미스 조를 원헐 때는 온제든지 만나주는 거지?"

"그럼요. 우린 서로 사랑하는 사인걸요."

미스 조는 신이 나서 깜찍한 표정으로 석만에게 재롱까지 떨어댔다. 그러자 석만도 그제야 마음이 놓이는 모양이다. 환한 얼굴로 미스 조를 바라보고는 방안을 휘 둘러보았다.

"하이구, 침대가 좋긴 좋구먼이."

손으로 쓸어보며 어린아이처럼 좋아라 했다.

"이냥반이 근디 왜 이렇키 승질을 부리구 난리랴 근디."

"내 시방 승질이 안 나게 생겼어! 도깨비 놀다 간 집구석두 아니구 저게 뭐냐 말여. 이눔으 여펀네야."

석만은 집으로 돌아와 애꿎은 아내를 구박해대기 시작했다. 그도 그럴 것이, 미스 조와 꿈같은 시간을 보낼 수 있었는데 갑자기 떠오른 저놈의 쥐었다놓은 보리개떡 같은 얼굴 때문에 어렵사리 잡은 고기를 눈앞에서 구경만 하고 놔줘야 했었기 때문이다.

"에이, 참!"

석만은 부아가 치미는지 지게를 걸머지며 작대기를 신경질적으로 두드려댔다. 그리고는 과수원 언덕 위로 향했다.

"아! 허연 눈구뎅이에 뭔 청승으로 저러는지 물르겠네."

평소 그답지 않은 짓거리에 구장 댁이 별일이라는 듯 한마디 퍼부어 댄 것이다.

"이눔으 여편네야 놀먼 뭐혀. 날두 풀릴 땐디 두엄이나 미리 펴 놀란다."

"하이구! 해가 서쪽이서 뜨겄구먼이."

석만의 말에 구장 댁은 웬일이냐는 듯 비아냥거려댔다. 석만은 더 이상 대꾸도 하지 않았다. 그리고는 두엄을 잔뜩 짊어진 채 과수원을 오르내리기 시작했다.

햇빛도 없는 푸르스름한 응달에는 희끗희끗한 눈이 발목을 덮을 만큼 잔뜩 쌓여 있었다. 그러나 석만의 등줄기에서는 땀이 촉촉이 배어나고 있었다. 바지게에 두엄을 가득 짊어진 채 언덕을 오르내린다는 게 여간 힘들지 않던 것이다. 석만이 겨울 막바지에 이토록 땀을 흘리는 건 아마도 머리털 나고 처음일 것이다. 석만은 자신이 그리도 무능한 사람이었는가를 다시 한 번 생각해보았다. 여자 하나 제대로 다루지 못해 쩔쩔매고 망신까지 당한 것을 생각하면 등골이 오싹했다. 그리고 아내에 대한 미안함보다, 미스 조에 대한 망신보다, 더 심각한 것은 자신은 이제 다 되었다는 끔찍한 현실이었다. 그래서 그런지 아내에 대한 미안함보다는 괜한 원망과 분노가 오히려 더 앞섰다. 그렇다고 해서 아내에게 자신의 심정을 있는 그대로 표현할 수는 없었다. 그것이 더욱 석만으로 하여금 아내를 밉고, 뵈기 싫게 만들었던 것이다.

"형님, 날 풀리면 해도 늦지 않아요. 그만하고 내려오세요!"

경만이었다. 구장 댁이 고자질을 했는지 어느새 경만이 과수원 아래에서 석만을 불러대고 있었다.

"놀먼 뭐허냐. 날두 풀리는디 싸게싸게 해놔야지."

석만이 내려올 기미가 보이지 않자 경만이 쫓아 올라왔다. 석만은 바지게의 두엄을 내려 사과나무 아래에 정성스레 펴내고 있었다. 평소 그다운 모습을 찾아볼 수가 없었다.

"형님! 무슨 일 있어요?"

의아한 낯빛으로 경만이 물었다.

"일은, 무슨 일."

풀죽은 목소리로 석만은 시큰둥하니 대답하고 말았다.

"아니, 근데 웬 바람이 불어서 이 난리에요?"

경만의 이해할 수 없다는 표정에 석만은 이마의 땀을 훔치며 허리를 펴 일어섰다.

"경만아!"

"예, 형님."

석만의 심각한 표정에 경만은 정색을 하며 석만을 바라보았다.

"인저 나두 늙긴 늙었나벼. 그렇지?"

"아니, 건 또 무슨 뚱딴지같은 소리에요?"

아닌 밤중에 홍두깨 같은 소리에 경만은 더욱 의아한 얼굴로 석만을 바라보았다.

"니두 인저 장가를 들어야 헐텐디이."

"형님도 참."

평소 그답지 않은 말투와 행동에서 경만은 분명 무슨 일인가 있다는 것을 직감했다.

"형이 돼갖고서 말여, 니한티 해준것두 하나두 웁구 증말 미안허다."

"참, 형님도. 제 걱정은 마세요. 제가 알아서 할 테니까."

느닷없는 석만의 걱정에 경만은 아무 걱정 말라며 어린애 달래듯 석만을 달래놓았다. 그리고 잠시 침묵이 흐른 뒤, 석만의 입에서 다시 조심스런 말이 튀어나왔다.

"성 영감 딸내미허구는 오떠냐? 내 보기에두 조신허구 인물두 그만허면 괜찮던디."

석만의 물음에 경만은 갑자기 온몸에서 기운이 쭉 빠져나가는 듯했다.

"그게 뭐, 제 뜻대로 되나요. 영감님이 워낙 꼬장꼬장해서."

말끝까지 흐리고 말았다. 그러자 석만은 다시 경만의 눈치를 보아가며 조심스레 나머지 말을 마저 이었다.

"그래두 니덜이 서루 맘이 맞으니께 한 번 부딪혀봐. 사내가 돼서 일은 한 번 저질러보구 물러나두 물러나야 헐 거 아녀."

석만의 말에 경만은 고개를 끄덕였다.

"알았으니까 형님 그만 내려가세요!"

그 이야기는 그만 하자는 듯한 경만의 태도에 석만도 고개를 끄덕이고 말았다. 마음 아픈 곳을 더 이상 건드리기 싫었기 때문이기도 했다.

"그려, 내려가자. 땀을 쫙 뺏더니만 개운허구먼."

석만의 너스레에 경만은 피식 웃고 말았다.

어느새 짧은 겨울 해는 화랑묘 떡갈나무 숲 너머로 차분히 가라앉고 있었다.

"되련님 저녁식사 허구 가셔유."

"예, 형수님."

석만은 아내의 얼굴을 보자 왠지 모르게 부아가 치밀어 올랐다. 한 마디로

꼴도 보기 싫었던 것이다. 이러면 안 되는데 하면서도 자신도 모르게 불쑥불쑥 일어서고 있는 부아를 어쩌지 못했다. 신경질적으로 수건을 탁탁 털어대고는 방안으로 들어섰다. 부엌에서는 구장 댁의 저녁준비 소리가 달그락거리며 요란을 떨어댔다.

"이리 앉어라."

석만과 경만은 따뜻한 아랫목에 마주 앉아 이런 저런 얘기를 나누었다. 과수원 일하며, 밭일하며, 곧 있을 농사일을 이야기 삼았던 것이다. 한참 이야기가 무르익어 갈 즈음, 밥상을 들고 구장 댁이 들어왔다.

"하이고, 무슨 얘기덜을 그렇키 재밌게 허신댜"

밥상을 든 채 호들갑스럽게 구장 댁이 끼어들었다.

"사내덜 얘기허넌디 여편네가 끼어들구 그려 그러길."

석만은 구장 댁이 나서자 대뜸 구박을 놓으며 눈자위를 희뜩하니 떠 제켰다.

"근디 이 냥반이 왜 나만 보면 못 잡어 먹어서 안달인지 물르겄네, 그려."

밥상을 내려놓으며 구장 댁이 한 마디 쏴 부쳤다.

"뭐여?"

석만도 기다렸다는 듯 눈알을 부라려댔다.

"아, 참. 왜 또 그러세요."

경만이 나서 두 사람을 말렸다. 분위기는 금방 다시 어색해졌다. 이어 조용히 숟가락 달그락거리는 소리만이 어둔 방을 맴돌았다. 경만은 서둘러 저녁을 마치고는 자리를 일어섰다.

침침한 방안에 석만과 구장 댁은 서로 등을 돌린 채 앉아있었다. 석만은 미스 조 생각에 잠겨 있었고 구장 댁은 텔레비전 드라마에 빠져 있었던 것이다. 터질 듯 부풀어 오른 뽀얀 가슴과 풍만하기만 한 엉덩이를 떠올리며 석만은 다시 한 번 힘을 써보았다. 그러자 아무렇지도 않게 불쑥 그것이 솟구쳐 올랐다. 석만은 신기하기도 하면서 기쁘기 한량없었다. 얼마나 기특한지도 몰랐다.

'그려, 눈 딱 감구 미친 척 한 번 해보는겨. 까짓 거.'

잘 될지 시험 삼아 한번 해보고 싶었던 것이다. 석만은 헛기침과 함께 겸 언 쩍은 목소리를 내뱉었다.

"흠. 이불 펴!"

짧게 한 마디 내뱉었다.

"졸리면 피구 자슈."

구장 댁은 토라져서는 고개도 돌리지 않은 채 텔레비전 화면에서 눈도 떼지 않았다. 생각 같아서는 그대로 한 대 쥐어박고 싶었으나 미스 조를 위한 테스트를 위해서는 참아야만 했다.

"으이그, 인저 늙어가니께 이불두."

투덜거리며 석만이 이불을 꺼내자 구장 댁은 허리를 꼼지락거리며 자리를 살짝 비켜주었다.

"안 잘겨?"

은근한 목소리로 석만은 구장 댁을 불러댔다.

"자슈. 웬 일루 넘 자는 일을 다 참견허구 그런댜."

시선은 여전히 텔레비전 드라마에 둔 채 별일 다 보겠다는 듯 구장 댁은 중얼거려댔다.

"시끄러니께 그렇지. 테레비를 끄든가."

석만은 테스트를 위해 갖은 핑계로 구장 댁을 끌어들이려 애썼다. 구장 댁도 피곤했던지 이불 속으로 들어왔다. 그러자 석만은 다짜고짜로 구장 댁을 끌어안았다.

"아이구, 왜 이런댜. 미쳤나."

석만은 그동안 못 썼던 힘을 한꺼번에 쏟아냈다. 구장 댁은 좋아라 석만의 동작에 춤을 추어댔다. 석만도 오랜만에 구름 속을 거닐었다. 염려와는 달리 일은 너무나도 잘 치러졌다.

"아! 워쩐 일이랴. 허지 않던 지게질을 허지 않나. 찧지 않던 구들방아를 쪄대지 않나, 내 참"

구장 댁은 오랜만에 단비를 맞은 터라 이내 코를 골아대며 잠에 떨어졌다.

돌아누운 석만은 생각에 잠겼다. 이상한 일이었다. 미스 조 앞에서는 그렇게도 안 되더니 마누라 앞에서는 이리 잘 되니, 게다가 일을 치르는 동안 미스 조의 풍만한 몸매가 내내 아른거리며 더욱 힘이 솟는 것은 정말 알다가도 모를 일이었다.

석만은 자신이 생겼다. 이상이 없다는 것을 확인하고 나니 미스 조의 몸을 으스러지도록 만들어줄 자신이 생겼던 것이다.

'그려, 내일 다시 한 번 더 해보는겨.'

석만은 내일을 기다리며 눈을 감았다. 하지만 잠이 올 리 없었다. 미스 조를 갖는다는 즐거움에 석만은 눈을 말똥말똥 뜬 채 밤을 지새웠다.

"구장님, 자신을 갖고 하세요. 저도 구장님을 사랑하니까."

미스 조는 은근한 목소리로 어르며 팔을 뻗어 석만의 목을 휘감았다.

"이, 그려. 알었어."

석만은 떨리는 손으로 미스 조의 옷을 하나씩 벗겨나갔다. 터질 듯한 가슴에 잘록한 허리와 뽀얀 허벅지가 드러나자 석만은 곧 숨이 멎을 것만 같았다.

"하이구, 이거 미치겠구먼."

이번에는 미스 조가 하얗고 가는 손을 움직여 석만의 웃옷과 바지를 차례로 벗겨 나갔다. 미스 조는 이미 알몸이 되어 있었다. 하지만 석만의 팬티는 여전히 아무런 변화가 없었다. 이를 데 없는 미스 조의 알몸을 본 사내라면 응당 팬티가 찢어질 듯 부풀어 올라 있어야 마땅했으나 석만의 팬티에는 아무런 변화도 없었던 것이다.

석만의 얼굴은 당혹감으로 벌겋게 물들었고 그런 낌새를 알아챈 미스 조는 서슴없이 석만의 아래로 입술을 가져갔다. 하지만 아무리 달래도 석만의 몸은 일어설 줄을 몰랐다.

"구장님, 오늘은 아예 처음부터 이러니 어째요. 먼젓번에는 그래도 하다가 그랬는데."

미스 조의 푸념어린 말에 석만은 더욱 몸 둘 바를 몰라 했다.

"이, 그러게 말여."

잔뜩 주눅이 들어 기어들어가는 석만의 목소리에 이어 한동안 미스 조의 안타까운 손동작이 계속되었다. 하지만 오뉴월 시장바닥에 널브러진 낙지 대가리 늘어지듯 늘어진 석만의 몸은 꿈쩍도 하지를 않았다.

"휴, 오늘도 안 되겠어요. 구장님, 다음에."

미스 조의 힘 빠진 목소리에 석만은 더욱 자존심이 상하고 부끄러워 입조차도 열지를 못했다. 그러자 미스 조는 석만의 몸을 꼭 껴안았다.

"그럴 때도 있어요. 구장님, 너무 실망하지 마세요. 오늘만 날인가요, 뭐. 다음에 다시 하면 되지."

미스 조가 위로하는 말을 해대자 석만은 그마저도 꼭 자신을 비웃는 것만 같아 쥐구멍이라도 들어가고 싶은 심정뿐이었다.

"미안혀. 바쁜디 자꾸 불러내구 혀서."

기가 죽은 석만의 목소리를 듣자 미스 조는 안됐다는 생각이 들었는지 더욱 부드럽게 속삭였다.

"구장님 나이면 아직 창창해요. 얼마든지 힘을 쓰실 수 있다고요. 구장님 보다도 더 나이 든 분들도 잘 해내는데요 뭘."

미스 조의 말에 석만은 화들짝 놀라 다그치듯 물었다.

"그럼 미스 조는 나 보다두 나이 많은 사내들 허구두 해 봤다는 얘기여?"

석만이 정색을 하고 자리를 고쳐 앉자 미스 조는 아차 싶었다.

"아이, 구장님도. 말이 그렇다는 얘기죠."

"근디 그런 걸 미스 조가 오티기 알어?"

더욱 바싹 다가앉으며 채근해대는 석만의 태도에 미스 조는 더듬거리지 않을 수 없었다. 하지만 미스 조가 누구던가?

"김양 있잖아요. 걔는 요즘도 늙은이들 상대로 티켓 나가잖아요."

한두 번 겪어보았던가? 미스 조는 재빨리 기지를 발휘해 둘러댔다. 애먼 김양만 화냥년으로 만들어 놓았던 것이다.

"이, 티켓 나가는 건 또 뭐여?"

석만도 티켓 나간다는 말이 무엇인지, 또 그것이 그리 좋지 않은 것이라는 것을 어렴풋이나마 알고는 있었다. 하지만 미스 조만은 그런 일을 하지 않을 것이라 굳게 믿고 싶었다. 그래서 모르는 척 시치미를 뚝 떼고 물었던 것이다. 아니, 어쩌면 미스 조가 티켓을 나간다 하더라도 그녀의 입으로 그렇지 않다는 것을 직접 듣고 싶었던 것인지도 모른다.

"그런 거 있어요."

"미스 조두 그런 거 나가남?"

미스 조가 그런 거 있다며 얼버무리려 하자 석만은 미스 조의 눈치를 살살 보아가며 조심스럽게 물었다. 석만이 조심스럽게 물었던 이유는 미스 조의 기분을 상하게 하고 싶지는 않았기 때문이다.

"미쳤어요! 그런 거 나가게."

버럭 소리까지 질러대며 얼굴을 붉혀대자 석만은 움찔했다. 괜한 것을 의심해 미스 조의 마음까지 상하게 했나 싶기도 했다. 미스 조 또한 자신의 경솔한 행동에 뜨끔해했다. 지나친 반응은 오히려 그렇다는 것을 인정하는 꼴이 될 수도 있었기 때문이다.

"근디 말여. 내 어제두 마누라를 그냥 확 보내버렸는디. 하, 이상허게."

석만은 화제를 바꿨다. 미스 조를 의심한 것에 대한 미안함과 또 다시 잃은 자존심을 만회하기 위함이었다. 그러자 미스 조도 발랄한 생기로 맞장구를 쳐 주었다.

"어머! 어젯밤에 사모님과 하셨어요?"

처녀가 부끄럽지도 않은지 손뼉까지 쳐대며 큰 소리로 법석을 떨어댔다. 석만은 미스 조의 그런 발랄함이 그저 좋을 뿐이다.

"이, 그려. 잘 되길래 오늘 아침에두 시험 삼어 다시 한 번 해봤지. 헌디 아무 이상 읍시 잘 되더라구. 그래서 미스 조를 다시 불른 겨."

석만의 말이 끝나기 무섭게 미스 조는 허리를 잡고 웃어대기 시작했다.

"아니, 넘은 속 터져 죽겄넌디 웃긴 왜 웃는겨?."

"아이고, 그랬구나!"

"뭐가?"

"그렇잖아요. 구장님 연세에 연짱으로 그리해댔으니 견뎌내시겠어요. 좀 쉬셨다 하셔야지."

눈을 살짝 곱게 흘겨대며 석만을 바라보는 미스 조를 석만은 예뻐 죽겠다는 듯이 바라보았다.

"하이구, 이런 이쁜 것을 두고 침만 질질 흘려대야 허니 이거 환장허겄구면."

석만은 조심스레 미스 조의 몸을 쓸어가며 보듬었다. 마누라를 안으면 미스 조의 아릿한 모습이 떠오르고 미스 조를 안으면 뵈기 싫은 여편네의 모습이 떠올라 일을 방해하는데 석만은 미치고 환장할 노릇이었다.

얼마간 보듬고 쓸고 어루만지자 신기하게도 녀석이 반응을 보였다. 슬슬 고개를 쳐들며 용을 쓰기 시작했던 것이다.

"어머! 구장님."

미스 조는 반가움에선지 신기함에선지 그 큰 눈을 더욱 크게 뜨고는 소리까지 질러댔다. 석만은 이제 됐다 싶어 미스 조의 몸을 끌어안았다. 그리고는 미스 조의 몸을 탐닉하기 시작했다. 이어 두 남녀의 입에서 단내가 나기 시작하고 진한 신음소리가 연이어 터져 나왔다. 숨소리도 거칠어지며 음률을 맞추어댔다.

침대가 요동쳤다. 그러자 침대에 익숙지 않은 석만은 자꾸만 헛다리를 짚어댔다. 그 때문인지 석만은 잠시 잊고 있던 마누라의 상판대기가 다시 떠올랐다. 그리고 그와 동시, 바람 빠진 풍선처럼 녀석은 포르르 사그라들고 말았다. 미스 조의 문을 열기 직전, 녀석은 다시 한 번 초라한 패잔병 신세가 된 채 고개를 푹 숙이고 말았던 것이다.

"에이! 그눔으 여편네 땜이."

석만은 애꿎은 마누라를 핑계 대며 신경질을 부려댔고 미스 조도 더 이상은 못 참겠다는 듯 투덜거리며 몸을 일으켜 세웠다.

"아이, 참! 그만 해요. 다음에."

불과 오 분도 채 안돼서 다시 도루묵이 되고 말았으니 달아오른 미스 조로서도 신경질이 날만 했다.

"그려, 미스 조. 미안허구먼 다음에 허자구. 오늘은 영 안되겠어."

미스 조는 대답도 없이 욕실로 횡하니 들어가고 말았다. 그러자 석만은 더욱 애가 타서는 침대에 걸터앉은 채 끊임없이 떠오르고 있는 마누라의 얼굴만을 원망스런 눈길로 올려다보았다.

석만은 힘이 빠진 손길로 옷을 꿰입었다. 그리고는 미스 조가 나오기를 기다렸다. 샤워를 마친 미스 조가 물기 묻은 몸을 털며 욕실에서 나오자 석만의 몸은 또다시 힘이 들어가기 시작했다.

'이런 니미럴.'

석만은 다시 한 번 해봤으면 하는 생각도 했으나 또다시 실패할까 두려워 아예 입도 벙긋하지 못했다.

요염한 자태로 몸을 말리고 있는 미스 조의 알몸을 바라보자 석만은 그만 환장할 것만 같았다. 시절 같은 놈은 그제야 고개를 빳빳이 쳐든 채 바짓가랑이를 터뜨릴 양 잔뜩 부풀어 올라 있었다.

몸을 말린 미스 조는 아름다운 꺼풀을 하나씩 하나씩 다시 걸치기 시작했다. 눈이 부시게 아름다운 몸을 거추장스런 옷으로 감추기 시작한 것이다.

"가죠, 구장님."

옷을 다 입은 미스 조는 석만에게 짧게 던졌다. 목소리에는 냉기까지 감돌았다. 그러자 석만은 용기를 냈다. 이왕 이렇게 된 것, 다시 한 번 해보자 뭐 이런 심산이었다.

"미스 조! 다시 헐 수 있지?"

문을 나서는 미스 조를 가로막으며 석만은 애걸했다. 그런 석만에 미스 조는 연민을 느꼈다.

"미안혀 이거. 번번이 사내 구실두 지대루 못허는 늠이."

미스 조가 반응이 없자 석만은 그만 풀이 죽었다. 달려들어 곧 어떻게 할 것 같던 기세도 팍 꺾여 고꾸라지고 말았다. 초라하고 가엾을 뿐이었다.

미스 조는 한숨을 가볍게 내 쉬고는 석만의 허리를 은근히 껴안았다.

"우리 멀리 가서 같이 살아요, 구장님."

석만의 코끝으로 향기로운 미스 조의 입김이 화하니 풍겨왔다. 눈 아래로는 터질 듯이 부풀어 오른 뽀얀 가슴이 눈을 아리아리하게 했다. 석만의 머릿속이 하얗게 비어졌다.

"구장님 머릿속에는 사모님 생각으로만 꽉 차 있으니까 저하고는 안 되는 거예요. 그러니까 사모님이 없는 곳으로 멀리 떠나요 우리."

미스 조의 말을 듣고 보니 그랬다. 석만이 생각하기에도 자신의 문제라기보다는 모두 보리개떡 같은 마누라 탓이었다. 석만은 대뜸 마누라에 대한 원망이 분노로 뒤바뀌었다.

"전 구장님만 있으면 돼요. 돈도 필요 없고요. 구장님과 함께만 할 수 있다면 어디서 어떻게 살든."

미스 조의 우울한 얼굴에 석만은 마음이 흔들렸다. 그저 안타깝기만 했다.

"그려, 나두 그려. 미스 조허구만 살 수 있다면. 아니 미스 조가 원허기만 헌다면 뭔 짓은 뭇허겄어 뭐."

"정말요?"

미스 조는 그 풍만한 가슴을 석만의 메마른 가슴에 바짝 갖다 붙인 채 고개를 들어 올려다보았다. 석만의 게슴츠레한 눈빛이 미스 조의 낚시 바늘에 콕 꿰이는 순간이다.

"그럼. 내 가진 건 읍서두 미스 조를 위해서 헐 수 있는 건 뭐던지 헐 수 있으니께."

미스 조는 내심 일이 너무 쉽게 풀리는 것 같아 회심의 미소를 지었다. 그것을 알 리 없는 석만은 미스 조가 밝은 모습을 보이자 괜히 좋아서는 허풍까지 떨어댔다.

"그려 쌍. 그렇잖어두 뵈기 싫어 죽겄는디 잘됐구먼."

"정말요?"

미스 조는 이 기회에 아예 못을 박아 두려는 듯 못 믿겠다는 투로 석만을 얼러댔다. 그러자 석만의 허풍이 다시 한 번 발동했다.

"아, 그려. 내 한번 헌다면 허는 사람이께 미스 조는 아무 걱정 말구 기다리라구. 미스 조 그때 가서 딴소리허문 안 되여. 난 지금 내 모든 걸 다 걸구 허는 약속이께."

허풍이 아니라 미쳐가고 있었다. 석만은 미스 조에 미쳐 마구 날뛰어대고 있었다.

"그럼요. 저도 커피포트 들고 배달 나가는 거 이제 신물이 난다고요. 다른 여자들처럼 집안에서 살림이나 하면서 아기도 낳고, 그렇게 살고 싶어요. 구장님이 그렇게 해 주실 거죠?"

미스 조는 석만에게 안긴 채 콧소리로 아양을 떨어댔다. 그러자 석만은 몸을 부르르 떨어대며 미스 조를 더욱 꼭 끌어안았다. 미쳐 죽겠다는 표정이다.

"까짓거. 땅 한 구탱이 팔면 오디가서 뭇살겄어. 내 미스 조허구 평생을 같이 사는디 말여."

드디어 미스 조가 그렇게도 듣고 싶어 하던 말이 석만의 입에서 나왔다. 미스 조는 오금이 다 저리고 말았다. 제대로 꿰었을 때의 짜릿함이었다.

"땅은, 뭐 그런 거 바라고 구장님하고 살겠다는 거 아니에요."

"알어. 그럼 내 미스 조 마음을 물러서 그러간디. 그래두 넘덜 만큼은 해줘야 사내 체면이 슬거아녀. 그러니께 미스 조는 아무 말 말구 내 허자는 대루만 허면 되는겨."

미스 조는 석만의 가슴속으로 깊이 파고들었다. 석만은 그런 미스 조가 더욱 사랑스럽다는 듯이 팔에 힘을 주어 꼭 껴안았다. 석만의 가슴속에서 미스 조는 여우 같은 미소를 흘려대고 있었다.

"미스 조, 조금만 기다려 알었지?"

석만은 미덥지 않다는 듯 다시 한 번 다짐을 주었다.

"알았어요, 구장님. 저는 구장님만 믿고 따를 뿐이에요."

그제야 석만의 어리석은 입에서도 흡족한 웃음이 배어 나왔다.

"그리구 이건 아무헌티두 얘기허면 안 되는겨."

"아이, 참! 구장님도, 내가 뭐 바본 줄 아세요."

미스 조는 눈을 살짝 흘겨 석만으로 하여금 미치고 환장하도록 만들었다. 참으로 매력적이고도 치명적인 유혹이었다.

"하이구, 이거 오티기 이렇기 이쁘댜."

석만은 흡족한 웃음을 흘리며 미스 조를 힘껏 들어 올렸다. 가슴으로 말캉한 것이 듬뿍 들이닥쳤다.

"하이고, 구장님. 요즘 신수가 훤하십니다 그려."

식만은 신 상무의 반가운 인사가 왠지 께름하기만 했다. 그렇다고 그런 내색을 비출 수도 없었기에 그냥 웃음 가득한 얼굴로 맞고 말았다.

"날이 많이 풀렸지유?"

석만은 생뚱맞은 대답으로 신 상무의 말을 피했다. 석만은 신 상무가 미스 조와 자신과의 관계를 알고 있을 거라고, 아니 알고 있으면서도 모르는 척한다는 것을 잘 알고 있었다.

"예, 이제 바람 속에 봄 냄새가 그득한 걸요."

"그류, 하이구. 올겨울은 왜 그렇키도 춥던지, 감나무가 다 얼어 죽었다니께유. 글쎄."

석만은 괜한 너스레를 떨어대며 바람에 떨고 있는 바짝 마른 감나무 가지를 가리켰다. 그러나 신 상무의 눈치는 딴 데가 있었다. 마른 감나무 가지가 아니라 석만의 손끝에 가 있었던 것이다.

"그래도 구장님이야 따뜻한 겨울이었을 텐데요, 뭘."

느물거리는 신 상무의 말에 석만은 가슴이 뜨끔했다. 불에 덴 듯 앗 뜨거라 했던 것이다. 말속에 뼈가 들어있었기 때문이다.

"예? 뭔 말이래유?"

석만은 알면서도 짐짓 모르는 척 딱 시치미를 뗐다. 무슨 말이냐며 오히려 되묻는 배짱까지 퉁겨댔다. 그러자 웃기지 말라는 듯 신 상무는 뒷짐까지 지고는 먼 산 삐쪽산을 향해 몸을 돌렸다.

"거, 구장님 알고 봤더니 대단한 내숭이십니다."

이제 말투까지 협박에 가까워졌다. 이 정도면 한 번 해보자는 이야기였다. 석만은 불안했다. 신 상무가 지금 무슨 얘기를 하고 있는 것인지 너무나도 잘 알고 있었기 때문이다. 그러나 그것을 인정하면 안 되었다. 아니, 할 수가 없었다.

"거, 무슨 말이래유?"

석만은 다시 한 번 모르쇠로 시치미를 뗐다. 그러자 신 상무의 입에서 그예 나와서는 안 될 말이 나오고야 말았다.

"미스 조 말입니다."

신 상무는 노골적으로 미스 조를 입에 올렸다. 하지만 석만은 여전히 모르쇠다.

"미스 조라니유?"

그래도 모르겠다는 듯 석만이 딱 잡아떼자 신 상무는 몸을 확 돌려세웠다. 눈가에는 질투와 시기 그리고 얼마간의 분노와 상실감마저 담겨 있었다.

"아! 구장님이 미스 조를 유혹해서."

신 상무가 말을 마치기도 전에 석만은 화들짝 놀라 손을 들어 올렸다. 그리고는 누가 들을세라 얼른 신 상무의 입을 틀어막고는 주위를 둘러보았다. 다행히 앙상한 아카시아 울타리에 참새만 몇 마리 앉아 짹짹거릴 뿐 사방은 고요하기 이를 데 없었다. 아무도 듣는 이가 없었던 것이다.

석만은 안도의 한숨을 길게 내쉰 뒤 다급히 신 상무의 팔을 잡아 이끌었다.

"저기루 좀 가지유."

석만이 잡아끌자 신 상무는 못 이기는 척 과수원 언덕배기 위로 따라 올라갔다. 앙상한 가지만 드러낸 사과나무, 복숭아나무가 이제 물기를 머금기 시작해 푸릇푸릇해 보였다.

"신 상무, 누가 그류? 미스 조가 그러담유?"

석만은 숨넘어가는 소리로 신 상무를 다그쳐댔다. 그러자 신 상무는 이제 고삐를 틀어쥐었다는 듯 여유롭기까지 했다.

"미스 조가 그랬다기보다는 우연히 어떻게 얘기를 나누다 보니까 알게 됐어요. 사실 나도 미스 조를 좋아했었는데."

미스 조가 그랬다는 것인지 아닌지 애매한 소리에다 안타까운 듯이 말을 잇지 못한 채 고개까지 돌려대자 석만은 잔뜩 긴장하지 않을 수 없었다. 역시나 짐작했던 대로였기 때문이다. 그래도 눈치가 삼단인데 그쯤은 때려잡을 수 있었던 것이다.

"구장님이 선수를 치셨으니까 내가 뭐 달리 마음먹겠습니까."

신 상무의 솔직한 고백에 이어 양보하겠다는 말이 흘러나오자 석만은 한시름 놓았다.

"이, 그랬남유. 미안허유. 사실 나두 남잔디 그런 샥시를 두구 오티기 가만 있겠슈. 근디 오티기 허다 보니께 서루 맘이 맞어가지구."

석만은 승리자의 기쁨에 얼마간의 미안함을 실은 얼굴로 변명을 해댔다.

"알아요. 능력 없는 내 탓이지 구장님 잘못이야 있겠어요."

패배자의 실의에 가득 찬 대답도 이어졌다.

"헌데 앞으로 미스 조하고는 어떻게 하실 참 이십니까?"

신 상무는 은근한 어조로 석만의 눈치를 살폈다. 눈치 구단이 눈치 삼단쯤 어쩌지 못할까?

"예?"

석만은 무슨 말이냐는 듯 엉뚱하게 되물었다. 이를 모를 리 없는 신 상무였다. 좀 더 강한 자극이 필요한 모양이다.

"아! 서로 다 아는 처지에 사내답게 탁 털어놓고 이야기 한번 해 봅시다. 혹시 알아요. 제가 구장님 연애하시는데 도움이라도 될지."

신 상무의 노골적인 말에 석만은 잠시 어물쩍거렸다. 망설이지 않을 수 없었던 것이다. 아직도 신 상무를 믿지 못하겠다는 것이다. 그러나 곧 여기서 물러서면 끝장이라는 위기감이 석만으로 하여금 용기를 내게 했다.

"그류, 까짓거. 뭐, 말못헐것두 읍지유. 대신 이 얘기는 우리 둘만 알구 있어야 되는규!"

석만의 용기에 신 상무는 좋아라 하며 손뼉까지 쳐댔다.

"아! 그거야 말하면 잔소리지요."

그러나 말하면 잔소리가 진짜 잔소리인지 아닌지는 두고 볼 일이었다.

"사실 말유. 미스 조허구 기회를 봐서 갈마지를 뜨기루 약속을 혔슈."

석만의 거침없는 말에 신 상무는 놀랍다는 듯 눈을 크게 치떴다.

"예?"

입까지 벌린 채 다물지를 못했다.

"하이고, 이거 우리 구장님이 미스 조에 홀딱 빠져버리셨구먼."

평소 그답지 않게 신 상무는 호들갑을 떨어댔다. 그 호들갑에는 얼마간의 신명까지 들어가 있었다. 좋아서 어쩔 줄 모르는 것이었다.

"그려서 말인디유. 신 상무, 뭔 좋은 방법이 읎슬까유?"

석만의 진지한 물음에 신 상무는 고개를 절레절레 흔들어댔다. 이제 미끼를 물었으니 낚아채기만 하면 된다는 뜻이기도 했다.

"하이고, 난 구장님이 그렇게까지 생각하고 계신 줄은 미처 몰랐네! 사실 난 구장님이 미스 조를 웬간이만 좋아하면 내가 어떻게 해 볼 요량으로 한번 떠본 건데. 이제 아주 깨끗이 단념을 해야겠구먼."

이제 깨끗이 포기해야겠다는 말에 석만은 다시 한 번 승리자의 기쁨을 맛보았다. 그리고는 낙담한 신 상무에 미안함과 기쁨, 뭐 그런 것들로 가득한 얼굴로 위로해댔다.

"미안휴, 신 상무."

"아! 아닙니다. 뭐, 구장님이 미스 조를 그렇게까지 생각하고 계시다면야 제가 당연히 물러나야지요."

물러나겠다는 깨끗한 신 상무의 매너에 석만은 속으로 안도의 한숨을 내쉬었다. 그리고는 자신의 비밀을 공유한 동지라는 의식은 석만으로 하여금 신 상무에게 적극적인 도움을 요청하기에 이르렀다.

"오티기 좋은 방법이라두 읎슬까유?"

간절한 마음으로 도움을 요청하고 있는 석만을 위해 신 상무는 턱을 하늘로 치켜든 채 그를 위해 고민하는 척해댔다.

"뭐, 그건 차차 같이 생각해보자고요."

같이 생각해 보자는 말에 석만은 비로소 믿음이 갔다. 그러나 그 믿음을 다시 한 번 더 다짐받아 두고 싶었다.

"이건 진짜 사나이끼리의 약속이유. 신 상무만 알구 있어야."

석만의 못 미더움에 신 상무는 걱정도 팔자라는 듯, 손사래까지 쳐대며 석만의 말을 가로막아댔다.

"걱정 마시라니까요. 내 미스 조에게도 오늘 일은 비밀로 할 테니까."

"고맙구먼유."

그제야 석만은 신 상무를 향해 손을 맞잡고는 허리까지 굽실거려댔다. 까치 한 마리가 푸른 하늘에서 호를 그리며 언덕 아래로 쏜살같이 날아 내려가고 있었다.

4. 춤추는 땅

　햇살 따사로운 오후

　황토 길에 뽀얀 먼지를 일으키며 갈마지 어귀로 검은색 승용차가 들어서고 있었다. 반들거리는 차체에 부딪힌 햇살은 보기 좋게 미끄러져 보는 이의 눈을 부시게 찔러댔다. 검은색 세단의 고급 승용차는 체면에 어울리지 않는 걸음으로 뒤뚱거리며 어기적거려댔다. 울퉁불퉁한 촌길이 고급 승용차는 들어설 자격이 없다는 듯 훼방을 놓고 있었기 때문이다. 어느새 폼 나는 검은색 세단의 옆구리에는 붉은 황토 자욱이 뿌옇게 묻어났다. 이 길을 걷는 누구라도 촌티의 손아귀를 벗어날 수는 없다는 듯이.

　"야! 저게 뭔 차라냐?"

　하얗고 노란 꽃다지 하늘거리는 밭둑에 앉아 잠시 나른한 오후를 곱씹고 있던 병덕이는 소철이를 향해 물었다. 발밑에는 푸르게 솟아나고 있는 하루나도 한창이었다.

"이, 자동차다!"

"이런 등신."

무슨 차냐는 물음에 자동차라는 대답이 틀린 것은 아니나 병덕이는 소철이에게 한차례 면박을 쥐어박았다.

"허긴, 물어본 내가 잘못이지, 미안허다."

병덕이의 하릴없는 사과에 소철이는 히죽 웃는 것으로 또 답한다.

병덕이는 나른하던 몸에 갑자기 생기가 도는 것을 느꼈다. 그 생기는 건너편 사태골의 신 상무를 목청껏 불러 제키게 했다.

"아씨, 아씨."

병덕이의 요란한 외침에 끄적거리며 밭을 일구고 있던 신 상무는 마침 잘되었다는 듯 허리를 곧추 펴며 일어섰다.

"왜? 무슨 일인데 그래?"

서울댁의 눈치를 살피며, 이것은 내가 그러고 싶어 그런 것이 아니라 순전히 병덕이 때문이라는 핑계를 앞세워 밭둑을 나섰다. 하지만 서울댁은 아무런 핀잔이나 눈치도 주지 않고 밭을 일구는 데만 여념이 없었다. 이런 일이 어제오늘, 한두 번이 아니었기 때문이다.

"하이, 자식. 바쁜데 자꾸 불러대고 그러네!"

"일루 좀 와봐유!"

와보라는 병덕이의 외침에 신 상무는 속으로 쾌재를 부르며 좋아했으나 웅크리고 앉아 묵묵히 밭을 일구고 있는 아내의 모습을 보고는 차마 미안한 마음이 일었던지 선뜻 발길을 옮겨 놓치는 못했다.

"왜 그래? 뭣 땜에 그러는데?"

입으로는 내키지 않는 것처럼 그렇게 말을 하고 있었지만 발끝은 이미 밭둑 아래를 향해 움찔하고 있었다.

"잠깐 갔다 와요. 무엇 때문에 그러는지 모르지만."

어차피 일하기는 틀린 양반, 붙잡고 있어야 아무런 소용이 없다는 것을 잘 알고 있는 서울댁은 잠시 다녀오라 허락을 하고 말았다. 아옹다옹 다투느니 차라리 그것이 마음 편할지도 몰랐다. 그렇지 않으면 무슨 핑계를 대서라도 불편한 심기를 드러낼 것이기 때문이다.

"알았어."

마지못해 가는 듯 어기적거렸지만 이미 신 상무의 눈동자에는 생기가 돌고 있었다. 밭둑을 내려서자 생기는 이내 온몸으로 번져 나갔다. 날아갈 듯 가벼운 몸놀림으로 병덕이를 향해 줄달음질 치고 있었던 것이다. 주질러 앉아 밭을 일구던 때와는 아주 딴판이었다.

"복 사장! 저쪽이 좋을 것 같은 데."

"그러게 말이에요. 도시계획확인원을 떼어보니깐 저쪽으로는 아무것도 잡혀있질 않더라고요."

"그러니까 그런 곳이 큰 고물이 될 수 있다니깐."

턱은 두 턱이요 몸집은 성 부자 집 돼지우리에 기거하고 있는 씨돼지 이상의 뒤룩뒤룩한 몸집에 어울리지 않는 검은 선글라스를 끼고 있는 여자와

막대 꼬챙이같이 깡마른 남자 둘이 검은색 고급 세단에서 나누고 있는 이야기였다. 이들은 행색이나 말투로 보아 서울에서 내려오는 복덕방 사람들인 것 같았다. 요즘 들어 갈마지에는 심심찮게 이런 사람들이 찾아들곤 했다.

"정 기사! 조오기 앞에서 좀 세워 봐요."

운전석 옆자리에 뻗대고 앉은 뒤룩뒤룩한 여자가 자신의 지위를 과시하는 말투로 훤칠한 운전기사에게 명령을 내렸다.

"예, 사장님."

밤톨을 깎아놓은 듯이 단정한 기사는 두말없이 공손히 대답을 올렸다. 그런 기사의 태도에 만족한 듯 여자는 더욱 거만을 떨어댔다.

"피사장님. 우리 저기 내려서 둘러보며 올라가죠!"

"그럽시다. 예서부터는 우리가 눈여겨볼 필요가 있지요."

말을 마치는 순간, 덜컹하는 소리와 함께 승용차는 길가 도랑으로 빠지고 말았다.

"뭐야?"

"에이, 참. 길이라고....... 죄송합니다, 사장님."

운전 실력이 아니라 길이 나빠 그렇다는 기사의 변명에 이어 황송해하는 사과의 말소리가 재빨리 튀어나왔다. 기사의 황송해하는 말소리에 복 사장은 이마를 한 번 찡그리고는 문을 열고 밖으로 나섰다. 승용차는 오른쪽 앞바퀴가 보기 좋게 도랑으로 빠져 기우뚱하니 기울어져 있었다. 복 사장을 따라나온 피사장이란 사내와 다른 한 사내는 승용차를 이리저리 살펴보고는 인상을 찌푸려댔다.

"이거 힘들겠는데."

피 사장은 혀까지 차댔다. 하지만 자기 일은 아니라는 듯 그다지 걱정하는 표정은 아니었다.

"그러게 말이야!"

곁에서 다른 사내도 고개를 갸웃하며 맞장구를 쳐댔다. 그런 사내들을 바라본 복 사장은 신경 쓸 필요 없다는 듯 자기 말만 해댔다.

"아이, 그냥 두세요. 신경 쓸 거 없어요. 정 기사! 우리 저쪽으로 해서 한 바퀴 돌아보고 올 테니까 그때까지 어떻게 좀 해봐요."

"예, 사장님."

기사는 당연하다는 듯, 아니 오히려 싫은 소리 한 마디 없이 넘어가 주는 것에 대해 황송하고도 고맙다는 듯했다. 뒤뚱거리며 황토 길을 걸어 올라가고 있는 복 사장을 향해 허리까지 깊숙이 숙여댔다. 참으로 쨍한 하늘이 시리도록 맑은 날이었다.

"아저씨! 저 자가용유?"

턱짓으로 멀리 검은색 세단을 가리키고 있는 병덕이의 턱을 따라 신 상무는 고개를 돌렸다.

"서울서 온 차 같은데?"

신 상무는 눈빛이 반짝 빛났다. 뭔가 새로운 흥밋거리가 생길 것 같았기 때문이다. 그러나 내색은 할 수 없었다. 그랬다가는 대번에 자가용 한 대를 보고 이리 호들갑을 떨어대고 있는 병덕이와 똑같은 촌놈이 될 것이기 때문이다.

"저것 때문에 그렇게 호들갑을 떨어 댄 거냐?"

별것도 아닌 일을 가지고 호들갑이란 듯이 신 상무는 시큰둥한 반응을 보였다. 그런 신 상무에 병덕이는 적잖이 실망한 모양이다. 이내 목소리가 달라졌다.

"그류, 요새 들어서 저런 것덜이 하두 들랑거렸싸서."

병덕이의 말에 그제야 조금 구미가 당긴다는 듯 신 상무도 동조의 아량을 병아리 눈곱만큼 베풀어 주었다.

"그건 그렇지만."

"뭣땜이 저렇키덜 팥 바구리 쥐새끼 드나들 듯 헐까유이?"

병덕이의 얼굴에 기대가 가득하다. 뭔가 재미있는 일이 있기를 바라는 것이다. 그러기 위해서는 신 상무가 필요하다. 갈마지의 지식인이자 병덕이의 유일한 후원자인 그가 움직여주어야만 항상 재미있는 일이 일어나기 때문이다.

"글쎄?"

신 상무는 뻔히 알면서도 모르는 척 입맛만을 다셔댔다.

"우리 가보자! 가서 자동차 귀경허자?"

소철이의 관심은 온통 검은색 세단에만 가 있었다. 병덕이의 기대도, 신 상무의 관심도 소철이에게는 그저 남의 일일 뿐이었다.

"이런 빙신."

병덕이도 자동차를 구경하고는 싶었지만 그랬다가는 소철이와 똑 같은 촌닭이 될 것 같아 그냥 욕으로서 무시해대고 말았다. 더구나 자신의 말에는 도대체 관심이 없는 소철이가 그저 얄밉기만 했다.

"아냐, 쇠칠이 말대로 우리가 직접 가서 한 번 만나보자! 그게 낫겠다."

신 상무는 직접 확인을 해보고 싶었다. 말로만 떠돌던 그 일들이 이제 정말로 실현되고 있는 것인지를 말이다.

"그럴까유?"

병덕이도 그제야 수긍을 했다. 신 상무는 밭둑을 내려서 마을 어귀의 자동차를 향해 발걸음을 옮겨 놓았다. 병덕이도 소철이도 그의 뒤를 따랐다. 세 사람은 나란히 파릇한 논둑을 가로질러 큰길로 향했다.

메마른 길가에는 하얀 민들레와 붉은 자운영이 화사한 모습으로 피어나 있었다. 짙푸른 향기도 코끝으로 화하니 스며들었다. 건너편 쌍과수원에는 살구꽃이 흐드러지게 한창이고 그 아래 유리 같은 권 씨네 무논에는 오리들이 한가롭기만 했다.

세 사람이 막 큰길로 올라섰을 때, 자동차는 멈추어 섰고 곧이어 검은색 정장 차림의 사내들과 성 부자 집 돼지우리에 있음직한 뒤룩뒤룩한 여자가 밖으로 비어져 나왔다. 그리고 그들은 자동차를 한 바퀴 휘 둘러보고는 마을 안쪽을 향해 걸음을 옮겨놓기 시작했다.

"이? 여기루다 오는디."

외길이어서 당연히 갈 곳이 여기밖에 없었지만 병덕이는 괜스레 신이 났다. 뭔가 기대가 잔뜩 되었기 때문이다.

"이, 온다. 와!"

소철이도 괜히 신이 났다. 박수까지 쳐댔다. 병덕이의 눈살이 찌푸려졌다. 이어 여지없이 욕지거리가 튀어나왔다.

"야이, 등신아. 지금 동네 망신시킬라구 환장헌겨. 지랄허구 따러댕기맨서 빙신 짓이여."

말끝에는 씨를 판다는 둥, 개의 종자라는 둥, 입에 담지 못할 상스런 육두문자가 펀치볼 전투 따발총 튀듯 그렇게 튀어나왔다.

병덕이가 이렇게 소철이에게 성질을 부리는 것은 매번 그렇지만 소철이의 잘못이라기보다는 소철이가 자신을 무작정 따라 하는데 원인이 있었다. 바보인 소철이가 자신을 따라 하는데 기분이 나빴던 것이다. 적어도 자신은 소철이와는 차원이 다르다는 것을 분명히 해두고 싶었던 것이다.

차에서 내린 일행은 손을 들어 여기저기 가리키며 무언가 주저리주저리 이야기를 나누고 있었다. 거리는 점점 좁혀들었다. 가까이 다가온 그들의 손짓에서 신 상무는 자신의 짐작이 들어맞았음을 알 수 있었다.

드디어 두 일행은 황토바람 푸석이는 길가에서 마주쳤다. 신 상무 일행은 복 사장 일행이 무언가 아는 척해 주기를 바랐다. 조언은 그만두고라도 시시콜콜한 것이라도 좋으니 그저 물어보기만이라도 바랐던 것이다. 그러나 복 사장 일행은 신 상무 일행을 소 닭 쳐다보듯 하며 그냥 스쳐 지나가려 했다. 그때 복 사장의 눈이 쭉 찢어졌다. 자존심이 상했기 때문이다. 아래위를 연신 훑어가며 동물원의 원숭이라도 되는 양, 마냥 신기해하는 눈빛으로 쳐다보고 있는 이 촌닭들의 행동이 영 눈에 거슬렸던 것이다. 이에 복 사장이 한마디 톡 쏘아붙이려는 순간,

"여기가 누구네 땅입니까?"

드디어 검은 양복 차림의 사내가 신 상무 일행의 소원을 들어주었다. 시골 사람의 자존심을 지켜주었던 것이다.

"예?"

그러나 너무 갑작스런 물음이었던가? 아니면 기다리던 반가움에서였던가? 신 상무는 얼떨결에 되묻고 말았다.

"아, 여기 땅임자가 누구냐고요."

답답하다는 듯 다시 묻는 피 사장의 얼굴에 짜증이 한가득 이다.

"저 건너 과수원집 성 부자네 밭인디유."

병덕이가 촐싹 앞으로 나서며 알은 체를 해댔다. 그토록 기다리던 기회를 병덕이가 날려버린 것이다. 신 상무는 언짢았다.

"어, 맞다, 맞다. 우리 아저씨 땅이다."

소철이도 박수까지 쳐대며 얼 띤 맞장구를 쳐댔다.

"아! 그래요."

피 사장은 대답을 하면서도 의아한 눈초리로 자꾸만 소철이를 훑어봤다. 한물간 눈빛 하며 질질 흘려대고 있는 침이 예사롭지를 않았기 때문이다. 복 사장은 아예 눈살을 찌푸린 채 고개를 외로 돌리고는 못 본 척 외면하고 있었다. 그런 복 사장의 눈빛에는 피 사장더러 무엇 때문에 저런 인간들을 상대하느냐는 듯한 질책이 다분히 섞여 있기도 했다.

"성 부자 댁이 어딥니까?"

"어. 저기, 저기다."

병덕이가 대답을 하기도 전에 소철이가 먼저 한발 앞서 아는 척을 해댔다.

"이런 빙신. 가만있지 뭇혀. 에이, 증말 챙피히서."

그리고는 제가 나서서는 뺏기지 않겠다는 듯이 자세히 설명을 해대기 시작했다. 목에는 얼마간 힘까지 들어가 있었다.

"에, 그 냥반 집은 저기 과수원 있쥬. 그 안에 있는 기와집있잖유. 거기가 긴다유! 근디, 뭣땜이 그런대유?"

병덕이는 손을 들어 이제 막 돋아나기 시작하는 신록에 묻혀있는 성 부자집 기와지붕을 가리키며 되물었다.

"아닙니다. 그냥 좀 알아볼 것이 있어서요."

묻고서도 시큰둥하기만 했다. 괘씸하기 짝이 없는 일이다. 일껏 가르쳐주었더니 시큰둥이라니, 병덕이는 약이 올랐다.

"이 근동은 죄다 성 부자네 땅인디."

자신의 친절에도 불구하고 시큰둥한 반응을 보이자 약이 오른 병덕이는 들으란 듯이 갈마지 부자의 규모를 떠벌리기 시작했다.

"서울서덜 오신 모냥인디 촌구석이라구 우습게 보면 안되유. 아! 저 성 부자루 말헐거 같으면 이 갈마지 땅 거진을 갖구 있는 사람으루 예산 바닥이서두 알어주는 땅부자유."

병덕이의 말에 그제야 복 사장일행은 놀란 눈을 하고는 관심을 보이기 시작했다.

"예? 이 동네 땅 거의가 그 사람 땅이라고요?"

자신의 말에 관심을 보이자 병덕이는 마치 자기 땅이라도 되는 양 더욱 목에 힘을 주어 댔다.

"그류, 이 갈마지서 성 부자 신세 안 지구 사는 사람이 몇이나 되간듀"

"그래요?"

복 사장과 피 사장, 그리고 추 실장은 고개를 끄덕이고는 뭔지 모를 난감한 표정을 지어댔다.

"그럼 우선 그 사람을 만나봐야겠군요?"

복 사장이 나섰다.

"그럽시다."

복 사장 일행은 성 부자네를 향해 발길을 냉큼 옮겨놓았다. 그러자 닭 쫓던 개 지붕 쳐다보듯이 신 상무 일행은 다시 멀뚱해질 수밖에 없었다.

"저기 자동차 있는디 가보자?"

소철이는 여전히 검은색 세단에만 관심이 있었다. 미련을 못 버린 채 채근을 해댔던 것이다.

"이런 빙신. 자동차에 미쳤나."

병덕이가 풀 먹은 강아지 나무라듯 나무라자 신 상무가 이번에는 소철이를 두둔하고 나섰다.

"아냐, 저 사람한테 물어보면 뭘 좀 알아낼 수 있을지도 몰라."

검은 세단 주위에서 서성이고 있는 사내를 바라보는 신 상무의 눈빛이 사뭇 진지하기만 했다.

"이, 그렇겠네유."

신 상무의 말에 병덕이도 슬며시 꼬리를 내리고 말았다.

"거봐라 빙덕아! 내 말이 맞지."

오랜만에 소철이가 의기양양했다. 병덕이가 꼬리를 내린 만큼 고개를 쳐들었던 것이다.

"이런 빙신."

소철이가 고개를 쳐든다고 해서 기가 죽을 병덕이가 아니었다. 얼마든지 고개를 쳐들어도 병덕이에게 소철이는 그저 빙신에 불과할 따름이었다.

언덕 아래로 노란 개나리가 화사하게 웃고 있는 길을 따라 신 상무 일행은 검은색 고급 세단을 향해 다가갔다. 맑은 하늘에서는 종다리가 끊임없이 조잘거리고 있었다. 더없이 좋은 때를 노래하고 있는 듯했다.

가까이 다가가자 정 기사는 고개를 땅으로 쳐 박은 채, 엉덩이를 하늘로 곧추세우고는 바퀴아래를 열심히 살펴대고 있었다.

"야! 궁뎅이 한번 오지다이"

병덕이가 정 기사의 엉덩이를 보고는 나지막이 한 마디 뱉어내자

"으, 크다. 필생이네 아줌마 방뎅이보다두 크다."

눈치 없는 소철이가 큰 소리로 떠들어대고 말았다. 그러자 정 기사는 흠칫 몸을 일으켜 세웠다.

"뭡니까?"

정 기사는 가제나 심란하던 터에 자신의 신체 일부를 두고 이러쿵저러쿵 서슴없이 흥을 보아대자 불쾌하다는 듯 대뜸 쏘아붙였다. 소철이의 실수에 무안해진 신 상무는 얼른 앞으로 나섰다.

"아닙니다. 얘가 좀 모자란 애라서, 죄송합니다."

신 상무가 사과를 해대자 정 기사는 소철이를 위 아래로 휙 훑어보았다. 자르르한 땟국하며 들랑거리는 코에 질질 흐르는 침, 난장판인 소철이의 얼굴을 살피고 나서야 딴은 그렇다는 듯 투덜거렸다.

"아무리 그래도 그렇지, 남은 지금 차가 빠져 약이 올라 죽겠는데."

정 기사도 소철이의 상태를 알아보고는 더 이상 트집을 잡지는 않았다. 그리고는 다시금 이리저리 바퀴를 살펴보았다.

"으, 멋있다! 그치 빙덕아.'

소철이가 시커멓게 때가 묻은 손으로 차체를 몇 번 문질러대자 파리가 낙상할 듯 번들거리던 차체에 얼른 손때가 올라앉고 말았다. 윤기나던 차체가 얼룩덜룩해지고만 것이다. 도랑에 빠져버린 앞바퀴에만 신경을 쓰고 있던 정 기사는 뒤늦게 소철이의 이런 행동을 발견하고는 벌떡 일어섰다.

"아니? 이 사람이 근데."

얼굴이 푸르죽죽해져서는 혀끝에 바늘을 세우고 손으로는 삿대질까지 해댔다. 하지만 영문을 알 리 없는 소철이는 약이라도 올리듯 그 난장판인 얼굴에 실실 웃음까지 흘려댔다. 손은 여전히 먹을 갈 듯 차체 위에서 원을 그려대고 있었다.

"정말 환장하겠구먼. 오늘 아침 세차를 싹 해가지고 왔는데. 아, 저리 물러서지 못해."

화가 난 정 기사는 소철이의 팔을 세차게 치면서 매몰차게 밀어댔다.

"야, 이 빙신아! 그 드러운 손으루다 그러면 오티기혀."

병덕이까지 나서 질책을 해댔다. 그는 언제든지 소철이편인 적은 없었다.

그러니 이때다 싶은 좋은 기회이기도 했던 것이다.

"드럽긴 뭐가 드럽냐? 아! 그리구 드러우먼 딱으먼 될 거 아녀."

하고는 냅다 땟국이 자르르 흐르고 있는 더러운 옷소매를 움켜쥔 채 더욱 큰 원을 그려대며 문질러댔다. 하지만 손보다도 더 더러운 옷소매로 문지른 다고 해서 그것이 깨끗해 질리는 만무했다. 깨끗해지기는커녕 오히려 뿌연 얼룩이 더욱 보기 싫게 드리워졌다.

"에이, 참! 이 양반들이."

정 기사는 모자란 소철이를 탓해봐야 별 볼 일 없다는 것을 알아채고는 이제 신 상무와 병덕이마저 싸잡아 묶어버렸다.

"야, 소철아! 그만둬."

그냥 놔두었다가는 일이 커질 것만 같았던지 신 상무가 앞으로 나선 것이다.

"이거 죄송하게 됐습니다. 얘가 자가용을 처음 보는 촌닭이 되어 나서 그만."

정중하게 신 상무가 사과하며 나서자 정 기사도 목소리를 누그러뜨렸다.

"참, 재수가 없으려니까. 이런 데 빠질 건 또 뭐요."

정기사의 누그러진 목소리에 신 상무도 고조된 목소리로 맞장구를 쳐 댔다.

"그러게 말입니다. 나도 이 동네에 살기는 하지만 사실 이런 길이 어디 있습니까? 조선 팔도 어디를 가 뵈도 이보다 못한 길은 아마 눈 씻고 찾아봐도 없을 겁니다."

옆에서 신 상무와 정 기사의 수작을 가만히 보고만 있던 병덕이의 얼굴이 아니꼽다는 듯 씰룩거려댔다.

"누워서 침 뱉지 말구 그냥 가쥬."

"이. 뱉어라, 뱉어. 막 뱉어라. 퉤. 퉤."

병덕이의 말에 소철이는 신이 나서 침을 마구 뱉어댔다.

"이런."

"야! 이 자식이 근데."

침에 맞을까봐 신 상무와 정 기사는 몸을 돌려 달아났고 병덕이는 낄낄거리며 잘한다고 박수까지 쳐댔다.

"쇠칠이 잘헌다, 잘혀."

"이, 빙덕아! 나 잘허지. 에이 퉤, 퉤."

병덕이의 부추김에 소철이는 더욱 신이 나서 침을 뱉어댔다.

"동네 수준허군, 하이구."

정 기사는 한심하다는 눈초리로 소철이와 병덕이를 번갈아 보았다. 그리고는 고개를 절레절레 흔들어댔다.

"그만하고 돌아들 가쇼. 남 불난 집에 부채질하지 말고."

정 기사는 이제 여차하면 핏대를 올릴 기세다. 장난은 그만 하라는 말이다.

"근데 한 가지만 물읍시다."

신 상무의 진지한 물음에 정 기사는 멈칫했다.

"저 사람들 보아하니 땅을 보러 온 것 같던데."

신 상무의 말에 정 기사는 시답잖다는 듯 입을 놀려댔다.

"그 양반들 돈 많은 복부인하고 복덕방 사장이올시다. 여기가 개발된다는 냄새를 맡고는 어떻게 한 건 건져 볼까 하고 온 것들 아니겠소."

정 기사의 말에 신 상무는 역시나 그랬다는 듯이 고개를 끄덕이며 눈빛을 빛냈다.

"서울 어디에서 오셨습니까?"

"어디 긴 어디요. 서울이면 서울이지. 대지 복덕방이라고 마포에 있는. 왜, 좀 아쇼?"

정 기사는 시큰둥하니 대답을 하다가는 자꾸만 캐묻는 신 상무를 향해 정색을 하고 물었다.

"아니, 아는 건 아니지만."

정 기사의 정색에 신 상무는 우물쭈물 얼버무리고 말았다.

"어, 돼지 복덕방이래, 돼지. 빙덕아! 뭔 이름이 돼지라냐."

"쯧쯧, 어쩌다 저리됐는지."

정 기사는 혀까지 차대며 딱하다는 듯이 소철이를 바라보았다. 얼굴에는 안됐다는 빛이 역력했다.

이들을 무시하고 정 기사는 차에 올라 시동을 켜댔다. 몇 번 쿨럭이던 차는 힘찬 엔진 소리와 함께 길 위로 울컥 올라섰다.

"에이, 참. 겨우 빠져나왔네."

정 기사의 목소리에는 다행스러움과 반가움이 함께 하고 있었다. 그런 반면 병덕이와 소철이의 얼굴에는 안타까움으로 가득 물들어 있었다. 좀 더, 아니 아예 영원히 빠져나오지 않기를 간절히 바라고 있는 눈치였기 때문이다.

손을 탁탁 털어 대며 밖으로 나온 정 기사는 차를 한 바퀴 휘 둘러보고는 다시 운전석으로 들어갔다. 그리고는 가타부타 말도 없이 차를 몰아 동네 안으로 들어갔다.

뽀얀 먼지를 일으키며 멀어져 가는 차의 뒤꽁무니를 향해 소철이는 야료를 부려댔다.

"에이 똥차. 이거나 먹어라, 이거나."

멀어져 가는 검은색 세단을 향해 마구 주먹질을 해댔던 것이다.

"너희들 천천히 오도록 해라, 난 먼저 가봐야겠다."

신 상무는 갑자기 급한 볼일이라도 생긴 것처럼 서둘러 잰걸음으로 발걸음을 옮겨놓았다.

"어? 빙덕아! 우리두 가보자. 이."

"이런 빙신아! 우덜이 뭐허러 거길 쫓어가. 볼일두 읍시."

"그래두 가보자, 이."

졸라대는 소철이에게 병덕이는 귀찮다는 말투로 을러댔다.

"너, 땅 가진 거 있어?"

"어, 땅? 무슨 땅?"

느닷없는 땅 타령에 소철이는 멍한 눈을 더욱 멍청히 하고는 병덕이에게 반문을 해댔다.

"무슨 땅은 이 빙신아! 니 땅 말여. 팔어먹을 수 있는 니 땅 말여."

"읍다."

소철이는 짧게 기죽은 목소리로 대답을 했다.

"것봐, 읍잖어. 신 상무는 지금 땅 팔어먹을라구 그러는 거 아녀."

아는지 모르는 지 소철이는 그제야 병덕이의 말에 다소곳해지며 조용해졌다.

병덕이와 소철이가 구장 댁 밭 아래 있는 양지바른 묘지에 다다르자 거기에는 강대포가 코흘리개 국민학교 아이들 너 댓을 데리고 또 무언가 대포를 까대고 있었다.

강대포.

사람들은 그렇게 불렀다. 그는 허세와 허풍을 좌우 시종으로 거느리고 다니는 청년이었다. 그가 입을 벌렸다 하면 못하는 것이 없었고 없는 것이 없었다. 그가 허풍을 떠는 것을 사람들은 대포를 깐다고 했다.

소나무 아래 적당한 그늘이 좋은 양지쪽은 아이들이 하굣길에 곧잘 머물러 가곤 하는 휴게소 같은 곳이었다. 그곳에 오늘도 강대포가 코흘리개 조무래기들을 모아놓고 일장 대포를 까고 있었던 것이다.

"니덜 오디 갔다 오냐?"

강대포가 아이들에게 대포를 까다가는 병덕이와 소철이를 보고는 반색을 했다.

"어, 강대포다. 강대포."

눈치도 없이 소철이가 날뛰었다.

"뭐? 저런 등신 같은 시키가."

반색을 하던 강대포는 소철이가 자신의 별명을 마구 불러대자 입에게거품을 물며 눈까지 부라려댔다. 강대포라 부르는 것을 가장 듣기 싫어했기 때문이다. 게다가 아이들의 놀림감인 소철이로부터 강대포란 말을 들었으니 쌍심지를 돋울 만도 했다.

"아이, 성. 놔둬. 성이 뭐 이런 빙신허구 싸울건감."

병덕이의 말에 강대포는 딴은 그렇다는 듯 고개를 끄덕였다.

"허긴 그려. 빙신새끼, 한 번만 더 그랬단 봐라. 눈깔을 확 뽑어버릴 테니께."

눈을 부라린 강대포의 엄포에 소철이는 잠시 엉거주춤하다가는 슬며시 아이들 틈으로 끼어들었다.

"이, 그러니께 내가 오디까정 얘기를 힛냐?"

병덕이더러 들으라는 듯 강대포는 일부러 아이들에게 물었다.

"에이, 탱크. 탱크를 탔다구 했쥬."

아이들은 빨리 이야기를 해달라는 듯 하나같이 큰소리로 대답했다.

"이, 그렇지. 야! 니덜 그 탱크라는게 말여. 얼마나 무지헌지 아냐?"

강대포는 다시 허풍을 떨어대기 시작했다. 허풍 보따리를 풀어놓기 시작한 것이다.

"탱크? 아, 성이 진짜루 탱크를 타봤단 말여?"

병덕이가 믿지 못하겠다는 투로 물어댔다. 아이들의 똘망똘망한 시선이 순간 병덕이에게로 모아졌다. 그러자 위기감을 느낀 강대포는 아이들의 시선을 다시 모아들이기 위해 눈가에 힘을 주어 댔다.

"하이, 짜식은 근디 중국눔 빤스를 입었나, 의심은."

"아이, 성. 그게 아니구 말여."

병덕이는 강대포의 눈에 서린 엄포에 질려 그만 말을 접고 말았다.

"내가 누구냐? 이 강덱순이가 그래 서울서 삼 년을 굴러먹다 왔는디 그깟 탱크 한 번 못타봤을거 같냐?"

병덕이가 꼬리를 내리자 강대포는 내가 누구냐며 한층 더 목소리를 높여 댔다.

"허긴."

강대포의 강짜도 강짜지만 허풍에 대들어봐야 입만 아프다는 것을 잘 알고 있는 병덕이는 그러려니 하고 입을 다물고 말았다.

"작년 시월 일일, 그러니께 국군의 날 아니냐? 여의도 광장 니덜두 봤지. 야, 을마나 넓은지 내 그렇키 넓은 디는 츰이다. 니덜두 테레비루 봐서 알껴. 아마, 이 대꿀 허구 갈마지 합헌거허구두 한 열 배는 더 될걸."

아이들은 놀라 입을 다물 줄을 몰랐다. 왜냐하면 아이들에게 열 배는 엄청 큰 것이었기 때문이다. 그것도 두 동네를 합한 것에 열 배라니, 아이들에게는 상상도 할 수 없는 크기였던 것이다.

"와! 열 배래, 열 배. 하나 둘 싯 닛……."

소철이는 침을 질질 흘려대며 하나 둘씩 손가락을 꼽고 있었다. 아이들은 킥킥거리며 소철이에게로 시선을 모았다.

"저 시키, 지금 뭐허는거냐?"

강대포는 짜증을 냈다. 아이들의 관심이 소철이에게로 집중되고 있었기 때문이다.

"히, 열 배 쎈다."

매가리 없이 히죽거리며 소철이는 강대포의 염장을 질러댔다. 강대포의 얼굴로 보아선 주먹이라도 당장 튀어 나갈 기세다.

"성, 신경 쓸 거 웂서. 그냥 내비둬."

병덕이의 만류에 그저 조그만 위안을 받을 뿐이다.

"같이 상대허먼 똑 같은 눔되는겨."

"저런 등신 시키, 으이구."

똑같은 놈이 된다는 말에도 정신이 없는지 강대포는 그냥 분을 삭이고 만다. 병덕이의 말이 귀에 들어오지도 않는 모양이다.

"아저씨, 그래서유? 빨랑 얘기해줘유."

빡빡 깎은 까까머리 아이가 강대포의 턱밑에서 재촉을 해댔다. 강대포를 둘러싼 아이들의 초롱초롱한 눈망울이 모두 하나같이 원하고 있었다. 그러자 강대포는 흐뭇한 웃음과 함께 멈추었던 대포를 다시 쏘아대기 시작했다.

"이, 그려. 근디 그 넓은 디루 탱크허구 고사포. 장갑차. 수두 웂시 오는디."

"아저씨! 그럼 미사일두 봤남유?"

또랑또랑한 눈망울로 진지하게 듣고 있던 까까머리가 강대포의 말을 끊고 나섰다. 자못 궁금하다는 표정이었다.

"하이, 짜식. 그럼 임마, 미사일은 기본이지. 쪼맨한게 그래두 뭣즘 아는디."

까까머리의 물음에 그래도 뭣 좀 안다며 강대포는 신통하다는 듯이 까까머리를 쳐다보았다. 얼굴은 신이나 있었다. 호응을 해주는 어린 동지가 마음에 썩 들었던 것이다. 그때였다.

"근디?"

병덕이가 웃기지도 않는다는 듯이 김빠지는 목소리로 어깃장을 들고 나왔다. 그런데도 병덕이의 목소리는 귀에 들어오지 않는 모양이다. 제 할 소리만 해댔다.

"탱크가 쫘아악 오는디 내가 앞으루 떡 나갔지."

아이들은 신기하다는 듯, 대단하다는 듯 강대포의 다음 말을 기다렸다.

"그래서?"

병덕이의 어깃장이 다시 이어졌다. 그러나 여전히 강대포는 제 대포만 쏘아댈 뿐이다. 하긴 이런 일이 어제오늘의 일은 아니었다. 강대포가 말할 때면 늘 사람들은 그랬다. 다 듣지 않아도 알 수 있다는 듯이, 그렇게 비아냥대거나 건성으로 들을 때가 많았던 것이다. 그러니 강대포도 익숙한 일이었기에 병덕이의 어깃장을 무시했던 것이다.

"그리구는 며여얼 고오옹 하면서 탁 경례를 했잖겠냐."

아이들은 이미 강대포의 말에 얼이 빠져있었다. 입을 헤벌린 채 갈마지가 낳은 이 영웅을 자랑스럽게 올려다보고 있었던 것이다.

"그랬더니만 탱크가 딱 스더라구."

아이들에게는 이제 시간도 바람도 멈추어 있었다. 오직 영웅의 입과 손짓만이 아이들을 댓골 어귀의 현실로 다시 데려다 놓을 수 있을 것이었다.

"그러더니 나보구 타랴."

점입가경이었다.

"그래서?"

"그래서는 인마. 딱 탔지."

곁에서 계속 초를 쳐대고 있는 병덕이의 김빠진 목소리가 그제야 강대포의 귀에 들어간 모양이다. 그러나 그 또한 불쾌하다는 것보다는 자신 있게 탔다는 대답이 더 중요한 것이었다.

"야, 대단허다이."

아이들은 환호성을 질러대며 강대포를 우러러봤다. 영웅의 등장에 작은 동네 댓골이 들썩거렸다. 묘지에 누워있던 권 씨네 할아버지가 놀라 일어서지 않을까 염려되었다.

"흐, 좋겄다."

소철이도 좋겠다며 침 흘리는 입으로 환호성을 터뜨려댔다.

"짜식, 너두 좋은 건 아냐?"

소철이의 탄성에 강대포는 어깨를 으쓱하며 목에 더욱 힘을 주어 댔다. 가관이 아니었다. 그러나 아이들의 눈에는 이미 강대포가 갈마지의 자랑스러운 영웅이 되어있었다.

"그리구 오티기 됐유?"

궁금해 견디지 못하겠다는 듯 아이들이 동시에 물어댔다. 아이들의 궁금함을 외면할 강대포도 아니었다. 대포질은 계속되었다.

"그리구는 인저 나보구 운전을 한 번 해보라구 허더라이."

아이들은 신기하고 재미있어 죽을 지경이다.

"그래서유?"

"그래서는 인마, 딱 운전대를 잡구 운전을 허는디. 햐! 참 기가 막히드라이.

이게 완전 자동이여. 미젠디, 딱 운전대를 잡으면 말여. 탱크가 지가 알어서 다 가는 겨 그냥."

'와' 하고 아이들의 환호성이 터졌다. 입을 헤 벌린 채 침을 흘려대고 있는 소철이나 까까머리 아이들이나 하나같이 강대포의 대포에 나가떨어지고 만 것이다.

"그러니게 미제가 좋기는 좋더라구."

"이, 그러이."

병덕이의 초치는 비아냥거림은 여전했으나 강대포의 무시도 그에 못지않은 것이었다. 해볼 테면 해보라는 것일 것이다.

"그리구 별 세 개짜리가 탱크에 타구 있었는디 나보구 탱크 부대를 지휘해보라구 허더라이."

"히, 지휘까정? 그래서 히봤서?"

병덕이의 비아냥거림이 더욱 거북살스럽게 쏟아져 나왔다. 그러나 강대포는 그런 거북살스러움에도 여전히 아무렇지 않게 대꾸를 해댔다.

"하이, 짜식. 그럼 내가 누구냐? 이 강덕순이가 까짓 거 뭇허겠냐? 그래서 인저 탱크 위로 딱 올러갔지. 올러가서는 깃발을 가지구선 좌로 우로 허면서 지휘를 딱 히겄잖냐. 니덜두 작년에 국군에 날 때 태레비 방송허는 거 봤을 꺼 아녀?"

"이, 그래서 탱크가 죄다 한쪽 방향으루다 틀었었구먼."

까까머리 아이가 아는 척을 하고 나섰다. 강대포의 든든한 후원자였다.

"이, 그려. 닌 지대루 잘 봤구먼. 그게 내가 그렇키 명령을 니려서 그런 거여."

"난 뭇봤넌디."

"나두."

몇몇 아이들이 반기를 들고 나섰다. 못 봤다면서 고개를 갸웃했던 것이다.

"짜식덜, 올 국군에 날 때 한번 잘 봐라이, 그렇키 움직이니께 말여."

"이, 알었슈."

아이들은 강대포의 우격다짐에 그냥 그런가 보다 하고 넘어갔다. 잘못했다간 그 무서운 주먹으로 꿀밤을 맞을 것이 뻔했기 때문이다. 언젠가 기철이가 그랬다가 일주일도 넘게 머리를 감싸고 다닌 적이 있었다. 그런 사실을 잘 알고 있는 아이들은 그냥 고개를 끄덕여주는 것만으로도 자신을 위하는 일이라는 것을 잘 알고 있었다. 그러나 병덕이는 달랐다. 형이기는 하지만 입이 가벼운 강대포를 늘 우습게 보았다. 그가 그럴 수 있었던 것은 마을 어른들의 탓도 없지 않았다. 마을 사람들이 그를 강대포, 강대포 하면서 하나같이 우습게 여겼기 때문이다.

이때 옆에서 우습다는 듯이 병덕이가 히죽거리자 아무것도 모르는 소철이가 낄낄거리며 웃어댔다.

"뭐여? 이 시키가 근디."

차마 병덕이보고는 뭐라 못하고 소철이만 잡을 듯이 노려보았다.

"에이, 빙덕이두 웃었는디."

소철이가 병덕이를 끌고 넘어졌다. 가만있을 병덕이가 아니다.

"내가 온제? 이런 빙신이 생사람 잡구 있어 증말."

둘의 수작에 기분이 언짢아진 강대포는 목소리를 은근히 내리깔았다.

"니덜이 암만해두 이 엉아 말을 뭇 믿는 모양인디 다음에 한 번 보자이. 그 런가 안 그런가 말여."

강대포의 은근한 엄포에 병덕이의 목소리도 얼마간 졸아들었다. 그렇다고 순순히 물러설 병덕이가 아니었다.

"그럼 성, 올해두 탱크를 탈거여?"

"뭐?"

올해도 탱크를 탈거냐는 병덕이의 물음에 강대포는 순간 할 말을 잃었다. 대신 뭐라고 했느냐며 다시 물을 수 있을 뿐이었다.

"아, 그려야 탱크를 지휘헐거아녀."

주춤하는 강대포를 두고 병덕이는 다시 소리를 높여댔다. 자신감을 찾았 던 것이다.

"빙덕이 니가 내헌티 뭔 유감이 있는가 본디."

강대포는 이제 우격다짐으로 나왔다. 이럴 때는 특히 조심해야 한다.

"아! 성두, 유감은 무슨 유감이여."

병덕이는 강대포의 성질을 잘 아는지라 얼른 꼬리를 내리고 말았다. 그리 고는 잔뜩 경계를 해댔다.

"그럼 인마, 왜 자꾸 내 말에 딴지를 걸구 지랄이여, 지랄이."

"하이, 참! 성두. 내가 잘 물르니께 물어보는 거 아녀 시방."

"물어보는 게 그러냐? 시방, 시비 거는 거지."

"아! 참, 성두. 그만 둬유."

"그만두긴 뭘 그만둬 짜식아!"

바짝 약이 올라서는 길길이 날뛰어대고 있는 강대포를 두고 병덕이는 뒤로 한 걸음 물러섰다. 여차하면 냅다 뛸 판이다.

"아저씨! 이 아저씨 말 듣지 말구 싸게 얘기해줘유. 그리구 또 오티기 됐대유?"

아이들의 성화에 못 이기겠다는 듯 강대포는 힐끗 병덕이를 흘겨보았다. 그리고는 결정타를 한 방 날려댔다.

"니덜은 이담에 크거들랑 카수 같은 거 헌다구 껍쭉대지 말어라이."

강대포는 병덕이의 콩쿨대회 사건을 꺼내 병덕이의 기를 팍 죽여 놓았던 것이다.

"성! 증말 이럴 거여?"

아픈 곳을 건드린 강대포에 병덕이도 화가 치솟았다.

"뭘 인마?"

병덕이는 얼굴이 시뻘게져서는 자리를 박차고 일어섰다. 그러나 그가 할 수 있는 것이라곤 아무것도 없었다. 뒤도 안 돌아보고 마을 안을 향해 걸음을 옮겨놓는 것이 그가 할 수 있는 것의 전부였다. 병덕이는 콩쿨대회 사건을 가장 큰 콤플렉스로 안고 있었다. 누가 그 이야기를 꺼내기만 하면 푸르르해져서는 자리를 뜨곤 했던 것이다.

병덕이가 그렇게 떠나고 나자 강대포는 히뜩거리며 다시 말을 이었다.

"카수는 말여, 아무나 허는 게 아녀. 니덜두 허파에 바람늫지 말구 공부덜 열심히 허야 헌다. 안그러문 쟤처럼 되는겨, 빙덕이 말여. 괜히 시덥잖은 카수가 된다구 껍쩍대다가 말여. 개망신이나 당허구, 짜식."

멀어져간 병덕이를 힐끔 쳐다보더니 강대포는 다시 소철이를 쏘아보았다.

"왜 그리냐? 나는 아무 말두 안 했는디?"

슬금슬금 눈치를 보아가며 소철이는 앉은걸음으로 한 발자국 뒤로 물러났다. 그리고는 죄 없는 잔디를 쥐어뜯으며 강대포의 눈치를 살펴댔다.

"쇠칠이 니두 저런 애허구 다니지 말어, 인마. 괜히 저런 늠허구 같이 쏘다녀야 좋을 거 하나두 웁스니께."

강대포가 풀어진 목소리로 예기치 않은 조언까지 해대자 소철이는 다행이란 듯이 호들갑을 떨어댔다.

"으, 나두 빙덕이 싫다. 막 때리구 욕허구, 그래서 싫다."

"뭐, 때려?"

기가 막힌다는 표정으로 강대포는 소철이에게 되물었다.

"으, 저번에 때렸다. 이렇키."

소철이는 주먹을 쥐어 때리는 시늉을 해댔다. 까까머리 아이들이 와자하니 웃음을 터뜨렸다. 소철이의 행동이 얼 띠었기 때문이다.

"짜식, 못 됐구먼. 나이두 지보다 많은 성을 때리구 말여."

이야기가 엉뚱한 방향으로 흘러가자 아이들은 조급증이 나서는 강대포를 다시 졸라댔다.

"아이, 아저씨. 싸게 얘기나 해줘유."

"응. 그려, 알었다. 그려서 말여."

강대포의 대포가 다시 쏘아졌다. 따스한 봄날 댓골 어귀에서 펑펑 잘도 쏘아졌다. 아이들은 강대포의 대포를 진지하게 경청하며 따스한 봄날 오후 한때를 잘도 보내고 있었다.

강대포의 대포가 이렇게 잘도 쏘아지고 있을 때, 복 사장일행이 검은 세단을 앞세워 천천히 걸어 내려오고 있었다. 아이들은 뒤뚱거리는 복 사장의 걸음걸이를 보고는 키득거리며 웃기 시작했다. 두루뭉술하니 튀어나온 배와 어울리지 않는 투피스도 우스꽝스럽기만 했다. 까까머리 아이들은 손가락 짓까지 해대며 배꼽을 잡고 웃어댔다. 그런 꼴을 보다 못한 피 사장이 냅다 소리를 질러댔다.

"이런 싸가지 없는 것들, 뭐 하는 짓이여 이게."

피 사장의 핏대에 까까머리 아이들은 사분오열 흩어져 달아나기 시작했다. 밭고랑과 논두렁으로 튀어 산지사방으로 흩어졌던 것이다.

"그냥 두세요. 촌것들이 서울 사람을 처음 보니까 신기해서 그러는 걸 가지고 뭘 그러세요, 사장님도 참."

복 사장은 오지랖 넓은 소리로 아이들을 두둔했다. 그러고는 우두커니 혼자 앉아있는 강대포에게로 호기심 어린 눈빛을 던져댔다.

"총각, 이 마을에 사나봐?"

호기심은 말을 붙이게 했다.

"예, 그런디유."

강대포는 복 사장의 끈끈한 호기심에도 그저 미지근하기만 했다. 관심도 없다는 뜻이다. 하긴 까까머리 아이들의 놀림감이나 되는 그런 여자에게 누가 관심을 갖겠는가?

"저쪽 동네는 뭐라고 하나?"

복 사장은 댓골쪽을 가리키며 물었다.

"거기는 대꼴이라구 허는디유."

"아! 그래. 그럼 저기 저 논임자는 누군지 혹시 알아?"

복 사장이 가리키는 곳을 바라보며 강대포는 그제야 얼마간의 호기심이 생긴 모양이다. 자리를 고쳐 앉았던 것이다.

"예, 거긴 경만이 형 땅인디유."

"경만이?"

경만이라는 말에 복 사장은 누군가를 떠올리는 모양이었다.

"그럼 혹시 갈마지 구장님하고 어떻게 되나?"

"예, 동생인디유."

복 사장일행은 그제야 서로를 바라보며 의미심장한 웃음을 주고받았다.

"그러면 뭐 어려울 것도 없겠네요. 얼치기 구장만 잘 구슬리면."

복 사장은 다행이라는 듯 흡족한 웃음을 짓고 있었다. 웃을 때마다 늘어진 턱살이 흉측스럽게도 출렁거려댔다.

"그러게 말입니다."

강대포는 그 큰 눈을 희뜩거리며 세 사람을 번갈아 훑어보았다. 그리고는 호기심이 잔뜩 어린 목소리로 물어댔다.

"근디, 그건 왜 그런데유?"

강대포의 진지한 물음에 복 사장이 시큰둥하니 대답했다.

"우린 땅 구경 온 사람들이거든, 좋은 땅을 사 볼까하고. 갈마지나 여기

대골에다가."

세상 무엇이든 마음만 먹으면 할 수 있다는 듯한 자신만만한 목소리에 강대포가 배알이 꼴린다는 듯 어깃장을 놓았다.

"근디, 경만이 성은 절대루 땅은 안 팔 텐디."

고개까지 갸웃하며 들으라는 듯 말끝을 흐렸다. 그러자 복 사장이 이내 반응을 보였다.

"그게 무슨 소리지?"

복 사장은 한 걸음 앞으로 다가서며 물었다.

"하이구, 경만이 성이 누군디 땅을 팔어유. 어림두 읍지."

강대포는 복 사장이 자신의 말에 관심을 보여 오자 억양까지 높여대며 마치 자신의 땅이라도 되는 양 떠들어댔다. 그러자 세 사람은 이내 뭐라도 씹은 얼굴이 되어서는 서로를 바라보았다.

"그게 무슨 소린가?"

이번에는 복 사장의 짓거리를 보고만 있던 추 실장이 나서서 물었다. 그러자 강대포는 더욱 의기양양해졌다.

"그 성은 이 근방이서 공부두 질 잘허구 히서 농전을 갔슈."

들어보란 듯이 강대포는 목소리에 힘을 준 채 턱까지 치켜들었다. 그리고는 잠시 말을 끊었다. 복 사장일행으로 하여금 속이 타게 하고자 하는 것이었다. 그러자 복 사장일행은 뜸을 들이고 있는 강대포에 답답하다는 듯이 말을 재촉해댔다.

"그래서?"

"아! 그래서는유. 그 성이 서울루 대학을 안가구 농전을 갔을 때는 다 큰 뜻이 있어서 아니겄슈."

남 속 타는 것이야 내 일이 아니라는 듯 강대포는 그저 여유만만하기만 했다.

"큰 뜻이라니?"

큰 뜻이라는 말에 복 사장일행은 다시 한 번 긴장을 했다. 자신들의 일이 뜻대로 되지 않을까 염려했던 것이다.

"농사를 지어보겠다는 거지유. 서울양반덜이 왜 이렇키 눈치가 읍스까."

잔뜩 긴장하고 있다가는 농사를 짓는다는 말에 복 사장은 어이가 없다는 듯 허리를 부여잡고 깔깔대기 시작했다.

"아니? 왜 웃구 그런대유?"

난데없이 웃어대는 복 사장에 강대포는 어이가 없는 모양이다.

"아니, 이봐요 총각. 그래 그 큰 뜻이란 게 고작 이런 시골구석에서 농사짓는 거란 말예요."

복 사장의 어이없어하는 표정에 강대포는 자존심이 상했다.

"농사가 오때서 그류. 아! 아줌니는 밥두 안먹구 살유."

강대포가 말한 큰일을 우습게 여기는 것은 곧 강대포의 자존심을 상하게 하는 일이기도 했다. 왜냐하면 강대포도 경만과 같이 봄이면 아카시아 향기 짙게 풍겨오는 시골에서 살아가고 있는 사람이었기 때문이다.

"그게 아니고. 내 얘기는 사내가 큰 뜻을 품었으면 그래도 무슨 큰 사업을 하던가 해야지 이런 시골구석에서 농사를 짓고 있다니까 우습잖아요."

강대포는 복 사장의 말에 일부분 동의를 하기는 했지만 시골구석, 시골구
석 하며 얕잡아보자 자존심이 무척 상했다.

"하튼 경만이 성은 땅 안팔규."

강대포는 마치 자신의 땅이라도 되는 양 턱까지 치켜들고는 우세를 떨어
댔다. 그러자 세 사람은 난감한 표정이 되어서는 서로를 바라보았다.

"저, 총각이 어떻게 좀 잘 해봐요. 내 보기에 그 경만인가 하는 총각도 총
각 또래인 것 같던데."

복 사장이 총각, 총각하면서 나긋나긋한 목소리로 아양을 떨어대자 강대
포도 이내 줏대 없이 목소리를 낮췄다.

"경만이 성을 봤슈?"

한껏 낮아진 친절한 목소리다.

"갈마지 구장님을 지금 만나고 내려오는 길이거든요. 거기서 동생이라는
총각을 보긴 했는데 그 총각이 경만이 총각인지는 몰랐어요."

하대하던 말투까지 바꿔 간절히 도움을 청하자 강대포는 선심이라도 쓰듯
선뜻 대답을 하고 말았다.

"그류. 까짓거 뭐. 한 번 얘기는 해보쥬."

복 사장의 얼굴이 환해졌다.

"헌데 저 땅이 경만이 총각 앞으로 등기가 되어있나요?"

"등기유?"

등기라는 말에 강대포는 말문이 턱 막혔다. 거기까지는 알 수 없는 일이었
기 때문이다.

"글쎄유? 지가 알기루는 몇 년 전에 경만이 성 아버지가 돌아가실 때 재산을 전부다 구장님허구 경만이 성헌티 나눠준 것으루 알구 있긴 헌디. 그것까지는 잘 물르겄네유."

미안하다는 표정까지 지어가며 강대포는 아는 바를 열심히 설명해댔다.

"그래요? 하튼 총각이 나서서 알선 좀 해봐요. 일만 잘 성사되면 우리가 섭섭지 않게 구전을 드릴 테니까."

구전을 섭섭지 않게 준다는 말에 강대포는 귀가 솔깃해졌다. 구미가 당겼던 것이다. 하지만 경만이가 어떤 사람이라는 것을 잘 알고 있는 강대포는 이내 한 숨을 내쉬었다.

"알었슈. 내 얘기는 해 보넌디. 큰 기대는 허지 말유."

"고마워요 총각. 혹시 좋은 소식 있으면 이리로 좀 연락을 줘요."

복 사장은 명함을 한 장 건네주며 눈까지 찡긋거렸다. 그 표정에 묘한 여운이 감돌았다.

"예, 그러쥬 뭐."

엉겁결에 명함을 받아 들면서도 강대포는 의아하기만 했다. 뜬금없이 다정스레 굴고 있는 짙은 화장기의 복 사장이 알 수 없었기 때문이다. 가까이 다가올 때 확 풍겨오던 짙은 화장품 냄새가 오래도록 코끝에 남았다.

복 사장은 뒤뚱거리는 걸음으로 기다리고 있던 세단에 올라탔다. 그리고는 차 창문을 빠끔히 열고는 다시 한 번 부탁하는 말을 잊지 않았다.

"총각! 꼭 연락 좀 줘요. 기다릴게."

다시 한 번 눈을 찡긋거린 복 사장은 검은 세단에 몸을 실은 채 미끄러지듯 마을을 벗어났다.

검은 세단이 마을 어귀로 뿌연 먼지를 남기고 사라질 때까지 강대포는 멍하니 서 있다가 손에 쥐어진 조그만 명함을 뚫어져라 바라보았다.

'대지부동산 복미순 02-351-××××'

"허, 복 사장 이거 또 영계하나 물었구먼."

"참, 피 사장님두."

"아니, 피 사장님두! 면전에 두고 그런 소릴 하시면 어떻게 합니까?"

"이 사람아! 우리가 뭐 그런 거 가릴 사인가?"

추 실장과 피 사장은 복 사장을 앞에 두고 농반 진반으로 마구 짓까불고 있었다. 하지만 복 사장 역시 아무럼 어떠냐는 표정으로 이들과 수작을 주고받았다.

"그래. 나도 인제 돈도 좀 벌었겠다, 영계 좀 데리고 놀면서 즐겨보려는데 두 양반이 나한테 뭐 도와 준거라도 있어요?"

진한 립스틱이 더욱 추해 보이는 입술을 놀려 복 사장은 농담을 진담으로 받아넘겼다.

"햐! 이젠 아주 내놓고 하겠다?"

대화가 더욱 진하고 거칠어졌다.

"그러는 피 사장님이나 추 실장님은 안 그러우. 찾았다하면 영계, 영계 해대면서."

갑자기 운전이 거칠어졌다. 정 기사가 가속기를 꾹 밟아 댄 탓이었다.

비포장 길을 뒤뚱거리며 검은 세단은 거칠게 달려나가기 시작했다.

5. 슬픈 비

"땅값이 꽤 올르겄어."

들으라는 듯이 석만이 중얼거렸다.

"허튼소리 허지 말아요. 송충이가 솔잎을 먹어야지 농사꾼이 땅 팔아 갖고 어떻게 하려고 그래요."

경만은 석만의 속뜻을 알아채고는 일침을 놓아버렸다.

"뭐, 얘기가 그렇다는 거지."

경만의 일침에 석만은 찔끔하면서도 또다시 두런거려댔다. 못내 아쉽다는 표정이다. 그러자 곁에 있던 신 상무가 경만의 눈치를 보아가며 지원을 하고 나섰다.

"그렇지만도 않아. 아까 그 사람들 얘기하는 거 들었잖아. 목까지 꽉 찼다고, 인제 더 오르기는 어려울 거 같아. 그 사람들이야, 이 방면으로 전문가들인데 괜히 허튼소리 하고 다니겠어!"

경만은 신 상무의 지원사격에 마뜩잖은 표정으로 고개를 외로 꼬아댔다.

"형님! 내일은 못자리 준비해야 하니까 오늘은 창고나 좀 정리하지요."

경만의 말에 석만은 내키지 않는 듯 대답을 꾸물거렸다.

"응, 그려. 알았다."

마지못해 들릴 듯, 말 듯 대답을 흘리고 말았다.

분위기가 일하는 분위기로 돌아서자 신 상무는 쭈뼛쭈뼛하더니 발길을 돌려놓고 말았다. 그리고 그가 메마른 아카시아 울타리 곁으로 돌아서고 난 뒤였다.

"형님! 저 양반도 할 일 없는 한량이니까 어울리지 말아요. 괜히 저런 사람 하구 어울리다 보면 허파에 바람만 들어 갖고 사람 버리기 딱 십상이니께."

경만의 충고에 석만은 가타부타 말없이 헛간으로 향했다.

산등성이에는 붉은 진달래가 지천으로 흩어져 하늘거리고 있었다. 삐쭉산 언저리를 바라보고 있던 경만은 긴 한숨을 몰아쉬며 언덕 넘어 댓골 쪽을 바라보았다. 유난히 맑은 하늘이 경만의 가슴을 더욱 아리게 만들었다.

세월은 살같이 빠르게 흘러만 가는데 은희는 어쩐 일인지 자꾸만 멀어져 가고 있는 것만 같았다. 아무리 성 부자 어른이 반대한다고는 하지만 이렇게 의도적으로 자신을 외면했던 적은 없었다.

경만은 밭고랑에 앉아 담배를 피워 물었다. 흰 연기가 아지랑이처럼 너울대며 흩어졌다. 회색 빛 밭둑에는 어느새 싱그러운 풀빛이 돋아나 있었고 샛길 여기저기에는 희고 노란 꽃다지도 한창이었다. 노란 나비는 길을 잃은 듯 아지랑이 사이를 헤매고 있었다. 싱숭생숭한 봄바람이 더욱 심란하기만 했다.

"히, 경만이 성 뭐허냐?"

느닷없는 소리에 고개를 돌려보니 소철이가 맹한 걸음으로 다가오고 있었다.

"응, 소철이구나!"

"나, 은희누나 봤다! 저 건너 원탱이 방죽에서 쑥 뜯더라. 히."

소철이의 은희라는 말에도 경만은 시큰둥하기만 했다.

"그래, 너희 어르신은?"

경만은 자신을 생각해서 찾아온 소철이가 상심할까봐 성 부자의 안부를 쓸데없이 물어댔다.

"이, 우리 아저씨는 사과나무 두엄준다."

"근데 넌 왜 그러고 다녀? 일하지 않고."

경만은 건너편 삐쪽산을 바라보며 시큰둥하니 소철이에게 물었다. 경만의 마음을 알 리 없는 소철이는 침을 질질 흘려대며 무릎걸음으로 경만의 앞으로 바짝 다가앉았다.

"소철아!"

경만은 정색하며 소철이를 똑바로 쳐다보았다.

"이."

경만의 다정한 부름에 소철이는 예의 그 멍청한 눈빛으로 경만을 올려다보았다.

"침 좀 닦아. 네가 아무리 그래도 이제 나이 스물하고도 하나다, 어른이라고. 세수 좀 하고 이도 닦고."

경만은 오늘따라 모자란 소철이가 더욱 안됐다는 생각이 들었다.

"으, 알었다."

소철이는 알았다며 고개를 끄덕였지만 얼굴에는 여전히 예의 그 멍청한 웃음을 흘려대고 있었다. 그러나 표정만큼은 어린아이의 그것처럼 맑고 순수하기만 했다.

"에이, 우리 아저씨 나뿌다! 맨 날 일만 시키구. 그래서 도망 나왔다, 히."

소철이의 여전한 행동에 석만은 피식 웃음을 흘렸다.

"그래도 그럼 되니. 아저씨 힘드실 텐데 네가 좀 도와 드려야지."

어린아이 타이르듯 경만은 소철이를 타일렀다.

"히, 나두 은희 누나 좋아헌다."

"그래?"

"우리 아저씨 나뿌다!"

입을 한 발이나 내놓으며 성 부자를 나쁘다고 떠들어대는 소철이를 향해 경만은 귀찮다는 듯 다시 물었다. 어찌 됐든 관심은 가져주어야 했기 때문이다.

"또 왜?"

"그때 은희 누나 보고 경만이 성 만나면 다리몽뎅이 분질러버린다매 막 소리치구 혼냈다. 그래서 은희 누나 막 울었다."

"그랬어?"

어린아이 고자질하듯 너스레를 떨어대고 있는 소철이의 호들갑에 경만은 그랬냐며 시큰둥하니 대답하고 말았다. 그렇지만 속으로 타고 있는 가슴은 미어질 듯 아프기만 했다.

"이, 그래서 내가 은희 누나더러 울지 말라고 달랬다. 그래도 막 울더라. 경만이성이 달랬으면 안 울었을 텐디."

경만은 피식 웃으며 소철이를 바라보았다. 소철이 어깨너머로 나풀거리고 있는 노란 나비가 경만의 마음을 더욱 심란하게 어지럽혀대고 있었다. 경만은 혼자 있고 싶었다.

"어디 가는 길이니?"

경만의 묻는 말에는 그만 가주었으면 하는 심경이 가득 담겨 있었다. 이제 그만 네 갈 길을 가달라는 얘기였다. 아니나 다를까.

"참! 내가 왜 이러구 있지. 빙덕이 있는디 가야 되는디. 성! 나 그럼 가께."

소철이는 그제야 제 갈 길을 생각해냈는지 부리나케 밭 아래로 뛰어 내려갔다. 소철이가 발을 옮길 때마다 푸석한 먼지가 마른 땅을 헤집고 뽀얗게 피어올랐다.

경만은 소철이의 말을 통해서 어렴풋이나마 짐작할 수 있었다. 요즘 들어 왜 그렇게 은희가 자신을 피하고 있는지를 말이다. 하지만 아무리 그래도 그렇지, 그런 것 때문에 자신을 피할 은희는 아닌데.

경만이 은희 생각에 갈피를 못 잡고 멍하니 앉아있을 때, 하늘거리는 분홍 원피스를 입은 은희가 작은 대나무 소쿠리를 옆에 낀 채 언덕을 넘어오고

있었다. 소철이의 말대로 원탱이 방죽에서 쑥을 뜯고 오는 모양이다. 경만은
자신도 모르게 가슴이 뛰었다. 은희의 분홍 옷차림이 경만의 가슴을 더욱 설
레게 하는 모양이었다. 하지만 은희는 경만을 보고는 발걸음을 돌려 아랫녘
으로 향했다. 댓골쪽으로 다시 발걸음을 옮겨 놓았던 것이다. 경만은 그런
은희의 행동에 적잖이 화가 났다.

"은희야, 잠깐 나 좀 보자!"

경만은 큰 소리로 은희를 불러 제쳤다. 혹시나 못 들을까 염려한 때문이
다. 하지만 은희는 아무런 대답도 없었다. 고개를 돌린 채 경만을 바라보다
가는 다시 언덕 아래로 발길을 돌려놓고 말았다. 경만은 자리를 벌떡 일어서
은희를 향해 내달렸다.

"은희야! 왜 그래 응?"

여전히 은희는 말이 없었다. 용규네 밭둑 흐드러지게 핀 개나리에 눈길을
주고 있을 뿐이다.

"왜 그렇게 피하는데, 이유가 뭐야?"

다그치듯 경만은 소리를 높였다.

"미안해, 오빠!"

"아저씨 때문에 그래?"

다소곳이 고개를 돌린 채 눈물을 흘리고 있는 은희를 본 경만은 왠지 모를
불길한 예감이 퍼뜩 스쳐 지나갔다.

"도대체 왜 그러는데?"

경만은 조심스레 또다시 물었다.

"오빠, 우리 모르는 척 그냥 그렇게 지내면 안 될까?"

은희의 느닷없는 말에 경만은 가슴이 철렁했다. 예감이 들어맞는 것일까? 경만은 어떻게 대답해야 할지 몰라 한동안 멍하니 은희의 얼굴을 바라보았다. 그러자 은희는 또다시 걸음을 옮겨 놓았다.

"오빠, 미안해! 다음에 내가 마음이 정리되는 대로 사실을 말할게."

경만은 멀어져 가고 있는 은희를 우두커니 바라보며 그렇게 한 참을 서 있었다. 바람은 더없이 훈훈했지만 아린 경만의 마음은 겨울로 다시 돌아가는 듯 차갑기만 했다. 깃털 같은 구름이 은희가 멀어져 가고 있는 하늘 위로 조용히 흘러가고 있었다.

안개비

흐린 안개비가 산허리로부터 마을을 향해 스멀스멀 내려오고 있었다. 여민 옷깃을 함초롬히 적실만한 안개비는 누가 들을세라 그렇게 소리 없이 다가오고 있었던 것이다.

거무튀튀한 군내가 솔솔 피어오르는 툇마루에 앉아 마당 한구석 하얗게 떨어져 뒹구는 감꽃을 물끄러미 바라보고 있던 은희는 다시금 엄습해오는 초여름 안개비에 그만 정신을 퍼뜩 차리고 말았다. 잠깐 맑아진 아침 햇살을 틈타 내다 널어놓은 이불 홑청이 생각난 때문이다. 화급히 자리를 일어서 맨발에 슬리퍼를 걸친 채 능소화 줄기 용트림하는 굴뚝을 지나 뒤꼍으로 달려가자 이미 안개비는 는개로 바뀌어 하얀 접시꽃 위에 맑은 웃음으로 다소곳이 내려앉아 있었다. 머리 위 떡갈나무 이파리도 곱게 씻긴 듯 반들거리는 윤기를 머금은 채 맑은 물방울을 똑똑 떨궈 내고 있었다. 그런 맑은 정경에 눈 돌릴 틈도 없이 은희는 이불 홑청 걷기에만 바빴다.

가슴 가득 눅눅해진 홑청을 한 아름 안은 채 비칠거리는 여린 걸음으로 은희는 쫓기듯 툇마루를 향해 발걸음을 옮겨놓았다. 부슬거리는 는개를 피해 감나무 밑을 따라 마당을 들어선 은희는 상사화 슬픈 미소를 곁으로 툇마루에 올라섰다.

"어이구! 이거 비가 오는가베. 애! 은희야! 오늘 즘심일랑 상추쌈 즘 먹자꾸나!"

구부정한 허리를 툇마루에 앉힌 채 부스스한 얼굴로 성 부자는 소리를 질러댔다.

"네! 알았어요."

은희는 다소곳이 대답을 하고는 홑청을 싸 안아 든 채 건넌방으로 들어갔다. 구질거리는 장마철 쿰쿰한 곰팡내가 은희의 하얀 살결로 군시럽게 와 닿았다. 은희는 벌써 며칠째 이어지고 있는 궂은 날씨에 마음마저도 회색빛으로 우울하게 흐려진 채 도대체 만사가 귀찮고 무기력할 뿐이었다. 희뿌연 벽지와 울퉁불퉁 비어져 나온 천장의 석가래 마저도 평소와는 달리 왠지 허허롭고 보기 흉하기만 보였다.

눅눅한 홑청을 갈무리해 아랫목에 잘 개켜둔 은희는 방문을 살며시 열어젖혔다. 밖에는 여전히 는개가 아스라이 뿌려지고 있었다. 은희는 빗방울이 더 굵어지기 전에 상추밭을 다녀오리라 마음먹고 내키지 않는 방문을 나섰다.

마당을 가로지르자 담장을 타고 굴뚝을 휘감아 오르는 능소화가 어느새 불룩한 꽃망울을 머금은 채 은희의 하얀 미소에 답하고 있었다. 은희는 능소화를 볼 때면 언제나 그리운 그가 떠오르곤 했다. 그의 입가에 맴도는 미소는 늘 은희의 가슴을 설레게 하곤 했다. 나이가 들자 그 설렘은 곧 그리움으로 자라났다. 은희는 그의 집을 한번 무의식적으로 돌아보곤 텃밭으로 발길을 돌렸다. 비를 맞은 모든 것들이 상큼한 물기를 머금은 채 싱그러운 자태로 고개를 들어 은희를 빤히 올려다보고 있었다. 밤새 노란 꽃잎을 뜨지도 않은 달을 향해 활짝 열어젖혔을 달맞이꽃만이 수줍은 듯 꽃잎을 꼭 다문 채 그렇게 다소곳이 고개를 숙이고 있었다. 물기 머금은 달맞이꽃을 살며시 보듬어 쓸어내리자 촉촉한 물방울들이 조르륵 흘러내려 크고 작은 맑은 수정을 은희의 흰 손에 하나 가득 올려놓았다.

은희는 고개를 돌려 뒤를 보았다. 한 폭의 수묵화를 보는 듯한 비에 젖은 마을의 정경이 흐릿하게 눈에 들어왔다. 마을 어귀의 미루나무와 길가에 늘어진 푸른 아카시아 울타리도 는개 속에 아련한 모습으로 보일 듯 말 듯 그렇게 아스라하기만 했다.

흰 손을 뻗어 물기 머금은 싱그러운 상추 잎을 젖히다 말고 은희는 생각하기도 싫은 악몽 같은 그 일을 또다시 떠올리고 말았다.

읍내에서 친구를 만나고 밤늦게 돌아오던 날.

달빛도 없는 으슥한 성황당 고개를 넘을 때, 은희는 갑자기 숨이 탁 막히며 검은 하늘이 빙그르르 도는 것을 느꼈다. 그리고는 고개를 뒤로 젖뜨린 채 뒷걸음질로 누군가에게 끌려가야만 했다. 검은빛으로 내리붓는 하늘과

수런거리던 나무들, 희끗한 상수리나무, 떡갈나무 줄기만이 버둥거리는 은
희를 내려다보고 있을 뿐이었다. 아직도 뇌리에 진하게 남아있는 그 사내의
담뱃내, 처절한 공포감, 그리고 아득한 절망은 은희에게서 모든 것을 순식간
에 앗아가 버리고 말았다.

짓눌러대는 심한 무게감에 은희는 숨이 멎을 지경이었다. 처음 느껴보는
심한 짓누름에 절로 고개를 돌렸다. 그러나 우악스런 사내의 손길이 그녀의
고개를 젖혔고 순결한 입술을 순식간에 빼앗아가 버리고 말았다. 이어지는
우악스런 손길이 그녀의 몸 구석구석을 더듬기 시작했다. 그녀는 괴로움과
두려움에 비명을 질러대며 울부짖었다. 그러나 소리는 들리지 않았다. 그의
솥뚜껑 같은 손이 이미 은희의 입을 틀어막고 있었기 때문이다. 서서히 옷은
벗겨져 나가고 순결한 몸이 드러나기 시작했다. 은희는 있는 힘껏 몸부림쳤
다. 하지만 이미 흥분할 대로 흥분해 있는 짐승에게는 아무 소용없는 짓이었
다. 사내는 이미 한 마리 짐승으로 변해 있었던 것이다.

은희는 그만 눈물을 주르륵 흘러내리고 말았다. 이제 어떤 비극이 은희를
끝없는 나락으로 끌어내릴지 알 수 없는 일이었다. 은희는 온몸에서 힘이 빠
져나가는 것을 느꼈다. 자신의 몸부림이 역부족이라는 것을 깨달았기 때문
이다. 그러자 은희의 입에서 터져 나오는 비명과 울부짖음은 이제 흐느낌으
로 변해가기 시작했다.

고이 간직해 온 처녀성을 짓밟히며 은희는 경만을 떠올렸다. 젖 먹던 힘까
지 다해 몸부림을 쳐보았지만 당할 수가 없었다. 사내의 뜨거운 입김과 끈
적한 타액이 몸을 훑고 지날 때마다 은희는 비릿한 역겨움에 몸을 떨어대야

했다. 그리고 사내의 거친 손길이 옷을 벗기고 알몸을 더듬어 올 때 은희는 경만에게서 한 발자국씩 자꾸만 멀어져 가고 있다는 사실에 흐느껴야 했다.

고운 은희의 몸이 그대로 드러났다. 그리고 희멀건 사내의 몸뚱어리도 함께 드러났다. 이어지는 잔인한 폭력에 은희는 눈물로 그의 모든 것을 받아들여야 했다. 짓눌러오는 아픈 가슴과 섬뜩한 손길에 떠는 허벅지, 담배냄새 진한 입의 폭력, 어느 것 하나 두렵지 않은 것이 없었다. 은희의 온몸은 절규했다. 하지만 짐승은 오히려 그런 은희를 즐기고 있었다. 짜릿한 경련까지 부르르 일으켜대며 은희의 몸을 탐하고 짓밟아 대고 있었던 것이다. 게걸스런 입에서는 연신 침을 흘려대며 은희를 욕망하는 분비물을 쏟아내고 있었다. 그리고 마침내 그는 은희의 다리 사이로 몸을 비집고 들어가 곱디고운 순결한 몸 안으로 낯설고 섬뜩한 이물질을 들이밀었다. 은희는 흠칫 몸을 떨며 허리를 움직였다. 마지막 보루를 지켜내기 위해서였다. 그러자 짐승은 먹잇감을 놓치지 않으려 두 팔에 더욱 힘을 주며 은희의 허벅지를 벌렸다. 이어 고이 간직했던 몸 안으로 들어서는 이물감을 느끼며 은희는 아픔과 절망에 눈물을 쏟아내야 했다. 은희는 끊임없이 울렁이는 몸의 흔들림과 밑으로부터 느껴오는 진한 아픔에 어찌할 바를 몰랐다. 이제 두려움과 공포는 절망과 비탄으로 뒤바뀌어 검은 하늘이 하얘지고 눈앞이 깜깜해졌다. 이제 이 고통의 시간으로부터 빨리 벗어나고픈 생각뿐이었다. 짐승은 끊임없이 몸을 움직여대며 쾌락의 도가니에서 스스로를 즐기고 있었다. 그리고 얼마 후 뜨겁고 진한 무언가가 은희의 아래에서 피어났다. 몸으로 파고드는 뜨거운 이물감과 함께 은희의 몸도 경직되었다. 세상에 둘도 없는 고통의 순간이었다.

마침내 은희는 경만에게 이별을 선언하며 뜨거운 눈물을 흘려 내고야 말았
다. 피를 토하는 눈물을 흘려내고 말았던 것이다.

은희의 눈에서는 하염없는 눈물만이 쏟아져 내렸다. 그리고 은은한 밤꽃
향기가 은희의 몸에서 배어 나왔다. 실로 세상의 절망과 비탄을 모두 한몸에
받는 순간이었다. 짐승은 흡족한 얼굴로 은희의 몸으로부터 떨어져 나갔고
검은 산은 은희의 흐느낌으로 가득 찼다. 짐승은 하나 둘 옷을 걸치고는 유
유히 산을 내려갔다.

차갑게 와 닿는 비에 은희는 퍼뜩 정신이 들었다. 이미 는개는 이슬비로
바뀌어 있었다. 은희는 서둘러 집으로 향했다. 집 안으로 들어섰을 때는 이
미 부슬거리던 이슬비마저 가랑비로 바뀌어 있었다.

"에이 구질거리는 날허군. 지랄같구면."

누가 뭐라 그런 것도 아닌데 성 부자는 마루에 질러 앉아 궂은 날씨를 상
대로 괜한 화풀이를 해댔다.

"장마철이니까 그렇죠!"

비 맞은 중처럼 주절거리고 있는 아버지가 안 되어 보였는지 은희는 부엌
으로 들어가면서 한마디 대꾸를 해주었다.

"보리죽 늦구 앉혀라. 상추쌈은 고추장에 보리밥이 제격인 겨."

성 부자는 시큰둥한 소리로 이르고는 제법 굵어진 가랑비를 무심한 눈으
로 물끄러미 올려다보았다. 이제 기왓장을 타고 흐르는 빗물은 제법 굵은
낙숫물이 되어 추녀 밑으로 떨어져 내리고 있었다.

이튿날

아직도 긋지 않은 비는 실비로 바뀐 채 우울한 기분을 자아내게 했다. 마을은 온통 침묵 속에 빠져있었다. 비에 젖은 초록 이파리들마저 지쳐 늘어져 있었다.

은희는 우산을 받쳐 든 채 마을 길을 따라 내려가고 있었다. 초록으로 물든 마을의 정경은 너무나도 싱그럽기만 했다. 아카시아 울타리 너머 사과나무에도 어느새 아기 주먹만 한 풋사과가 시큼하게 자라 있었다. 은희는 풋사과를 보자 입안 가득 침이 고였다.

"은희야?"

굵직한 사내 목소리가 뒷전에서 울려왔다. 은희가 깜짝 놀라 뒤를 돌아보자 거기에는 언제 와 있었는지 경만이 찌그러진 우산을 받쳐 든 채 서 있었다.

"뭘 그리 놀라고 그래?"

예기치 못한 만남에 은희는 당황한 듯 주춤거렸다.

"뭘 그렇게 넋을 잃고 쳐다보니?"

은희의 당황함에 경만은 낯선 그림자를 보았다.

"사과, 풋사과를 보다가 그만."

은희는 말을 끝까지 잇지 못했다. 미안함과 괜한 죄스러움이 얼굴 가득했다.

"그래? 처음 보는 것도 아닌데 뭘. 그건 그렇고 어딜 가니?"

경만은 어떻게든 은희의 마음을 떠보고 싶었다. 그래 무엇이든 물었다. 오가는 대화 속에 어떤 실마리가 나올지도 모르기 때문이다.

"읍내에 좀."

그러나 은희는 경만의 뜻대로 따라오지 않았다. 또다시 말을 다 잇지 않았던 것이다. 게다가 고개까지 외로 돌리고 말았다. 그런 그녀의 눈에 미안함이 가득했다. 침묵이 잠시 흘렀다.

"오빠는?"

은희는 미안함과 견딜 수 없는 어색함에 입을 열고 말았다. 경만이 어디를 가고 있는지 뻔히 알고 있으면서도 괜히 물어댔던 것이다.

"응, 마을 회관에."

경만의 대답도 이제 시큰둥해졌다. 긴 한숨까지 나왔다.

은희는 경만의 한숨이 무엇을 뜻하고 있는 것인지 잘 알고 있었다. 하지만 자신의 처지를 생각하면 도저히 있을 수 없는 일이었다. 은희는 마음이 아팠다. 자신의 아픔보다는 경만의 괴로워하는 모습에서 더 큰 아픔을 느꼈다.

은희는 발아래 짓밟히고 있는 진흙투성이의 잡초들이 눈에 밟혔다. 마치 만신창이가 되어버린 자신의 삶과 다를 바 없다는 생각이 들었다. 서글픔에 가슴이 아리기까지 했다.

하늘은 왠지 발비라도 한바탕 쏟아낼 기세였다. 더욱 짙은 회색빛으로 물들어가고 있었던 것이다.

어색한 분위기가 계속되자 경만은 밭둑 한쪽에 오도카니 피어난 메꽃을 가리켰다.

"생각나니? 저 메꽃 말이야. 강아지 나와라, 강아지 나와라 하면서 개미를 불러대던 거."

은희는 경만의 물음에 짧게 대답을 하고는 옛일을 떠올려보았다. 밭둑에 아이들과 모여 앉아 메꽃을 하나씩 들고는 강아지를 불러대던 그때를.

그때가 문득 시리도록 그립기만 한 것은 분명 메꽃 때문만은 아닌 것 같았다.

가랑비는 점점 굵어지더니 급기야 빗방울의 발이 굵직하게 드러나 보일 정도의 발비로 바뀌어 한바탕 흐드러지게 쏟아내기 시작했다.

"이런, 한바탕 시원하게 쏟아질 모양인데!"

은희는 난감한 표정이 되어 하늘을 올려다보았다.

"잠깐 회관에 있다가 가지 그러니? 비 좀 그치면."

경만은 조심스레 은희의 대답을 기다렸다. 하지만 은희는 선뜻 대답하지 않았다. 어떻게 할까 망설였다. 경만의 권유가 재차 이어졌다.

"아마 아무도 없을 거야. 이렇게 비 오는 날 무엇하러 회관엘 나오겠니. 나 같이 할 일 없어 구들장 신세나 지고 있는 놈이라면 몰라도."

경만은 혼자서 주절거려댔다. 마치 비 맞은 중만 같았다. 쏟아지는 빗속을 걸어봤자 구질거리기만 할뿐더러 혹여 남들이 보면 청승맞다는 소리를 할까봐 은희는 대꾸 없이 경만을 따랐다.

경만의 말대로 낡은 회관에는 아무도 없었다. 부서져 내릴 듯한 현관문을 열고 들어서자 퀴퀴한 곰팡내가 콧속으로 확 밀려들어 왔다. 은희는 어지러이 널려있는 모습에 눈살을 찌푸리며 경만의 변명을 들어야 했다.

"이런, 하나도 안 치우고 그냥 두었군."

경만은 혀를 끌끌 차대며 지난밤 밤새 마셔댔을 소주병과 안주 부스러기,

냄비 등 속을 휘휘 몰아 회관 뒷문 아래로 쑤셔 박아댔다. 은희는 혀를 끌끌 차대고 있는 경만을 보면서 속으로 웃음을 지었다.

경만의 잠깐 손 갈퀴질에 너저분한 회관은 그런대로 봐줄 수 있을 만해졌다. 은희는 커다란 창문을 열고는 의자를 갖다 앉은 채 억수같이 퍼부어 대고 있는 밖을 내다보았다.

경만도 의자를 가져다 은희의 곁에 나란히 앉았다. 멀리 마을 입구, 퍼붓는 빗속에 서 있는 흐릿한 미루나무를 바라보며 둘은 한동안 말이 없었다.

더 어색해지는 것이 두려웠던지 경만은 슬쩍 지난날을 떠올리며 말을 건넸다.

"은희야! 생각나니?"

뜬금없이 생각나느냐는 말에 은희는 대답을 못한 채 멍한 얼굴로 경만의 얼굴만을 빤히 바라보았다.

"왜 있잖아. 네가 옛날에 농전에서 소개시켜줬던 친구."

그제야 알겠다는 듯 은희는 고개를 끄덕였다.

"생각나는구나!"

이번에도 은희는 고개만 끄덕였다.

"철부지처럼 아무것도 모른 채 그렇게 지내던 그때가, 얼마나 좋았는지 모르겠다. 그때가 마냥 그립기만도 하고."

은희는 교정에 흐드러지게 피어있던 벚꽃과 훈훈한 바람이 건 듯 불 때마다 쏟아져 내리던 꽃비가 선하게 떠올랐다. 너무나도 아름다운 때였다. 검은 교복차림의 그녀와 경만 그리고 소개해주기로 약속했던 유선이란 친구,

그들은 토요일 오후 내내 농전 교정에서 꿈을 꾸듯이 하루를 보냈었다. 화사한 꽃잎을 시샘하는 찬바람에 눈꽃이 날리듯 휘날리던 하얀 꽃보라. 아직도 눈에 선하게 떠올랐다.

은희는 쏟아지는 장대비 속에 아련한 추억을 그리워했고 경만은 턱을 고인 채 물끄러미 밖을 내다보았다.

밖은 비보라가 일고 있었다. 바람을 안고 춤을 추는 비보라가 일고 있었다.

"그때 왜 내가 여자 친구를 소개해준다는 말에 응했는지 아니?"

은희는 대답이 없었다. 그러나 경만이 지금 무슨 말을 하려는지 알 수 있었다.

"그때 그 애를 다른 누군가가 소개시켜 준다고 했으면 아마 난 나가지 않았을 거야."

다시 무거운 정적이 감돌았다. 쏟아지는 빗소리만이 둘 사이의 침묵을 대신하고 있었다.

여우 같은 햇살이 고개를 내밀었다. 그리고는 삶을 듯한 무더위가 시작되었다.

은희는 마을로 들어서는 고갯마루에서 땀을 식히기 위해 잠시 소나무 그늘에 자리를 잡고 앉았다. 산자락에는 무성한 풀 더미 사이로 화사한 꽃들이 자태를 뽐내고 있었다. 노란 원추리와 붉은 바탕에 검은 점이 점점이 박힌 나리꽃, 앙증맞은 분홍빛 패랭이까지, 은희는 자신의 주위를 둘러싸고 있는 야생화가 어쩐지 새삼스러워 보였다. 자주 보아온 꽃들이었지만 오늘따라 왠지 모르게 더욱 친근하게만 여겨졌다.

"은희구나!"

부르는 소리에 깜짝 놀라 고개를 돌리자 수경이가 아이를 업은 채 막 고개 위로 올라서고 있었다. 국민학교 동창인 수경이는 경만이의 외사촌 동생이다.

수경이는 이미 아줌마가 다 되어 있었다. 축 늘어진 채 위태롭게 업혀있는 아이 하며 푸석푸석한 얼굴, 그리고 한 아름이나 됨직한 허리에 아무렇게나 흩어져 있는 머리칼, 영락없는 아줌마였다.

"어휴! 좀 쉬었다가야겠다."

수경이는 잘 되었다는 듯 아이를 추스르고는 은희의 곁으로 다가왔다.

"그래. 날도 더운데, 여기로 앉아!"

은희도 반갑게 수경이를 맞았다.

"응, 애 좀 받아줄래?"

수경이는 포대기를 풀어 아이를 내렸다.

"어머! 네 신랑을 꼭 빼다 박았구나."

아이를 받아든 은희는 마냥 신기하다는 듯 아이의 얼굴을 내려다보았다.

"후훗, 누가 지 새끼 아니랄까봐 이렇게 만들어놨는지 모르겠어."

"애는."

수경이의 말에 은희는 피식 웃음을 터뜨렸다. 말투도 어쩌면 그렇게 아줌 마다워졌는지 모를 일이다. 세월은 그렇게 모든 것을 변화시켜 놓고 있었다.

지난 세월의 아쉬움과 그리움, 그런 것들을 이야기하며 둘은 세월의 무상함을 함께 나누었다. 무엇보다도 함께 뛰어놀던 친구들과 언니, 오빠들의 소식을 이야기하면서는 누가 먼저랄 것도 없이 한숨을 길게 내 쉬기도 했다.

그렇게 지난 세월을 한참 떠들어대던 수경이는 갑자기 정색을 하고는 조심스레 물었다.

"그건 그렇고. 너 경만이 오빠하곤 어떻게 되는 거야?"

경만이와의 관계를 물었던 것이다.

"뭐가?"

은희의 얼굴이 순간 붉어졌다. 그리고는 짐짓 못 알아들은 척 되물었다. 발끝의 패랭이꽃이 불그레한 은희의 얼굴을 빤히 올려다보고 있었다.

"경만이 오빠하고는 언제 식을 올릴 거냐고? 너도 이제 서른이 다 됐는데."

은희는 난감했다. 겉으로 드러낼 수는 없기에 그저 빙그레 웃을 뿐이었다.

"금방이다, 애! 서른 가까우니까."

"됐어, 애. 그만 해!"

마음만 다칠 것 같아 은희는 말을 끊고는 자리를 일어섰다. 발치에 곱게 나래를 접고 있던 붉은점모시나비 한 마리가 저만치 웃고 있는 나리꽃을 향해 나풀거리며 날아갔다. 나비는 흰 바탕에 붉은 점과 검은 줄무늬가 유난히도 선명했다.

"가자!"

"하여튼 내 말 잘 생각해봐라. 세월 참 빠르다니까."

수경이는 아이를 들쳐 업으며 세월 참 빠르다고 혼잣말로 투덜거려댔다. 은희에게 충고를 주는 것만 같았다.

초록빛 산머리 위로 하얀 뭉게구름 더미가 심상치 않게 몰려들었다. 그 뭉게구름은 집에 다다랐을 때에 회색빛으로 변해 하늘을 뒤덮고 있었다. 건 듯 불어오는 바람에도 비릿한 비 냄새가 코끝으로 물씬 풍겨왔다.

"소내기가 올려나?"

구시렁거리며 성 부자는 마당에 널어놓은 팥을 거둬들였다. 은희도 바쁘게 뒤란으로 달려가 장독대를 덮고는 빨랫줄로 달려갔다.

비꽃이 피고 있었다.

하나, 둘, 굵은 비꽃이 피더니 이내 줄비가 되어 좍좍 그어 내리기 시작했다. 줄비는 다시 억수 같은 장대비로 바뀌었다. 장대비는 때맞춰 불어오는 마파람을 타고 비보라를 만들어냈다. 바람에 날려 이리저리 휩쓸리며 춤을 춰대는 비보라는 허공에 비의 장막을 하얗게 그려냈다. 장마가 걷힌 지 얼마 되지 않아 마을은 다시금 빗속으로 묻혀들었다. 은희는 마룻바닥에 앉아 무연히 쏟아지고 있는 장대비를 바라보며 지난 일을 떠올렸다.

조개판

아이들은 조개판에 올라가 놀기를 좋아했다. 그곳은 댓골 뒷산 중턱 양지쪽에 자리 잡고 있는 평평한 잔디밭이다. 뜬금없이 산 위에서 조개껍데기가 많이 발견되어 그렇게 이름 붙여졌을 것이다. 산 중턱에 푹 가라앉은 곳이라서 바람도 없는데다 햇살까지 잘 드는 양지쪽이라서 겨울날 아이들은 자연스레 그곳으로 모여들었다. 그리고는 해가 질 때까지 깡통 차기며 술래잡기 등으로 시간을 보내곤 했다.

아이들이 노는 데는 남자아이, 여자아이가 따로 없었다. 씨름을 해도, 레슬링을 해도, 항상 또래의 친구, 언니, 오빠들과 함께 살을 맞부딪히며 웃고 뒹굴고 했던 것이다. 그러다 언젠가부터 은희는 그래서는 안 된다는 것을 깨달았다. 누가 일러줘서 그런 것은 아니었다. 은희 스스로 그래야만 한다는 것을 깨달았던 것이다.

은희가 그것을 깨달은 것은 그날도 술래잡기가 끝나고 편을 갈라 레슬링을 하던 때였다. 경만이 은희를 뒤에서 껴안아 넘기려다 그만 이제 막 솟기 시작하는 은희의 젖가슴을 움켜쥐고 말았던 것이다. 은희는 고통스러웠고 비명을 내질렀다. 순간 경만도 놀라 얼른 손을 떼고 말았다. 그들의 어색한 레슬링은 그것으로 막을 내리고 말았다. 다른 아이들은 의아한 눈초리로 잠시 바라보다가는 별일 아니라는 듯 다시 레슬링을 시작했다.

은희와 경만은 슬며시 산에서 내려오고 말았다. 내려오면서도 경만은 은희에게 미안하다는 말 한마디를 겨우 전했을 뿐이다. 그것도 은희에게 들릴락 말락 한 작은 소리로 말이다. 은희는 경만의 그런 미안해하는 말에도 부끄러워 아무 말도 하지를 못했다.

은희의 귓가에는 아직도 경만이 했던 말이 떠나지 않고 있었다.

'그때 그 애를 다른 누군가가 소개시켜 준다고 했으면 아마 난 나가지 않았을 거야.'

그 한마디가 왜 그렇게 가슴에 와 닿는지 모를 일이다.

"에이, 쌍늠으 비가 근디 갑자기 내리구 지랄이여."

대문간에서 난데없이 들려오는 거친 소리에 은희는 퍼뜩 정신을 차리고 고개를 돌렸다.

"금방 그칠 거, 지나가는 비여."

두런거리는 소리가 이어졌다. 은희는 궁금해 고개를 빼고 문간 쪽을 바라보았다. 하지만 대문 옆 추녀 밑에 있는 사내들의 모습은 보이질 않았다. 목소리를 짐작컨대 하나는 병덕이임에 틀림없었다. 하지만 다른 하나는 좀 생소한 목소리였다.

"성! 비두 오는디 이따가 붕어나 잡으러 가까?"

병덕이의 가벼운 목소리가 장대비를 뚫고 마당을 가로질러 왔다.

"붕어는 짜식, 이런 날은 인마 구들장 지구 자뻐져 쇼쇼쇼 보맨서 야시시한 여자 카수덜 몸매 감상이나 허는 게 최고여. 짜식은 나이 스물이 넘어 가지구서두 물러두 한참을 물러."

한심하다는 듯, 질책 섞인 목소리가 은희에게 어딘지 낯설지가 않았다.

"에이, 누가 뭐 그런 거 물어서 그러나."

몰라서 그러냐는 병덕이의 기죽은 변명이 빗속에 묻혀 간신히 들려왔다.

낯설지 않은 굵직한 목소리에 은희는 가슴이 다 쿵쾅거렸다. 혹시나 하고 자리를 살짝 옮겨 추녀 밑에 있는 사내를 엿보았다. 순간 은희는 기겁을 하고 말았다. 사내의 모습이 눈에 익었기 때문이다. 바로 은희에게서 모든 것을 빼앗아 간 그 장본인, 거친 숨소리를 내뱉으며 은희의 몸을 유린하던 그 사내였다. 은희는 놀란 가슴을 진정시키며 뒤로 물러섰다.

"어! 은희 누나, 집에 있었네."

병덕이가 아는 체를 해대며 대문 안으로 들어섰다.

"응, 그래. 병덕이구나!"

은희는 기어들어 가는 목소리로 사내에게서 도망치려 했다.

"누나! 잠깐 비좀 피허구 가두 되지?"

눈치도 없이 병덕이가 발길을 잡아챘다.

"응? 그래."

은희가 내키지 않는 목소리로 그러라고 하자 넉살 좋은 병덕이는 비가 쏟아지고 있는 안뜰을 건너 단숨에 마루로 뛰어 올라왔다.

"덕순이성, 일루와! 쫌 있다가 비 그치면 가자구!"

은희는 당황했다. 가슴이 터질 듯 뛰기 시작했다.

"누나! 강대포여, 덕순이성. 같이 풀 비다가 비가 와서 잠깐 비 좀 피하느라구 일루 왔구먼."

은희는 눈치도 없이 주절대고 있는 병덕이가 야속했으나 어쩔 수 없었다. 병덕이의 부름에 강대포는 소도둑놈 같은 시커먼 얼굴을 삐죽이 디밀었다.

"안녕하세유, 누나."

두꺼비같이 느물거리는 말투로 은희를 향해 인사를 건넨 강대포는 비가 쏟아 붇고 있는 안뜰을 껑충 뛰어 토방으로 올라섰다. 은희는 악몽 같은 그날 밤의 일이 되살아나는 듯했다. 얼굴이 화끈거리고 가슴이 터질 듯 쿵쾅거렸다. 희뜩이는 강대포의 눈빛이 두려웠다. 연신 눈알을 굴려대며 무언가를 찾는 듯한 강대포의 눈빛은 마치 저승사자의 그것과도 같았다. 은희는 강대포의 눈길을 피해 자리를 옮겨 앉았다.

"누나! 으르신은 오디 간겨?"

집에 혼자 있는 것 아니냐는 물음에 은희는 오금이 바짝 저렸다.

"응? 아니, 방에 주무셔."

은희의 목소리는 두려움에 바짝 오그라들어 떨고 있었다.

"그려?"

강대포는 정말이냐는 듯 고개를 달팽이처럼 둘레거리며 방안을 기웃거려 댔다. 은희는 쏟아지고 있는 비가 원망스러웠다. 이 비가 아니었다면 강대포와 다시 얼굴을 대하지 않았을 텐데 말이다.

"성! 으르신은 왜?"

눈치 없는 병덕이는 궁금한 것도 많은 모양이다.

"아녀 인마. 니는 알거 읎서."

알 것 없다며 참견 말라는 강대포의 말이 은희에게는 더욱 두렵게만 들렸다.

"성! 근디 그 아줌마는 오티기 된겨?"

"오티기 되긴 짜식. 니가 그걸 알어서 뭐허게, 인마."

"하튼 성은 재주두 좋아이."

"재주가 아니라 힘이지 인마. 남자는 말여, 힘이 있어야 허는 겨. 아무리 잘난 사내두 힘이 읎으면 말짱 도루묵이여 인마. 안그류 누나?"

느물거리며 말끝에 안 그러냐고 물어오는 강대포에 은희는 순간 심장이 멎어버리는 듯했다. 귀가 먹먹하고 하늘이 노래졌다. 순간 현기증까지 빙하고 일었다.

"에이, 성은 참! 누나헌티 뭇허는 소리가 읎서."

병덕이의 미안해하는 말에 강대포는 한술 더 떴다.

"누나는 인마 여자 아니냐? 다 마찬가지여. 짜식, 두고 봐라. 이 강덱순이가 갈마지에서 지일 가는, 아니 이 예산 바닥이서 지일가는 부자가 될 테니께."

"오티기?"

대포 좀 작작 까라는 듯이 병덕이는 비아냥거려댔다.

"복 사장만 잘 구슬르면 억대는 손에 쥘 수 있으니께."

"히! 억?"

병덕이는 억이라는 말에 힘을 주며 눈을 희뜩하게 떠 젖혔다.

"그려 인마! 니 생각이나 히봤냐? 억, 억 원 말여! 미칠 있다가 또 만나기루 했는디 인저 미끼는 그만 던지구 나두 슬슬 낚어봐야겠다."

수긍을 하겠다는 건지, 아니면 말 같지도 않다고 아예 무시를 하는 건지, 병덕이도 더 이상 따지지를 않았다. 그러자 강대포는 은희가 들으라는 듯, 일부러 큰소리로 자신의 엽색행각을 계속 떠벌려댔다.

"고기만 처먹어서 그런지 하이구 그것두 몸뗑이라구. 내 울며 겨자먹기루 매번 일을 치루긴 허는디 그것보다 고역인 것두 읍더라이. 히히."

갈수록 가관이 아니었다.

"에이, 성은 참. 누나 듣구 있는디."

은희는 더 이상 듣고 있기가 민망하고 역겨워 자리를 일어섰다. 빗줄기도 많이 잦아들어 있었다.

"거봐! 성."

은희가 방으로 들어가고 나자 병덕이는 강대포에게 눈을 흘겨대며 핀잔을 주었다.

"가자! 누님, 다음에 또 봬유."

강대포는 여전히 느글거리는 목소리로 누님이라 부르며 노골적으로 은희를 겁박해댔다.

"누나 가께."

병덕이도 간다는 말과 함께 마루를 일어섰다.

은희는 문틈으로 떠나고 있는 강대포를 바라보며 긴 한숨과 함께 가슴을 쓸어내렸다. 다리에 힘이 쪽 빠지며 은희는 그대로 주저앉았다. 눈물이 뒤늦게 주르륵 볼을 타고 흘러내렸다. 유난히도 비가 잦은 여름이었다.

6. 석만과 신 상무

"햐, 끝내준다이."

"그려, 쟤는 저 맛에 내가 좋아헌다니께."

"히, 좋다. 좋아."

소철이도 덩달아 손뼉을 쳐대며 좋아했다.

"야! 니두 좋은 건 아냐?"

"그럼, 걔두 명색이 사낸디 싫건냐?"

"히, 나두 좋다."

사내들은 죄다 넋이 나가 있었다. 텔레비전 안으로 아예 기어들어 갈 기세다. 현란한 조명 아래 반라의 여가수가 몸을 흔들어댈 때마다 사내들은 벌어진 입으로 침을 질질 흘려대고 있었다. 마치 삼복더위 땡볕에 배를 깔고 누운 채 침을 질질 흘려대고 있는 땡칠이만 같았다.

"빙덕아! 너두 저렇키 테레비에두 나오구 그래라. 맨날 혼자 키타만 치지 말구."

소철이가 한 마디 거든 것이다.

"야이, 자슥아. 그게 뭐 으쟁이 뜨쟁이 아무나 헐 수 있는 건 줄 아냐. 동네 콩쿨대회에서두 지대루 뭇 불르는 눔이 저런 무대에 스먼 그냥 팍 쓰러져버린다 그냥."

강대포는 마지막 그냥에 더욱 힘을 주어 병덕이의 심사를 뒤틀어버렸다. 염장을 질러 버렸던 것이다.

"에이, 진짜. 성, 말 다힛어?"

강대포의 비아냥에 병덕이가 손상된 자존심을 얼마간이라도 만회해 보려는 듯 눈을 부라려댔다.

"시키가 근디. 눈깔에 힘주면 오티기 헐껀디?"

일을 내고 말 것 같은 강대포의 엄포에 병덕이는 이내 꼬리를 사리며 눈을 내리깔고 말았다.

"왜덜 이려. 테레비 보러 왔으면 조용히덜 보구 가. 넘 예술 감상허는디 훼방 놓지덜 말구."

석만의 점잖은 핀잔이 이어졌다. 석만의 눈과 입은 따로따로 놀고 있었다. 핀잔을 주면서도 눈은 현란한 흑백화면에 그대로 고정되어 있었던 것이다.

"햐! 아씨, 쟤 젖통줌 봐유. 진짜 끝내주지유?"

강대포는 언제 그랬냐는 듯이 히죽거리며 화면 속으로 다시 몰입해 버렸다.

"뭘, 저 정도 가지구 그러냐. 미스 조 보덤은 쪼끔 즉구먼."

강대포는 벌떡 일어서 자리를 고쳐 앉았다.

"이? 미스 조유?"

"그려, 읍내 학다방. 흠."

석만은 미스 조 얘기를 하다가는 얼른 정색하며 헛기침과 함께 말을 얼버무리고 말았다.

"야! 아씨 증말 학다방 아가씨 허구. 증말 물를게 사람이여이. 농사만 짓는 착실헌 농사꾼으루 알구 있었는디. 햐, 인저 다시 봐야허겠네이."

강대포의 호들갑에 석만은 벌떡 자리를 일어나 앉았다.

"조용혀 이 사람아!"

석만은 누가 들을세라 다급히 손가락을 입으로 가져가며 조용히 하라는 시늉을 했지만 강대포는 제 할 말을 다 끝낸 뒤에야 입을 다물었다.

"걱정 말유, 아씨. 아! 나두 남잔디 아저씨 맘을 물르겠슈. 아줌니 헌틴 비밀루 헐테니께, 아무 걱정 말유."

"증말이여? 하튼 마누라 귀루다 허튼소리가 들어가는 날에는 여기 있는 니덜이 책임져야뎌. 알었어? 빙덕이 니허구 쇠칠이 니두."

석만은 부탁 반, 협박 반으로 을러댔다.

"하이구, 알었슈."

이기죽거리며 염려 말라는 듯 강대포는 석만을 안심시켰다.

"으, 알었다. 비밀, 비밀이다."

소철이도 뭔지 모르지만 신이 나 있었다. 이름을 불러주매 그냥 신이 났던 것이다.

"아줌씨 오기 전에 오디 그 얘기나 줌 히봐유. 미스 존가 뭣인가 말유."

강대포는 은근한 목소리로 석만을 꾀어댔다.

불타는 그 입술 처음으로 느꼈네, 어쩌네 하면서 텔레비전에서는 현란한 댄스 걸의 몸짓이 사내들의 눈을 붙들어댔다. 때문에 잠시 이야기가 끊겼졌다.

"야! 증말 좋다이. 저 가슴줌 봐. 하이구, 이거 미치겠구먼 그려."

강대포가 못 참겠다는 듯 짜르르하니 몸까지 흔들어대자 소철이도 옆에서 괜히 따라 했다. 가관이 아니었다.

"여자는 말여. 응뎅이가 커야 허는 법이여. 니덜은 아직 젊으니께 뭘 물러서 젖탱이 큰 여자만 보면 환장을 허는디. 진짜 여자를 알게 되면 말여. 이 가슴보덤은 응뎅이를 먼저 보게 된다니께."

석만은 은근한 목소리로 좌중을 죽 둘러보며 알은 체를 해댔다.

"나두 젖탱이 큰 여자가 좋던디. 야! 저 흔들리는 것줌 봐. 죽여준다이, 저런 거 한번 만져 봤으면 소원이 읎겠다."

병덕이는 부르르 몸을 떨어대며 몸서리까지 쳐댔다. 그러자 강대포가 또 이기죽거리며 나섰다.

"짜식. 인마, 눈깔만 환장허면 뭐허냐? 한번 만져봐야지."

"에이, 오디 만질게 있어야지?"

병덕이는 말도 되지 않는 소리 하지 말라며 대꾸했다. 그러자 강대포가 다시 발끈하고 나섰다.

"그러니께 니두 쇠칠이나 매한가지여, 이 빙신아!"

"뭐? 말이면 다여, 시방."

소철이와 동일시해대는 강대포의 말에 병덕이는 자존심이 왕창 일그러지고 말았다. 그래 눈을 부릅뜨며 강대포에 다시 대들었던 것이다.

"아! 여자가 왜 읍서 빙신아. 여기 저기 쎄구 쎈게 여자던디."

강대포의 말에 석만이 희뜩한 눈으로 바라보았다. 그러자 강대포는 슬며시 목소리를 낮추었다.

"아가씨들이 오디 한둘이냐? 아무나 붙잡구 만지면 되는 거지 인마."

"그러다 콩밥 먹을라구?"

말도 안 된다는 듯한 표정으로 병덕이는 강대포의 말을 무시해댔다.

"짜식, 물러두 뭘 단단히 물른 다니께. 니같은 눔은 그러니께 평생 아가씨 젖탱이 한 번 뭇 만져보는거. 장개나 갈지 물르지만 말여."

강대포의 강짜에 병덕이의 화딱지도 그만 폭발하고 말았다.

"뭐여? 성, 말이면 다여. 그러는 성은 만져봤어?"

얼굴이 시뻘게져서는 소리를 고래고래 질러대며 자리를 일어서려 했다. 상황이 좀 다급하게 돌아가자 석만은 재빨리 병덕이를 잡아 앉혔다.

"왜덜이려. 조용히 테레비보다가 이 무슨 짓덜이여."

석만은 병덕이와 강대포를 번갈아 보았다. 강대포의 안색도 붉으락푸르락이다. 여차하면 주먹이 날아갈 판이다.

"구장님두 생각을 히봐유, 아무리 성이라두 그렇지."

석만은 식식거리며 분을 삭이지 못하고 있는 병덕이의 어깨를 토닥토닥

두드려댔다.

"참어! 나이가 한두 살인감. 그리구 덕순이 자네가 잘못힛어. 아무리 동상이라구는 히두 그런 자존심 상허는 말은 개려서 히야지."

"이, 그려. 참어라, 참어. 싸우면 안 된다."

소철이까지 침을 질질 흘려대며 나서서 말렸다. 그러자 병덕이도 상한 자존심을 만회해보려는지 한 마디 더 던졌다.

"내 아가씨 젖탱이나 한번 만져보구 그런 소리 허면 물러. 지우 쇠칠네 씨 돼지 같은 복 사장 한번 안어 본 주제에."

병덕이는 강대포의 살풍경한 모습에 그만 말을 다 잇지 못했다. 입만 삐쭉거리며 고개를 외로 꼬고 말았던 것이다.

"뭐여? 저 새끼가."

강대포는 병덕이의 비아냥거림에 자존심을 상한 듯 눈을 홉뜬 채 길길이 날뛰어댔다.

"에이, 왜덜려. 그만두지 뭇혀. 빙덕이 니 가만있지 뭇허냐."

석만은 화가 꼭지까지 오른 강대포에게는 한마디도 못한 채 병덕이만을 나무랐다.

"아씨는 왜 저보구만 그류? 덕순이 성이 먼저 그랬는디."

병덕이가 억울하다는 듯 씩씩거리며 석만에게 불만 섞인 말을 내뱉었다.

"그래, 새끼야! 내 만져봤다면 오티기 헐껴?"

강대포는 독이 바짝 올라서는 곧 일을 저지르고 말 태세였다.

"헤이구. 증거가 있남. 증거가?"

병덕이도 지지 않고 꼬박꼬박 말대꾸를 해댔다. 그러자 강대포는 욱하는 성질에 그만 꺼내서는 안 될 말을 꺼내고야 말았다.

"내 저번이 성황당 고개서."

흥분한 강대포는 씩씩거리며 큰 소리로 말을 꺼냈으나 석만의 의아한 눈빛을 마주 대하고는 아차 싶었는지 이내 말을 집어삼키고 말았다.

"성황당 고개서? 그려서?"

병덕이가 연이어 다그쳐댔다. 말을 해보라는 소리였다.

"오디 성황당? 조 너머?"

석만도 호기심이 바짝 일어 강대포에게 은근히 물어댔다. 그러자 뜨악한 석만의 눈빛을 본 강대포는 이내 목소리를 낮춰 아무 일 아니라는 듯이 얼버무리고 말았다.

"아뉴, 그냥 해본 소리유."

슬며시 꼬리를 내리고 말았던 것이다.

"봐! 지뿔두 못해 본 주제에."

병덕이는 이내 그것 보란 듯이 기가 살아서는 소리를 질러댔다.

석만은 그렇게도 길길이 날뛰어대던 강대포가 갑자기 갓 시집온 새악시처럼 얌전해진 이유가 퍽이나 의심스러웠다. 아무래도 강대포가 무슨 일을 저지르긴 저지른 모양이라 생각했던 것이다.

"앉어, 앉어!"

석만이 강대포를 자리에 앉혀놓고 눈치를 가만히 살펴보니 무언가 후회하는 빛이 역력해 보였다.

"내 오늘은 참넌다이."

봄바람에 양지쪽 잔설 녹아내리듯 그렇게 사그라진 강대포의 목소리에 석만은 더욱 의심의 눈초리를 보내지 않을 수 없었다.

"그려, 잘 생각힛어. 동상허구 싸워야 누구 욕허겄어? 한 살이라두 더 먹은 자네 욕허지, 어린 빙딕이 욕헐 사람웂서."

살살 달래면서 석만은 강대포의 눈치를 살펴보았다.

"그러니께 내 참는규."

석만은 곰곰 생각해보았으나 강대포가 건드렸다는 아가씨가 누구인지 언뜻 떠오르지를 않았다. 강대포의 태도로 보건데 누군가 건드리긴 건드린 것이 확실한 것 같은데 말이다.

"아씨! 땅 말유. 복 사장이 오티기 헐건지 알어 보라구 그랬는디."

강대포의 느닷없는 땅 이야기에 석만은 부랴부랴 손을 내저었지만 이미 나온 말을 주워담을 수는 없었다.

"이, 좀 더 기다려보라구 혀. 내 경만이허구두 상의를 허긴 허야는디. 아직 말두 뭇 끄냈어."

"아씨, 땅 팔규? 팔어서 오티기 헐라구유?"

병덕이가 놀란 눈으로 호들갑을 떨어대자 강대포는 내 알바 아니라는 듯 눈치도 없이 또 떠벌여댔다.

"확실히 팔긴 팔건감유?"

다짐을 받듯 그렇게 또 물어댔던 것이다.

"글쎄, 그러긴 허야는디. 아무튼 자네는 물르는 척 허구 있어. 빙딕이허구 쇠칠이 니두 마찬가지여. 내 땅 팔면 용돈 꽤나 줄테니께 말여. 입 다물구 있으란 말여. 우리 마누라 귀루다 땅 판다는 얘기 들어가는 날이면 난 그날루다 그냥 끝장이여. 알겠냐?"

"증말이유, 약속헌규?"

병덕이는 석만이 용돈 꽤나 준다는 말에 귀가 솔깃해졌다. 입 다물고 가만히만 있으면 저절로 돈이 굴러 들어온다니 귀가 솔깃하지 않을 수 없었던 것이다.

"그려, 인마."

"히, 구장님이 돈 준다구 힛다. 히, 좋다!"

석만은 속으로 부아가 치밀어 올랐으나 이제 약점이 잡힌 처지라 찍소리도 못하고 그만 벙어리 냉가슴 앓듯 끙할 뿐이었다.

"건 그렇고 아씨! 그 미스 존가 허는 그 아가씨 얘기나 좀 히봐유."

강대포가 궁금해 죽겠다는 듯 석만을 다시 꾀어댔다.

"이, 그래라. 미스 좃 얘기."

소철이의 거드는 말에 강대포와 병덕이는 배꼽을 잡고 웃어댔다.

"야! 인마, 미스 좃이 아니라 미스 조. 새끼는, 하이구"

기가 막힌다는 듯 강대포는 혀를 차댔고 병덕이는 낄낄거리느라 정신이 없었다.

"좃이든, 조든 한번 히봐유 아씨"

병덕이도 궁금하다는 듯 나서서 거들었다.

"뭔 헐 얘기가 있었어. 그냥 다방 다니면서 오티기 알게 된 거지 뭐. 별거 있간디."

석만은 또다시 실수를 할까 두려워 아예 발뺌을 해댔다.

"에이, 아씨는 참. 말을 끄내지를 말던가 남자가 그게 뭐유.."

석만은 미스 조에 대한 자랑을 한바탕 늘어놓고 싶어 입이 근질거리기는 했지만 잘못해서 실수하는 날에는 말짱 도루묵이 될 것 같아 꾹 참기로 했다. 아니나 다를까

"뭔 신발이 이렇키 많댜?"

방안에서 웅성거리는 소리에 구장 댁이 토방을 올라서며 두런거려댔다.

"이? 아줌씨 오셨네. 야! 가자."

"그류."

구장 댁의 등장에 강대포와 병덕이, 그리고 소철이는 그만 자리를 일어서고 말았다.

"아니, 가게?"

석만은 이 귀찮은 손님들이 얼른 가주었으면 싶었지만 말로는 더 있다 가라는 듯이 그렇게 물어댔다.

"에이, 아씨두. 우덜두 다 눈치가 있는디유. 척허먼 삼천리지유."

강대포가 느물거리는 소리로 대답을 하는 사이, 구장 댁이 방문을 열고 들어왔다.

"이, 웬일덜이랴?"

"예, 쇼쇼쇼 보러왔다가유. 오디 댕겨오시는규?"

"이, 내일이 조 앞이 권 씨네 할머니 생신날 아녀, 그래서 내 거기즘

댕겨오느라구."

"예, 그류?"

"내일 아침이 동네사람덜 죄다 아침밥을 멕인다지 뭐여. 음식줌 장만허는 디 손이 필요허다구히서 내 도와주구 오는 길이여."

"예에."

"아니, 근디 왜 일어스구덜 그려, 가게?"

"가야쥬, 늦었는디."

짧지 않은 인사를 나누고 강대포와 병덕이 그리고 소철이는 구장 댁을 나섰다. 그들이 바람에 수런거리는 검푸른 아카시아 울타리 너머로 사라지고 나자 석만은 또다시 마누라를 닦달해대기 시작했다.

"뭘 그렇키 말이 많어 여편네가."

석만은 마누라가 강대포에게 다녀온 일을 소상히 얘기하자 무척 못마땅해 했다. 그것은 아마도 강대포가 성황당에서 저질렀다는 일이 마음에 걸렸기 때문이었을 것이다. 하지만 곧 그 상대가 아가씨였다는 말을 떠올리고는 다소간 의심을 풀며 속으로 씨부렁거려댔다.

'허긴, 저런 푸댓자루 같은 몸땡이에다가 쥐었다 놓은 개떡 같은 여편네를 누가 근드리기나 허겄어. 하이구, 근디려달랄까 겁난다.'

석만은 그러며 슬며시 자리를 깔았다. 오늘도 구슬픈 소쩍새는 건너편 임씨네 과수원에서 청승을 떨어대고 있었다.

"하! 요즘은 어떻게 된 게 구장님 얼굴 보기가 대통령 얼굴 보기보다도 어려워요."

신 상무는 희뜩한 눈으로 석만을 바라보며 짓궂게 안부를 건넸다. 석만과 미스 조와의 관계를 두고 이르는 농담이었다.

"그 보담두 말유. 오티기 빨리 줌 일을 마무리 허야 것는디."

석만의 바짝 애가 타는 말에 신 상무는 정색을 했다.

"그러면 우리 복 사장하고 한번 얘기를 해봅시다. 아무래도 여기 사정을 훤히 꿰뚫고 있는 사람 중에 그래도 믿을 만한 사람은 복 사장패들이 가장 나으니까요."

"그럴까유?"

일이 일이니만큼 석만은 신 상무도 믿지 못하겠다는 투로 되물어댔다.

"그럼요."

신 상무는 그런 석만의 심중을 정확히 꿰뚫고 있었다. 그래서 안심을 시키듯 확신에 찬 목소리로 그렇다고 대답을 해주었다. 중복을 앞둔 날이라서 그런지 살구나무 위에서 울어대고 있는 쓰르라미소리가 유난히도 더 무겁게 느껴졌다.

"흐이구, 날씨허군. 신 상무, 우리 저 너머 원탱이루다 등멱이나 허러 가지유?"

"등목, 좋지요. 헌데 애들도 있고 할 텐데."

"괜찮유, 방죽 위에 보이지 않는디가 있슈. 밤이면 여편네덜이 목간두 허구 허는 디가 있다니께유."

"그래요?"

갈마지 두 한량은 손부채를 부쳐대며 자리를 일어섰다.

"산길루 가지유. 그리야 빨러유."

신 상무는 석만을 따라 비좁은 지게 길을 오르기 시작했다. 솔 향이 그윽한 산길은 무척이나 상쾌했다. 나무꾼들이 삐쪽산으로 나무를 하러 다니던 길이다.

"야! 여기가 좋네. 이런 데서 바둑판이나 펼쳐놓고 있으면 신선이 따로 없겠네."

신 상무는 산 중턱 넓은 바위 밑을 가리키며 바둑을 이야기했다. 바위 밑은 나무로 둘러싸여 있어 시원하기 그지없었다.

"바둑 좋아허남유?"

신 상무가 바둑이야기를 꺼내자 석만이 좋아하냐며 은근한 목소리로 물었다.

"조금요. 잘은 못하고."

기세 좋게 바둑이야기를 먼저 꺼냈던 신 상무는 석만이 바둑 좋아하냐며 묻자 한판 두자고 할까봐 겁이 났는지 이내 자신 없는 목소리로 꼬리를 내리고 말았다.

"지는 장기만 쪼끔 둘 줄 알지 바둑은 영. 오티기 허는지두 물러유."

"그래요? 배우기만 하면 그것보다 미치는 게 없죠. 밥상만 봐도 그게 바둑판으로 뵈고 눕기만 해도 천장이 바둑판으로 뵐 정도니까요."

석만이 장기는 조금 두는데 바둑은 영 맹물이라고 하자 신 상무는 금방 어깨를 으쓱하며 알은 체를 해댔다. 제 실력에 열 배는 호들갑을 떨어댔다.

"그렇다구는 허더먼서두."

"예, 그럼요."

서울서 살다 온 신 상무는 뭐든지 알아야 했고 잘해야 했다. 그래야 갈마지의 엘리트로서 인정을 받을 수 있었기 때문이다. 그런 그는 실제로 갈마지 사람들의 존경과 부러움을 한몸에 받고 있었다. 몇 사람을 빼고는 말이다.

등성이로 올라서자 다시금 따가운 햇살이 쏟아져 내렸다. 끊임없이 흘러내리고 있는 땀이 목덜미와 가슴팍을 후줄근히 적셔댔다. 땅에서 치솟아 오르는 열기는 콧속까지 더운 바람을 훅훅 불어넣었다. 숨이 턱 턱 막히는 한여름 무더위였다.

산마루로 올라서자 멀리 은빛으로 반짝이는 무한천이 비단 띠처럼 예당평야를 굽이치며 흘러가고 있는 모습이 눈에 들어왔다. 시원한 바람도 무더위에 지친 살갗을 식혀주었다. 기분 좋은 바람이었다.

"햐! 저렇키 넓은 땅이 있으니."

석만은 드넓은 원벌리 들을 바라보며 탄식을 터뜨렸다.

"그러게 말입니다. 그래도 구장님은 다행입니다."

석만은 그래도 다행이라는 말에 의아한 눈초리로 고개를 돌렸다. 뭐가 다행이냐는 거였다.

"구장님은 그나마 땅 마지기라도 갖고 계시지 않습니까?"

그제야 석만은 그렇다는 듯 흡족한 웃음을 지어 보였다.

"이, 난 또."

"저렇게 넓은 땅에 손바닥만도 못한 밭뙈기 하나 갖고 있는 저는 뭡니까?"

나, 참!"

신 상무의 한탄에 석만은 어깨에 힘을 주어 댔다.

"그래두 저 넓은 원벌리 뜰을 봐유. 거기다 대면 뭐 새 발에 피쥬."

"하튼 구장님이 참 부럽습니다."

석만의 목에 자꾸만 힘이 들어갔다. 그러다 부러지지 않을까 염려되었다.

두 한량은 다시 산등성이를 따라 내려갔다. 산 아래 원탱이 방죽을 향해 발걸음을 옮겨놓았던 것이다. 산 위에서 바라보이는 원탱이 방죽은 파란 손거울 같은 모습으로 손에 잡힐 듯했다. 한 무리의 아이들이 방죽에서 물장구를 치며 노는 모습이 눈에 들어왔다. 하얗게 부서지는 아이들의 물장구가 유난히도 선명했다.

산등성이를 따라 내려간 석만은 방죽 위쪽에 있는 작은 물줄기를 따라 다시 올라갔다. 미루나무가 서 있는 밭둑 아래로 움푹 파인 맑은 웅덩이가 있는 곳이었다. 바닥이 훤히 들여다보이는 맑은 물은 보기만 해도 시원했다. 더구나 그곳은 자귀나무와 사철나무로 그늘이 져 있어 맑은 물과 함께 시원함을 더해 주고 있었다. 웅덩이 위쪽에는 작은 여울까지 있어 그럴듯하기까지 했다.

"야! 이런 데가 있었네. 피서 따로 갈 거 없네요. 여기서 여름 지내면 뭐 이게 피서지."

신 상무의 입에서 감탄사가 연이어 터져 나왔다.

"옥녀탕이 별건감유. 이런디가 바로 옥녀탕이지유."

석만도 맞장구를 쳐댔다.

"그럼요."

석만은 팬티만 남긴 채 훌훌 벗어젖혔다. 앙상한 갈빗대가 초라하게 드러났다. 신 상무도 옷을 벗고는 물속으로 들어갔다. 차가운 냉기가 두 사람의 입에서 신음소리 같은 탄성을 절로 자아내게 만들었다.

"어, 시원허다."

"야! 이거 정말 좋다."

두 사내는 목까지 몸을 담근 후 서로 바라보며 빙그레 웃어 보였다. 신 상무는 정색을 하고는 석만을 바라보았다. 그리고는 결심을 한 듯, 진지하게 입을 열었다.

"복 사장한테 좋은 값에 타협을 보도록 내 주선을 할 테니까 구장님은 문서만 준비하도록 하십시오. 그러면 나머지 일은 내 알아서 할 테니까요."

신 상무의 진지함에 석만은 덜컥 겁이 나는 모양이었다. 입술이 파르르 하니 떨렸는데 물이 차가워서 그런 것만은 아니었다.

"잔금도 계약을 치를 때 빠른 시일 안에 받을 수 있도록 해드리겠습니다. 아예 미스 조와 같이 서울로 올라가서 받도록 하세요. 그런 다음 그 길로 구장님 좋으신 데로 미스 조와 함께 떠나면 그만이죠."

신 상무는 미리 준비라도 해뒀던 것처럼 일사천리로 석만에게 자신의 계획을 떠벌려댔다.

"이, 그러까유."

대답은 하면서도 석만은 미덥지가 않은 모양이다. 문서를 들먹여대자 왠지 떨떠름하기만 했던 것이다. 미스 조를 생각하면야 지금 당장이라도 그러고 싶지만 대대로 물려온 땅을, 그것도 동생의 몫까지 자신이 가로채서, 조강지처를 버린다는 생각이 왜 이제야 떠오르는 건지 알 수가 없었다. 석만은 가만히 눈을 감고 생각에 잠겼다.

석만이 갈등하는 모습을 보이자 신 상무는 안 되겠다 싶었는지 쐐기를 박기 시작했다.

"미스 조가 구장님한테 푹 빠졌나 봐요? 아주 구장님 없이는 못 살 것 같이 얘기하던데."

미스 조 얘기에 다시 눈을 뜬 석만은 신 상무를 쳐다보며 무겁게 입을 열었다.

"막상 못된 짓을 헐라니께 맘이 쫌 심란허구먼유. 내 미스 조가 좋아 그러긴 허는디 동상허구 마누라 생각허니께 왠지 영 내키지가 않는 것이."

석만이 흔들리는 모습을 보이자 신 상무는 한 단계 더 높은 수를 쓰기 시작했다.

"그래요? 그럼 그렇게 하도록 하세요. 잘 생각하셨어요. 나중에 경만씨나 아주머니가 알면 누굴 원망하겠습니까? 결국은 제가 소개했다는 것을 알게 될 것이고 그러면 그 욕은 누가 죄다 먹겠습니까? 사실 말이 나왔으니까 얘긴데 저도 그런 좋지 않은 일에 관여한다는 것이 좀 께름했거든요. 그러면서도 제가 굳이 나서서 구장님을 도우려 했던 것은 구장님이 제게 많은 도움을 주셨기 때문에 그에 대한 조그마한 보답이라도 할까 해서 그랬던 것입니다. 또 솔직히 말씀드리면 돈 꽤나 오가는 거래니까 구전생각이 난 것도 사실이긴 하고요."

신 상무의 발을 빼는 듯한 유혹에 석만은 이내 그러지 말라는 듯 손까지 내저으며 만류해댔다.

"아뉴, 그런 건 아뉴. 허긴 허는디 맘이 쫌 그렇단 거지유."

석만이 미끼를 제대로 물어대자 신 상무는 위로랄까, 아니면 격려랄까 싶은 말을 떠벌려대기 시작했다.

"그러실 거예요. 아! 사람의 탈을 쓰고 그런 양심도 없으면 안 되죠. 경만 씨나 아주머니 생각하면 당연히 그래야죠. 하지만 또 어떻게 생각하면 한 번뿐인 인생인데 사내로서 젊은 아가씨 데리고 한 번 멋지게 살아본다는 것도 괜찮은 일이죠. 나 같은 놈이야 뭐 하고 싶어도 그렇게 할 주제가 못 되지만. 허긴 이것저것 다 생각하고 나면 할 일이 뭐 있겠습니까?"

신 상무의 부추김에 석만은 다시금 기운을 얻은 모양이다.

"그류 까짓거, 한 번 해보쥬 뭐. 지두 도시서 양복입구 이쁜 새악시랑 멋들어지게 한번 살아봐야겠구먼유."

석만이 마음을 다잡아 먹은 듯하자 신 상무는 힐끔 눈치를 한 번 보고는 다시 열을 올려댔다.

"그럼 저도 썩 내키지는 않지만 구장님을 위해서 한번 나서보죠. 그럼 그렇게 알고 일을 본격적으로 추진해보겠습니다."

끔찍한 고양이 쥐 생각이었다.

"그류."

석만의 시원한 대답에 신 상무는 그제야 얼굴이 활짝 펴졌다.

"그럼 우선 땅문서를 가지시고 내일 학다방에서 뵙죠."

"내일유?"

내일이라는 말에 석만은 다소간 놀란 표정으로 되물었다.

"예, 이왕 시작한 거 빠르면 빠를수록 좋지 않겠습니까? 꼬리가 밟히기 전에."

"알었슈. 내 내일 갖구 나올 테니께 집 앞에서 기다리슈."

집 앞에서 기다리라는 말에 신 상무는 다급히 손을 내저었다.

"아니, 구장님하고 저하고 같이 가면 남들이 이상하게 생각할지 모르니까 열 시까지 학다방으로 가지고 나오도록 하세요."

"허긴 그렇겠네유."

미련한 석만은 신 상무의 말이면 무조건 옳았다. 그저 그렇다며 고개까지 끄덕여 수긍해댔던 것이다. 미루나무 위에서는 신이 난 쓰르라미가 한 층 소리 높여 울어대고 있었다.

"흐이그, 저눔으 쓰르래미는 목구녕두 안 아픈 게벼."

석만은 마당에 멍석을 깔고 누운 채 깊은 시름에 잠겨 있었다. 옆으로는 모깃불이 메케하게 피어오르고 있었다. 흐느적거리며 기어 올라가고 있는 연기 사이로 드러나는 별빛은 그저 아름답기만 했다. 머릿속은 온통 뒤죽박죽이었다. 아무리 생각해도 있을 수 없는 일이었다.

"휴, 그려. 내꺼만 손대여. 내꺼만."

그러자 이번에는 쥐었다 놓은 개떡 같은 아내의 얼굴도 떠올랐다. 조강지처 버리고 잘 된 놈 하나 없다던데. 석만은 흐린 연기 사이로 들락거리고

있는 초롱초롱한 별빛을 보았다. 하늘은 마치 보석을 뿌려놓은 듯 반짝이는
별무리로 정신이 없었다.

"하이구, 뭔놈으 날이 이렇키 덥댜. 출출헐텐디 이거나 드슈."

언덕 아래에서 밤바람이 시원하게 불어올 때였다. 석만은 고개를 삐죽하
니 돌렸다. 양재기에는 방금 삶아낸 감자가 하나 가득 담겨 있었다. 구장 댁
은 뜨거운 감자를 하나 집어 들고는 호호거리며 껍질을 까대기 시작했다. 참
으로 방정맞기도 하다.

"드슈."

통통한 소리와 함께 뜨거운 감자를 내밀자 석만은 말없이 받아 들었다. 순
간, 마음이 흔들렸다. 자신을 위한 아내의 정성에 마음이 흔들리고 말았던
것이다. 시집와서는 이날 이때까지 호강 한 번 제대로 못해본 아내가 측은하
다는 생각도 들었다. 이런 아내를 두고 줄행랑을 친다면 이제 이 불쌍한 여
인은 누가 돌봐줄까? 석만은 가슴이 미어졌다.

'아녀. 굳게 마음먹어야혀. 까짓것 쪼금만 참으면. 쪼금만.'

참는다는 것은 과연 무엇을 말하는 것일까? 불쌍한 아내를 배신한다는 것
일 것이다. 자신의 욕망만을 위해서 말이다. 석만은 다시금 마음을 다잡아
먹었다.

"요새는 그 서울사람덜이 쫌 뜸해유?"

석만은 대꾸도 없었다. 몸을 일으키지도 않은 채 뜨거운 감자를 요리조리
돌려가며 열흘 굶은 다람쥐 새끼 잣 빼먹듯이 그렇게 야금야금 먹어대기만
할 뿐이다.

"땅끔이 꽤 올러서 인저 평당 오만 원이나 헌대유. 저 아래 공동모지두 내년부턴 파내야 헌다구 허대유."

"누가 그려?"

석만은 불에 덴 듯 벌떡 일어섰다. 그 바람에 구장 댁은 먹던 감자도 놓칠 뻔했다.

"하이구, 놀래라. 이냥반이 근디."

"아! 누가 그러더냐니께?"

석만의 다그침에도 구장 댁은 그저 우리와는 상관없다는 얼굴이다.

"아! 누군 누구유. 암하리 이장이 그러던디유. 읍내 터미널이 공동모지로 나온다구 허문서."

"그려, 그럼 그 얘기가 인저 확실허긴 허구먼."

그제야 석만은 확신이 서는 모양이었다.

"그류. 벌써 저 건너 인수네는 평당 사만 오천 원씩 팔었다는디 지금 오만 원이라니께 배를 득득 앓구 있대유."

"그려? 온제 팔었는디?"

"그거야 내 오티기 알유. 팔었단 소문만 들었지, 온제 오티기 팔었는지는."

석만의 눈에는 생기가 돌았다. 평당 오만 원이면 자신의 앞으로 등기가 되어 있는 땅만 해도 근 만평이 다 된다. 그렇다면 어림잡아도 오억이 가깝다. 그 돈이면 어디 가서든 미스 조와 여생을 멋들어지게 살아 볼 수 있을 것이다.

"왜유? 당신두 땅 팔어 먹을라구유? 내 눈에 흙이 들어가기 전에는 그럴 생각은 아예 꿈두 꾸지 말유. 아버님 살아생전에 입이 닳도록 허시던 말씀

벌써 까먹었슈?"

정색을 하며 목소리를 높여대는 구장 댁의 말도 석만의 귀에는 들어오지 않았다. 미스 조 때문이었다.

"아! 내 말 듣는규, 먹는규?"

멍하니 앉아 미스 조 생각에 빠져있던 석만은 그제야 정신을 차렸다. 그리고는 무슨 말을 했느냐는 듯이 맹한 눈으로 구장 댁을 바라보았다.

"이?"

"근디 이냥반이 뭔 생각을 허느라구. 아, 땅 팔어 칠 생각은 아예 허지두 말란말유."

부라린 구장 댁의 눈을 바라본 석만은 자신의 생각을 읽힌 것만 같아 가슴이 철렁했다. 그러나 곧 정신을 차리고는 구렁이 담 넘어가듯이 느물거리고 말았다.

"누가 땅 판다구 그랬남."

골난 아이처럼 입을 댓 발이나 내밀고는 두런거려대는 석만을 두고 구장 댁은 자리를 일어섰다.

"낼은 들깨밭 풀두 매야 되는디. 바랭이밭인지, 깨밭인지 분간이 안 되니. 이 늠으 일은 온제나 다 헐라나. 매일매일 히두 끝이 읎스니."

구장 댁은 하늘을 올려다보며 구시렁거려댔다. 석만은 그런 아내의 얼굴을 설핏 훔쳐보았다. 별빛에 비추어 흐릿하게 드러난 아내의 얼굴은 이제 굵은 주름이 어둠 속에서도 드러날 정도로 깊게 패여 있었다. 그런 모습을 보고 있자니 가슴 한구석이 아리기만 했다. 몰래 한숨을 내쉬며 고개를 돌렸다.

이어 첫날 밤 가슴을 떨어가며 옷고름을 풀던 생각도 떠올랐다. 통통하게 오른 뽀얀 가슴을 석만은 그날 밤 밤새도록 만져댔었다. 그런 가슴도 이제는 볼품없이 늘어져 빈껍데기만 남아 있었다.

"낼 일헐라문 일찍 자야겠네유. 들어올 때 모깃불 끄구 들어오슈. 괜히 삼복더위에 불내지 말구유."

"알었어."

아내의 꾸부정한 모습에 석만은 다시 한 번 마음이 흔들렸다. 허리를 곧게 펴지도 못한 채 어기적거리고 있는 걸음걸이에서 문득 가여움을 보았던 것이다. 저런 가여운 아내를 두고 나만 잘살아보겠다고 도망친다면 그건 분명 인간말종의 행동이라고 석만은 생각했다. 석만은 괴로웠다. 연신 긴 한숨을 푹푹 내쉬며 이리 뒤척, 저리 뒤척 갈피를 잡지 못했다.

"하이구, 오티기헌다."

석만의 머릿속에는 야들야들한 미스 조의 몸매와 가여운 아내의 주름진 얼굴이 겹쳐 떠올랐다.

연신 끙끙 앓는 소리로 뒤척이던 석만은 순간 벌떡 일어나 앉았다.

"그려 쌍꺼, 사내가 한 번 칼을 뽑았으면 무수꽁다리라두 비어봐야지 뭐."

결정을 한 듯 중얼거렸다. 그러나 그 칼날은 곧 무수꽁다리도 베지 못할 정도로 무디어지고 만다.

"아녀, 아무리 그래두 조강지천디. 휴."

석만의 입에서 나오는 것이라곤 그저 땅이 꺼지는 듯한 한숨뿐이었다. 그러다가는 다시 명석 위에 드러눕고, 드러누웠는가 싶으면 일어나 앉았다.

그러다 어느 순간엔 마당 한구석을 서성이고 있기도 했다.

동녘하늘은 어느새 희뿌옇게 밝아오고 있었다. 푸르스름한 기운이 동쪽 하늘에 내비치기 시작한 것이다. 그제야 석만은 퀭한 눈으로 방으로 들어갔다.

"아니, 왜 그렇키 잠을 뭇자구 들랑그류?"

구장 댁은 부스스한 얼굴로 일어나 앉아 물었다. 그러나 석만은 묵묵부답이다. 구장 댁은 석만이 밤새 들랑거린 줄로 아는 모양이다.

"참, 내"

석만의 묵묵부답에 구장 댁은 혼자서 혀를 차고 만다. 석만은 옷을 벗고는 이불 속으로 기어들어갔다.

"깨우지 말어."

그제야 구장 댁은 의아한 눈초리로 석만을 바라보았다. 피곤에 지친 모습이 역력했다. 옷을 만져보니 눅눅하니 젖어있었다.

"아니, 이게 웬일이랴? 아! 밤샌규?"

놀란 듯 묻는 물음에도 석만은 아무런 대꾸가 없다. 끙하는 신음소리와 함께 몸을 뒤척일 뿐이다.

"별일이여, 뭔 일 있슈?"

구장 댁은 염려스럽다는 듯 조심스레 물었다.

"일은 무슨 일이여."

석만은 돌아누운 채 시큰둥이 대답했다. 시큰둥하기는 했지만 그래도 대답을 듣고 나니 적이 안심이 되는 모양이다. 그대로 무릎을 짚고는 자리에서 일어섰다.

"그러니께 사람이란 일두허구 히야 힘들어서 밤에 잠두 잘 오구 허는규. 허구헌날 빈둥빈둥 놀어쌌구 허니 잠이 지대루 와유. 으이구."

구장 댁은 일부러 들으라는 듯 구시렁대며 방문을 나섰다. 그리고는 부엌으로 들어가 덜그럭거리는 소리와 함께 아침을 맞았다.

석만은 방에 누워서도 이 생각, 저 생각 갈등에 휩싸인 채 뒤치락거렸다. 아침 해가 훤히 떠오르고 구장 댁이 부엌에서 밥을 먹는 소리가 들리더니 이내 잠잠해졌다. 밭으로 나간 모양이다. 그러고도 한참을 더 뒤치락거린 후 벽에 걸린 괘종시계를 보니 여덟 시가 다 되어가고 있었다. 석만은 벌떡 일어나 앉아 머리를 신경질적으로 박박 긁어댔다. 아직도 결정을 내리지 못한 듯했다.

"에이! 그려, 일단 가 보자!"

석만은 밖으로 나가 세수를 한다, 양치를 한다, 한동안 부산을 떨어댔다. 잠을 못 잔 얼굴은 퀭하니 찌들어 있었다. 거울을 멍하니 한참을 들여다보았다.

"에이, 인저 나두 다 늙었구먼."

찌글찌글 주름진 얼굴을 마주한 석만은 거울 너머 자신에게로 중얼거렸다.

"그려, 인저 더 늙기 전에 나두 호강이나 한번 히보자. 젊은 마누라 데리구 살먼서 말여. 산천 구경이나 허구."

마음이 바뀌기 전에 서둘러야 한다는 듯이 그는 다락으로 기어 올라갔다. 그리고는 깊숙이 넣어둔 반짇고리를 들춰 누런 봉투를 꺼내 들었다. 땅문서가 들어있는 봉투다. 떨리는 손으로 봉투를 열어 문서를 확인한 석만은 훔치듯 재빨리 안주머니에 갈무리해 넣었다. 그리고는 도둑고양이처럼 살금살금 마루로 나섰다. 다행히 아무도 없었다.

석만은 두근거리는 가슴을 달래며 과수원언덕을 내려갔다. 저놈 잡으라는 듯이 사과나무 이파리, 아카시아 이파리가 지나는 바람에 수군거려대고 있었다. 이렇게 가슴이 떨리기는 난생처음이었다. 과수원을 벗어나 마을 큰길로 들어서자 석만은 달리듯 빠른 걸음으로 마을 어귀를 향해 줄행랑을 놓았다. 석만이 마을을 벗어나 거무실에 당도할 때까지 불행인지 다행인지 아무도 만나지를 못했다. 석만은 그제야 발걸음을 늦추며 뒤를 돌아보았다. 왠지 눈물이 핑 돌았다. 몇 날 며칠을 잠 못 이루며 뒤척인 갈등이 이렇게 결말이 나고 마는 것 같았다. 허무하기까지 했다.

가여운 아내의 얼굴이 슬며시 떠올랐다. 일 년 내내 옷 한 벌 못 해 입고 다 해진 옷으로 밭고랑에서 풀물로 염색해 대는 억척스런, 아니 바보 같은 아내가 불쌍하기만 했다. 석만은 손을 들어 눈물을 훔치고는 잊으려는 듯 걸음을 다시 재촉했다. 어쩌면 이제 다시는 영영 못 볼 것만 같은 생각이 들어 석만은 길가의 탱자나무울타리며 아카시아나무, 미루나무, 멀리 앉아있는 초가지붕까지 눈여겨 보아두었다. 오늘 일이 잘되면 석만은 이 지긋지긋한 촌구석을 영영 떠날 것이다. 그러면 일하라고 짖어대는 마누라의 지겨운 목소리도 경만의 짜증 섞인 투덜거림도 더 이상 듣지 않아도 될 것이다.

아리랑 고개를 넘자 석만의 머릿속에는 이제 미스 조의 나긋나긋한 목소리와 야들야들한 몸뚱어리만이 떠올랐다. 발걸음은 언덕을 만난 소처럼 힘차기만 했다. 길가의 능수버들도 석만의 마음을 이해하는지 즐겁게 춤을 추어대고 있었다. 하늘하늘 부는 바람에 맞추어 천안삼거리를 구성지게 불러대고 있었던 것이다.

어느새 터미널이 눈에 들어왔다. 어딘가로 떠나고 있는 버스가 새삼스럽기만 했다. 이제 얼마 있지 않으면 자신도 저 버스에 미스 조와 함께 몸을 싣고는 새로운 인생을 시작할 것이다.

석만은 거침없이 학다방의 문을 밀치고 들어섰다.

"어이구, 구장님! 여깁니다."

신 상무는 기다리고 있었다는 듯이 반갑게 손을 들며 석만을 불러댔다.

"구장님."

호들갑스럽게 김양이 달려들었다. 석만은 문득 다방에 앉아 있는 사람들의 눈이 무서워졌다. 슬며시 김양의 호의를 외면하며 신 상무에게 고개를 숙여 인사를 했다.

"일찍 나오셨슈."

"구장님은."

호의를 외면당한 김양은 서운한 표정을 감추지 않았고 이내 뾰로통한 얼굴이 되어서는 이기죽거려댔다.

"미스 조! 늬 서방님 오셨다."

순간, 다방에 있던 사람들의 눈길이 일제히 석만에게로 향했다. 석만의 얼굴은 가을 저녁 햇살을 맞은 홍시처럼 붉게 물들었다. 석만은 다급히 신 상무의 앞에 앉았다. 자리에 앉고 나자 미스 조가 환한 웃음과 함께 커피를 들고 나왔다.

"구장님, 더우시죠? 시원한 냉커피 쭈욱 드세요."

"야! 이거 나 참, 서러워서. 나한테는 이 더운 날 삶아 죽으라고 뜨거운 커피만 갖다 주더니만."

신 상무가 불만을 진하게 토해냈다.

"아이, 신 상무님도. 구장님이야 더울 때 오셨으니까."

미스 조가 눈을 하얗게 흘겨대며 아양을 떨어댔다. 예쁘고 매력적이기만 하다. 석만은 그런 미스 조에 오금이 다 저렸다. 이제 저런 여시가 내 것이 된다 하니 가슴이 미치도록 떨렸다.

"그래, 그럼 난 뭐 한겨울에 왔냐?"

미스 조의 예쁜 아양에도 신 상무의 불만은 여전하기만 하다. 톡 쏘아붙였던 것이다. 어쩌면 못 먹는 감에 침이라도 뱉어보자는 그런 심산인지도 몰랐다.

"신 상무님은 선선한 아침나절에 오셨잖아요."

"그래도 그렇지."

"알았어요. 내 다시 타다 드릴게요."

"그래, 시원한 얼음 동동 띄워서, 부탁해!"

"주댕이는 청와대에 가 앉었다니께."

마담이 뒤뚱거리며 나오다 하는 소리였다. 김양이 깔깔거리며 웃어댔다.

"알았어요."

미스 조도 웃음을 터뜨렸다. 마담이 자리에 앉자 신 상무는 곧 음흉한 눈길로 석만을 바라보았다.

"가져왔죠?"

석만은 고개를 끄덕였다. 김양과 마담의 눈치를 보는 것이다.

"괜찮아요. 다 한 식군데."

한 식구라는 말에 석만은 더욱 불안한 눈빛이다. 믿지 못하겠다는 것이다.

"에이, 언니. 우린 저리로 가자."

눈치 빠른 김양이 마담의 팔을 잡아끌었다.

"이, 왜?"

눈치 없는 마담은 뭉그적거리며 왜 그러냐는 듯이 김양과 신 상무를 번갈아 쳐다보았다. 그런 마담을 보면서 석만은 다소간 안심하는 눈빛이다. 적어도 마담은 무슨 일인지 모른다고 지레짐작했던 것이다.

"하튼 이리 와 봐요. 내 터미널 김씨 얘기해 줄 테니까."

"터미날 김씨라니?"

"구두닦이 아저씨 있잖아."

김양은 터미널 김씨 얘기를 해 주겠다며 마담의 팔을 잡아당겼다.

"이년이, 근디. 이 팔 놓구 얘기혀 년아."

김양에 끌려가며 마담은 욕지거리를 한바탕 시원스레 내뱉어댔다.

김양이 마담을 끌고 저만치 떨어진 자리로 가고 나자 신 상무는 그제야 조심스레 석만에게 문서를 요구했다.

"한 번 볼까요?"

석만은 떨리는 손길로 안주머니를 뒤져 문서를 꺼내 신 상무에게 건넸다. 문서를 받아 든 신 상무는 한참을 들여다보다가는 아쉬운 눈길로 석만을 바라보았다.

"이게 전붑니까?"

석만은 대답 대신 고개를 끄덕였다.

"구장님 것만 갖고 오셨죠?"

경만이것은 어쨌냐는 표정이다. 마치 제 물건을 맡겨 놓기라도 한 듯하다.

"휴, 그류. 경만이 꺼는 아무리 생각히두. 도저히 못 갖구 오겄더라구유."

석만의 한숨 섞인 대답에 신 상무는 그제야 고개를 끄덕였다. 한편으로는 이해하겠다는 표정이다.

"그러시겠죠. 하튼 이건 제가 갖고 있다가 복 사장 만나서 얘기하겠습니다. 금은 평당 오만으로 할 테니까 그렇게 아시고요. 오만이면 지금으로선 최고갑니다. 들으셨을라나 모르겠지만 얼마 전에 구장님 건너 밭이 자리는 훨씬 나은데도 사만 오천에 거래가 됐으니까요. 제가 한 겁니다, 그게."

신 상무는 대견하지 않느냐는 듯이 목에 힘까지 주어가며 주절거려댔다. 석만은 아내가 하던 말이 생각나 고개를 끄덕였다.

"그리고 도장은?"

"예, 여기 있슈."

석만은 주머니에서 도장을 꺼내 신 상무에게로 건넸다. 신 상무는 도장까지 건네받은 뒤에야 한시름 놓았다는 듯이 짧은 한숨을 몰아쉬었다.

"이제 됐습니다. 구장님은 이제 팔자 피셨네, 예쁜 미스 조하고. 하이고, 좋겠다."

석만은 신 상무의 호들갑에 얼굴을 붉히며 주위를 둘러보았다. 그리고는 슬며시 물었다. 마치 빚 받으러 온 빚쟁이만 같았다.

"근디 돈은 온제."

"아, 우물에서 숭늉 찾으시네. 복 사장을 만나야 계약을 치르고, 그래야 돈을 받지요. 느긋하게 조금만 참고 기다리세요. 며칠 내로 제가 알아서 다 해 드릴 테니까요."

"예, 그럼 전 신 상무만 믿유."

"그럼요. 저만 믿고 돌아가세요. 댁에 가셔서 미스 조하고 함께 떠날 짐이나 꾸리고 계세요. 사모님 몰래 말입니다."

은근한 말투로 웃음을 던져오는 신 상무의 속셈을 알 리 없는 석만은 그저 당장이 아쉽기만 했다. 오늘 바로 떠날 심산으로 나섰던 것인데 말이다. 기다리라니 환장할 노릇이었다.

"집으루 가서 기다리라구유?"

"예."

남 환장하는 줄 모르고 신 상무는 그저 느긋하기만 하다.

"아니, 그럼 계약은 온제나?"

"강대포가 만나러 갔으니까, 오늘내일 사이로 올 겁니다 아마. 그럼 그때 계약을 치러야죠."

"그류? 난 또 오늘 계약을 치르는 줄루만 알구."

"무슨 말씀들을 그렇게 재밌게 나누세요?"

이른 봄날, 햇살 따뜻한 마당에 노닐고 있을 병아리를 연상시켰다. 노란 투피스의 미스 조가 얼음이 동동 떠있는 시원한 냉커피를 예쁘게도 내려놓았던 것이다.

"미스 조는 좋겠다."

신 상무가 탄식을 하듯이 내뱉었다.

"뭐가요?"

미스 조는 모르겠다는 듯이 고개까지 갸웃했다.

"이런 내숭은."

알면서 웬 내숭이냐는 신 상무의 질책에 미스 조와 석만의 얼굴이 함께 붉어졌다.

"내숭 떨 거 없어. 내 다 아는 일인데."

석만은 급하게 냉수 마시듯 냉커피를 후루룩 마셔대고는 자리를 일어섰다.

"지는 그럼 가서 기다릴 테니께 빨리 좋은 소식줌 줘유."

"아니, 벌써 가시게요? 미스 조가 서운해할 텐데."

신 상무가 자꾸만 미스 조를 들먹여대자 석만은 주위 사람들의 눈치가 보였다. 왠지 불안하기까지 했다. 그래서 괜히 다 된 밥에 코 빠뜨리고 싶지 않아 서둘러 자리를 일어섰던 것이다. 석만은 미스 조에게 간다는 말도 제대로 못 이르고 서둘러 다방을 빠져나왔다.

다방을 나서서도 왠지 찝찔한 마음이 가시지 않았다. 지금 하고 있는 짓이 잘하는 짓인지도 알 수가 없었다. 신 상무를 믿어도 될까? 하는 의구심이 일기도 했지만 마누라와 아이들까지 있는데 설마 다른 짓이야 하겠는가 싶었다. 석만은 무거운 발걸음으로 땡볕이 내리쬐고 있는 아스팔트길을 걸었다.

석만이 나가기 무섭게 김양과 마담도 자리를 옮겨 앉았다.

"인저 된겨?"

이제 되었냐며 예의 그 호들갑스런 행동을 감추지 못한 채, 마담이 신 상무의 얼굴 앞으로 바짝 달려들었다.

"그럼, 다 됐으니까 조용히 하고 기다려. 내 복 사장 만나 해결을 할 테니까."

신 상무의 얼굴에 자신감이 가득하다.

"우린 무식허니께 신 상무만 믿는겨."

"하긴 뭐, 가만히 입만 다물고 있으면 거저 굴러 들어오는 돈인데."

마담은 무식으로, 김양은 거저 굴러 오는 돈으로 한마디씩 거들었다.

"그래, 가만히 입만 다물고 있으면 내 한 뭉치씩 뚝 떼 줄 테니까 그때까지 입 꼭 다물고 기다려, 알았지?"

다짐을 받듯 신 상무는 김양과 마담을 번갈아 쳐다보았다. 그러자 김양과 마담은 걱정도 팔자라는 둥, 염려는 붙들어 매라는 둥 하면서 좋아라, 시시덕거려댔다.

무더운 날씨에 들락거리는 손님이 많아지자 마담과 미스 조, 김양은 자리에서 일어섰다. 순간 미스 조에게 신 상무가 찡긋 눈치를 주는 것을 두 사람은 알아채지 못했다.

"나도 그만 가봐야겠네."

"아니 왜? 벌써 가게?"

마담이 아쉬운 듯 신 상무를 쳐다보았다.

"서류도 떼어보고 알아볼 것도 있어서."

"그려, 그럼. 내일 또 올 거지?"

못 미더운지 마담은 연신 신 상무를 힐끔거려댔다.

"그래야지."

신 상무가 나가고 얼마 있지 않아 미스 조는 배달을 나갔다. 아니, 배달을 핑계로 미스 조가 밖으로 나갔다는 말이 더 정확할 것이다.

미스 조는 커피잔과 커피포트가 담긴 보자기를 들고 터미널 화장실로 향했다. 누가 발 디딜 틈도 없이 지저분한 터미널 화장실에서 커피를 시킨 모양이다.

"안녕, 커피포트."

얄궂게 웃으며 미스 조는 보자기를 내팽개쳤다. 그리고는 재빨리 화장실을 나와 서울행 버스에 올라탔다. 버스에는 이미 신 상무가 앉아있었다.

잠시 후, 두 사람을 태운 버스는 미련 없이 터미널을 출발했다. 함께 앉은 신 상무와 미스 조는 무엇이 그리도 즐거운지 손을 맞잡은 채 깔깔거리며 웃어댔다.

7. 강대포

눈이 휘둥그레졌다. 강대포는 지금 별천지에 있는 것만 같았다. 휘황찬란한 불빛과 처음 보는 열대 야자수가 그저 신기하기만 했다. 연신 두리번거리며 고개를 달팽이처럼 휘둘러댔다.

"뭘 그리 놀란 눈으로 그래. 이런데 처음인가 보지?"

"예? 예, 츰이이구먼유. 이런디는."

대답도 정신이 없었다.

"사람들 눈치도 있으니까 너무 두리번거리지 말고 의젓하게 행동해 동상."

복 사장은 눈치를 주었다. 자신의 체면을 깎지 말아 달라는 것이었다. 강대포는 알았다고 대답은 했으나 촌닭의 기품은 여전히 그대로였다. 어쩔 수 없는 일이었다.

휘황찬란한 호텔 로비는 반들거리는 유리를 깔아놓은 듯 해 미끄러질까봐 염려스러워 발걸음을 옮길 때마다 조심조심해야만 했다. 때문에 강대포의 걸음걸이는 바지에 똥 싼 아이처럼 어기적거려댔다. 참으로 눈뜨고 못 봐줄 꼬락서니였다.

로비를 지나 커피숍에 당도한 두 사람은 깔끔한 정장차림의 웨이터로부터 창가의 예약된 자리로 안내를 받았다. 서울 시내가 한 눈에 내려다보이고 있는 호텔은 강대포로서는 상상도 못해본 곳이었다. 멀리서 바라보며 저런 곳에서는 어떤 사람들이 살고 있을까 정도는 생각을 해봤을지도 모른다. 하지만 이런 곳에 발을 들여놓으리라곤 감히 상상도 하지 못했던 일이다.

복 사장은 반갑게 손을 들어 보였다. 그러자 웨이터로부터 안내를 받으며 깔끔한 차림의 젊은 사내가 당당히 들어서고 있는 모습이 눈에 들어왔다.

"오래 기다리셨습니까? 사장님."

깍듯이 인사를 해대는 사내의 인상이 무척 날카롭고도 계산적이었다.

"아뇨. 김 사장 이거 오랜만에 보니까 더욱 멋있어졌는데?"

농담 삼아 던지는 복 사장의 말투나 눈길이 예사롭지가 않았다.

"별말씀을 사장님도."

"그건 그렇고, 이쪽은 내 비서예요. 먼 친척뻘 되는 동생인데, 서울에서 일 좀 배우고자 해서 내 잠시 데리고 있어요."

"아! 예."

"동상, 인사해. 이쪽은 신세계 부동산 김 사장님이셔."

"안녕허셔유. 강덕순이구먼유."

있는 촌티, 없는 촌티 다 들추어댔다.

"아! 예, 김동철입니다. 사장님하곤 예전부터 많이 거래를 해오고 있었죠. 앞으로 잘 부탁드리겠습니다!"

강대포의 촌스런 말투나 행동에도 김 사장은 표정에 변화가 없었다. 남들 같으면 한 번 쯤 다시 쳐다본다거나 한 줄기 미소를 지었을 텐데 그런 기색이 전혀 없었던 것이다. 마치 돌부처만 같았다.

"서류는요?"

김 사장은 사무적인 말투로 짧게 물었다.

"동상, 가방에 서류 있지?"

"예, 여기 있구먼유."

강대포는 재빨리 가방을 열어 서류봉투를 복 사장에게 건넸다. 그 동작 또한 불에 덴 듯 서두르는 꼴이 참으로 촌스럽고 경박하기만 했다. 그러나 김 사장은 여전히 돌부처 같은 표정일 뿐이다. 오히려 복 사장이 민망해 얼굴을 찌푸려대고 있었다.

서류를 건네받은 김 사장은 요모조모 따지듯 꼼꼼히 살펴보았다. 한 참을 그렇게 훑어본 뒤에야 고개를 끄덕이며 이상이 없음을 알려왔다.

"예, 맞습니다."

그리고는 환한 웃음과 함께 검은색 서류 가방을 올려놓았다.

"일억입니다. 백만 원짜리 수표로 오천, 그리고 현금 오천입니다. 확인하시죠?"

김 사장이 가방을 열자 그 안에는 수표와 현금 뭉치가 하나 가득했다. 강대포의 눈이 휙 돌아갔다. 하지만 복 사장은 별거 아니라는 듯이 가방 안의 수표와 현금 뭉치를 물끄러미 훑어보았다.

"김 사장이 한 일인데 확인하고 말고 할 것이 뭐 있겠어요?"

"그래도, 액수가 액수인 만큼."

"아니, 됐어요. 신용거래에 이 정도 믿음은 있어야죠."

"역시 사장님다우십니다."

김 사장의 돌부처 같은 얼굴에 처음으로 웃음기가 돌았다. 차가운 미소가 다소간 매력적이기도 했다.

가방을 정리한 복 사장은 강대포에게 가방을 건넸다.

"전 그럼 이만 일어나 보겠습니다."

"아니, 왜? 식사나 하고 일어나지 않고."

"저도 그렇게 눈치 없는 놈 아닙니다, 사장님."

김 사장은 의미 있는 말을 던지며 자리를 일어섰다. 복 사장도 눈치 한 번 빨라 좋다는 듯이 쥐 잡아먹은 듯한 빨간 입술을 헤벌쭉 벌린 채 깔깔거리며 웃어댔다. 고맙다는 뜻이기도 할 것이다.

"하튼 김 사장은 예의도 깍듯해서 참 맘에 들어요."

강대포는 이들이 지금 무슨 수작을 하고 있는 것인지 얼마간 짐작이 되었다. 그 수작에는 자신도 포함되어 있을 것이다. 그러자 약간의 자존심이 상하기도 했다.

"저, 그럼 좋은 시간 되십시오!"

김 사장이 노골적인 인사를 건네자 강대포는 못마땅한 눈빛으로 못 들은 척 외면해 버리고 말았다.

"동상, 인사는 받아야지. 왜 그래?"

복 사장의 질책에 강대포는 그제야 못 들었다는 듯이 놀란 눈으로 김 사장의 인사를 받는 척했다.

"예? 예, 그류. 안녕히 가셔유."

짐짓 미안해 몸 둘 바를 모르겠다는 듯 엉거주춤 자리에서 일어서서는 뒤늦은 인사까지 해댔다.

김 사장은 의미 있는 웃음을 남기고 자리를 떠났다.

"동상, 사업을 하려면 사람을 잘 사귀어야 해! 지금 같은 행동은 큰 실수라고, 인사를 하는데 제대로 잘 받아야지."

복 사장은 탐탁찮은 소리로 강대포를 타일렀다. 그러자 강대포도 불만을 털어놓았다.

"짜식이 누님허구 지 사이를 이상한 눈빛으루다 보니께 그렇지유. 생긴 건 꼭 기생 오래비마냥 생겨같구."

강대포는 약이 오른다는 듯 퉁퉁한 소리로 김 사장에 대한 불만을 토로했다. 그러자 복 사장은 그런 강대포가 귀여워 죽겠다는 표정이다.

"하이구, 우리 동상, 기분이 단단히 상했나 보군 그래."

"뭐, 기분이 상했다기 보담두."

강대포의 어물쩍거리는 말에 복 사장은 야릇한 웃음을 질질 흘려댔다.

"오늘 기분 화악 풀어보자고, 동상!"

복 사장은 어린애 달래듯 고개까지 흔들어대며 강대포를 얼러댔다. 그런 복 사장의 깊은 배려에 강대포의 화가 어느 정도 잊혀졌다. 화가 풀린 것이

아니라 잊혀진 것은 강대포의 사람됨이 그랬기 때문이기도 했다. 미련하기
가 곰과도 같았던 것이다.

강대포는 생전 처음 서양요리라는 것을 맛보았다. 나이프와 포크를 들고
는 쩔쩔매다가 복 사장의 도움을 받고 나서야 식사를 제대로 할 수 있었다.
강대포는 촌닭의 티를 모조리 드러내고 말았던 것이다.

"동상, 이런 데는 처음이지?"

뻔히 알면서도 쓸데없는 질문을 복 사장은 또다시 해댔다.

"아! 그럼유. 지가 누님 덕분이니께 이런 디를 와 보지, 오티기 이런디를
와 봤겄슈."

"그래, 그런 것 같아."

제 덕분에 이런 곳을 와봤다는 말에 복 사장은 흐뭇한 웃음으로 강대포를
바라보았다. 어쩌면 그 말이 듣고 싶어 그렇게 물었던 것은 아닐는지도 모를
일이다. 아니 분명히 그랬을 것이다. 그리고는 또다시 물어댔다.

"동상 입맛에는 푸짐한 한식이 제격이었을 텐데 말이야, 그렇지?"

복 사장의 말이 끝나기 무섭게 강대포는 말 한번 잘했다는 듯이 씹어대던
스테이크 조각까지 튀겨대며 주접을 떨어댔다. 참으로 교양머리 없고도 지
저분하기만 했다.

"그럼유. 아! 이런 괴기 쪼가리 먹어서 오디 힘이나 지대루 쓰겄슈."

강대포의 힘이란 말에 복 사장은 얼굴을 붉히며 주위를 한 번 쓰윽 훑어보
았다. 다행히 강대포의 교양머리 없는 큰 소리에도 쳐다보는 이는 없었다.
그러자 복 사장은 더욱 뻔뻔한 얼굴로 강대포를 은근히 바라보며 물었다.

"힘?"

"그류, 남자덜이란 밥 둬 사발에다 그냥 괴기국 둬 그릇은 먹어둬야 지대루 힘을 쓰는 벱이지유."

강대포의 걸쭉한 입담에 손님들의 시선이 그제야 하나둘씩 모이기 시작했다. 복 사장은 다급히 손을 들어 입을 틀어막았다.

"동상, 목소리 좀 낮춰."

강대포는 그제야 주변 상황을 인식하고는 목소리를 낮췄다.

"이? 이, 그류. 하튼 우린 그류."

무식한 힘의 지론까지 일단락 짓고 말았다.

"그래, 어쩨! 우리 동상, 허기나 좀 가셨는지 모르겠네?"

강대포의 힘의 지론을 경청한 복 사장은 심히 미안스럽다는 투로 물어댔다.

"됐슈, 기본은 있으니께. 오디 한 두끼 굶는다구 쓰러지남유."

역시 강대포다운 시원한 대답에 복 사장은 다행이라는 듯 활짝 웃음을 지어 보였다.

"그래? 그럼 우리 나가지!"

"예, 그류."

강대포는 복 사장의 뒤를 쫄래쫄래 따라갔다. 마치 강아지가 주인을 따르는 듯 했다. 친절한 주인은 충실한 강아지를 데리고 자연스럽게 호텔객실을 향해 올라갔다.

객실에 들어서 창가에 선 복 사장은 덥지도 않으면서 괜히 손부채 질을 해댔다.

"아휴, 더워!"

못 참겠다는 듯 웃옷까지 훌렁 벗어 던졌다. 가슴인지 배인지 구분도 안 되는 살덩이가 적나라하게 모습을 드러냈다. 강대포는 숨이 턱 막혔다.

'니미럴, 내 저런 살뎅이를.'

강대포는 속으로 긴 한숨까지 내쉬었다. 그러나 겉으로는 아무렇지 않은 듯 웃음까지 머금은 얼굴로 살며시 다가갔다. 그리고는 채 안기지도 않는 복 사장을 힘껏 끌어안았다.

"누님의 이 풍만한 몸매는 온제 봐두 그냥 탐스럽기만 허유."

강대포는 은근한 목소리로 수작을 부리기 시작했다. 그렇게 비위를 맞추어 주면 좋은 떡이 생긴다는 것을 잘 알고 있었기에 강대포는 역겨움을 무릅쓰고서도 아양을 떨어대는 것이었다.

"아이! 동상 왜 이래 또."

소름이 바짝 돋을 것만 같은 역겨운 소리가 복 사장의 입에서 흘러나왔다.

"오띠유, 우리 끼린디."

"그래도."

강대포는 복 사장의 축 늘어진 가슴을 터져라 주물러댔지만 손에 잡히는 것이라곤 물컹한 살가죽뿐이었다.

"잠깐만, 우리 동상이 이번 일을 잘했으니까 이 누님이 한턱 내줘야지."

강대포는 일을 치루기에 앞서 미끼를 던지고 있는 것이라는 것을 잘 알고 있으면서도 짐짓 그것에는 관심도 없다는 듯했다. 자신은 그저 복 사장 외엔 아무것도 관심이 없다는 듯이 말이다.

"누님! 난 지금 그런 것 싫유. 누님이면 되유."

돌아선 복 사장을 더욱 꼭 끌어안았다. 그러자 복 사장은 어울리지 않게 흉측한 아양까지 떨어댔다.

"아이! 숨 막혀, 동상."

사실 숨은 강대포가 더 막힐 지경이었다. 받을 건 받아야겠눈지 강대포는 휘감았던 팔을 슬머시 풀어주었다. 그러자 복 사장은 아쉬운 듯 눈을 살짝 흘기고는 탁자 위의 가방을 향해 걸음을 옮겨놓았다.

강대포는 큰 기대를 안고 복 사장 앞에 섰다. 가방을 열자 빳빳한 돈 냄새가 확 풍겨왔다. 강대포는 깜짝 놀랐다. 커피숍에서 얼핏 보았던 돈뭉치하고는 또 달랐다. 찬찬히 살펴보자 욕심까지 생겼다. 흰 띠를 둘러맨 만 원짜리 돈다발이 손짓을 하며 유혹을 해댔던 것이다. 복 사장은 서슴지 않고 만 원짜리 두 묶음을 집어 들었다.

"자, 동상. 이백이야!"

강대포는 자지러질 듯 놀랐다. 이백만 원이라면 지금까지 한 번도 만져보지 못한 거액이다. 이백만 원이면 갈마지에서 집 한 채 값이다. 그런 거액을 단 한 순간에 거머쥐다니, 강대포는 그만 어안이 벙벙해져서는 손도 내밀지를 못했다.

"왜? 적어서 그래?"

복 사장은 한 묶음을 더 집어 들었다. 기왕 인심 쓰는 것 후하다는 소리 듣자는 심산이었다. 더구나 강대포라면 그럴 만한 가치가 있다고 생각하던 중이었다.

강대포는 입을 벌린 채 다물지를 못했다.

"동상두 참, 뭘 요걸 가지고 그래."

복 사장은 강대포가 아예 넋 빠진 표정을 짓고 있자 매우 흐뭇한 얼굴이 되어서는 강대포를 빤히 올려다보았다.

"빨리 받아 동상, 팔 떨어지겠어."

그제야 강대포는 퍼뜩 정신을 차리고는 손을 내밀어 돈을 받았다. 순식간에 삼백이란 거액을 챙긴 강대포는 정신이 하나도 없었다. 복 사장이 얼마간 주리란 예상은 했었지만 이렇게 많은 액수를 주리라곤 미처 생각지를 못했었던 것이다.

"동상, 내 생색은 아니지만 삼백이면 웬만한 집 한 채 값이야 알아?"

"알지유 누님. 그러니께 지가 이렇키 정신이 하나두 읎는거 아뉴. 하이구"

강대포는 복 사장을 끌어안고는 그대로 침대에 쓰러졌다. 강대포는 생긴 것과는 달리 부드럽게 그리고 서서히 노를 저어나갔다.

"하이구 나 죽어, 나 죽어!"

복 사장은 허리를 이리저리 비틀어대며 강대포의 힘을 만끽했다. 이미 축축이 젖어있는 복 사장의 몸은 강대포의 무지막지한 포문에 여지없이 무너지고 말았다. 복 사장은 행복에 겨운 신음을 연신 흘려대며 강대포의 단단한 근육질을 탐닉했다.

"동상, 동상한테는 나밖에 없지? 그렇지?"

"그럼유, 지가 오디 아는 여자가 있기나 허남유."

복 사장의 애걸에 강대포는 너무도 당연하다는 듯 그렇게 답했다.

"그래, 난 동상을 믿어."

자신을 믿는다는 복 사장의 말에 강대포는 문득 갈마지 성황당 고개에서 저질렀던 일이 떠올랐다. 묘하게 울렁이는 가슴을 주체할 수 없었던 밤, 강대포는 때맞추어 고갯길을 오르고 있던 앞서 가는 아가씨를 보았다. 울렁이던 가슴은 어두운 고갯길에서 아가씨의 치맛자락을 보자 그만 자신도 모르게 뜨겁게 달아오르고 말았다. 뜨겁게 달아오른 강대포는 놓칠세라 소리 없이 뒤쫓아 가 입을 틀어막고는 산등성이 쪽으로 끌고 갔다. 그게 누군지는 자신도 잘 알고 있었다. 하지만 그게 누구든 간에 이미 강대포의 이성은 걷잡을 수 없는 상태가 되고 말았다. 풀을 뜯어 재갈을 물린 강대포는 우악스런 거친 손길로 한 번도 사내의 손길을 타지 않은 순결한 처녀의 몸을 잔인하게 유린해댔다. 강대포는 흥분과 두려움 속에 극에 달한 쾌감을 맛보았다. 그리고 그런 흥분과 쾌감은 어쩌면 평생 다시는 못 볼 것만 같았다. 봉긋하게 부풀어 오른 가슴과 가슴에 폭 안기던 가냘픈 몸매는 강대포로 하여금 오금이 저리도록 짜릿한 쾌감을 주었었다.

성 부자네 씨돼지 같은 눈앞의 복 사장과는 비교도 되지 않았다. 한 손에 잡히지도 않는 살덩이가 여기저기에서 부딪혀 올 때마다 강대포는 그날 밤, 그 처녀가 마냥 그립기만 했다.

마침내 강대포는 한숨을 길게 내쉬었다.

"왜 그래? 동상."

갑자기 시들해진 강대포를 이상하다는 듯 바라보며 일어나 앉은 복 사장은 부끄러운지 이불을 끌어당겨 늘어진 뱃가죽을 감추었다. 하지만 강대포의 심란한 눈길은 이미 그 늘어진 뱃가죽을 보고 난 뒤였다. 흉물스런 뱃가죽을 보고 나자 강대포의 입맛은 더욱 씁쓸해졌다. 그러나 그런 내색을 할 수는 없었기에 얼른 눈길을 맞추어주었다. 그리고는 다른 이야기를 꺼내 들었다.

"아뉴. 근디 누님, 구장님 땅은 인저 오티기 되는규?"

"이제 그 땅은 김 사장이 알아서 할 거야. 몇 다리 건너고 난 뒤, 누군가 마땅한 임자가 나타나겠지."

"그러믄 구장님은."

"그 사람이야 앉아서 코 베인 거지 뭐."

말을 마치고는 깔깔거리며 웃어댔다. 강대포는 마음이 편치 않았다. 머릿속도 멍하니 혼란스러웠다.

"아이, 재미없게 그런 얘기 그만 하자! 동상, 우리 얘기나 하자구 응."

"그럼 지는 오티기 되나유?"

심란한 눈길로 복 사장을 바라보자 뭐가 어떻게 되느냐며 오히려 복 사장이 반문해댔다.

"응? 동상이 왜?"

"지두 이번 일에 참견을 힛잖유."

그제야 강대포가 심란해진 이유를 알았다는 듯 복 사장은 얼굴이 밝아졌다.

"그건 상관없어 동상. 모든 책임은 그 신 상문가 뭔가 하는 그 사람 책임이야. 우리는 그 문서 본 적도 없잖아."

"예?"

복 사장의 뜬금없는 말에 강대포는 더욱 의아한 얼굴이 되었다.

"동상이 언제 그 문서 봤어? 봤어?'

'봤어'에 억양을 높여가며 못 보았다는 것을 억지로 강요시키듯 복 사장은 그렇게 거듭 물어댔다. 그러나 눈치도 지지리 없는 강대포는 사실을 사실대로 말할 뿐이었다. 그것도 목소리를 한껏 높여 복 사장의 염장을 질러대기까지 했다.

"봤쥬. 아까 김 사장이랑 아래서."

강대포가 말을 다 마치기도 전에 복 사장은 '앗 뜨거워라.' 하며 강대포의 입을 틀어 막아댔다.

"동상! 지금 정신 있어? 없어?"

복 사장은 한심하다는 듯 목소리를 낮춰가며 열을 냈다. 그러자 아직도 이해를 못한 강대포는 뜨악한 눈길로 복 사장을 바라볼 뿐이다.

"왜유? 누님."

강대포는 아직도 한밤중이었다. 그러자 복 사장은 답답하다는 듯, 가슴까지 두들겨대며 자세히 설명을 하기 시작했다.

"우린 지금 아무것도 모르는 거야, 알았어? 그래야 살 수 있다고. 모든 건 그 신 상무가 저지른 일이고. 알았어?"

강대포는 그제야 뭔가 어렴풋이나마 잡히는 것이 있었다.

"신 상무가 구장한테서 문서를 받아서는 누군가와 계약을 했다. 우리는 모르는 사실일 뿐이다."

"허지만 김 사장인가 허는 그 사람이."

"김 사장도 우리와 계약을 치른 것은 아니잖아. 그냥 물건만 건넸지. 그리고 김 사장이 모든 걸 알아서 처리할 거야. 우리와는 아무런 상관이 없도록 말이야."

"예."

그제야 강대포는 이해를 했다는 듯 고개를 주억거렸다.

"그러니까 동상은 아무것도 모른다고 발뺌만 하면 되는 거야. 알았어?"

"알았구먼유."

강대포는 이제야 사건의 내막을 알 수 있었다. 복 사장 일행이 사기를 쳐 구장의 땅을 거저 가로챘단 것을.

"젊음이 좋긴 좋아!"

복 사장은 검게 그을린 탄탄한 강대포의 어깨 근육을 어루만지며 탄식하듯 말을 꺼냈다.

"뭐가유?"

"아, 동상말이야. 솔직히 많은 남자들을 만나봤지만 동상만큼 힘 좋은 남자도 드물었거든. 젊은 동상이 나이 많은 날 외면하지 않고 이렇게 만나주는 것만 해도 난 얼마나 고마운지 몰라."

복 사장은 솔직하게 강대포에 대한 심정을 털어놓았다. 강대포는 그런 복 사장이 추하다기보다는 오히려 가엾다는 생각이 들었다.

"그 얘긴 달리 말하면 지금껏 난 동상 같은 젊은 남자를 한 번도 만나보지 못했단 얘기이기도해."

갑자기 우울한 말투와 함께 어깨에 기대어 오는 복 사장이 강대포는 거북살스러웠다. 어색한 분위기에 어쩔 줄 몰라 하고 있는 강대포와는 달리 복 사장은 스스로 분위기에 도취된 듯 자기 푸념을 늘어놓기 시작했다.

"동상! 난 젊어서 돈 많은 홀애비. 그것도 남자 구실도 제대로 못해내는 늙은이한테 팔리다 시피 시집을 갔어. 그리고 홀애비가 죽고 나서는 재산 한 푼 물려받지 못하고 자식 놈들한테 쫓겨나고 말았지. 그때 내가 얼마나 분하고 서러웠는지 알아? 그래서 그때 다짐 한 게 하나 있어. 그게 뭔지 알아? 그건 돈을 벌자! 무슨 수를 써서라도 돈을 벌자 였어. 그래서 행상에서부터 시작했지. 조금 나아지면서 시장통을 전전하며 자리다툼에 싸움질로 악을 키웠어. 하루에도 서너 번씩 머리채를 움켜쥐고 싸우지 않은 날이 없었을 거야 아마. 그리고 돈을 좀 번 뒤엔 일수놀이, 사채업에 손을 댔지. 그게 남자들도 해내기 어려운 일이거든. 하지만 난 시장통에서 쌓은 완력으로 그걸 다 견뎌냈지. 날 아는 사람들 중엔 날 여자로 보는 사람 아무도 없어. 그만큼 억세고 드센 년이란 얘기야. 그러니깐 피 사장이나 김 사장 같은 사람들도 날 무시 못 하잖아. 그 사람들이 누군 줄 알아? 이 서울 바닥에서도 알아주는 사기꾼들이야. 폭력배들과도 연줄이 닿아있고. 그러니깐 이 바닥에서 그렇게들 잘 나가지. 그리고 결국엔 부동산까지 손을 대게 된 거야. 지내온 인생이야 진짜 말로 다 할 수 없이 고달팠지. 젊은 날을 그렇게 지내다 보니 사내를 알 수가 있나. 늦게 배운 도둑질에 밤새는 줄 모른다고 나이 들어 사내를 만나면서부터 정신없이 갈아치웠지. 하지만 이미 내 나이가 나이인지라 젊은 사내들이라곤 거들떠보지도 않더라고. 헌데 동상을 만난 거야. 내겐 참 행운이지. 젊은 사내가 이런 거구나 하는 걸 일깨워준 사내가 바로 동상이니깐."

강대포는 복 사장이 말하는 동안에도 불편해 죽을 지경이었다. 복 사장의 말에는 도무지 관심도 없었고 듣고 싶지도 않았다. 그저 어떻게 하면 빨리 이 자리를 벗어날 수 있을까 하는 생각뿐이었다.

"지가 고맙지유 누님두 참, 이렇키 지헌티 잘해주는 사람은 누님이 츰이 유. 다덜 오티기 허먼 울궈먹을까 허는 생각덜만 허지 이렇키 지헌티 솔직허 게 대해주는 사람은 누님이 츰이유."

강대포는 한시라도 빨리 이 불편한 자리를 벗어나고자 맘에 없는 말을 마 구 퍼부어 댔다.

"그렇게 생각해주니 고마워 동상."

복 사장은 늘어진 젖가슴으로 슬며시 강대포의 억센 손을 끌어들이며 한 번 더 갈구해댔다. 강대포는 내키지 않는 짓을 또다시 해야 한다고 생각하니 그저 끔찍하기만 했다. 그렇다고 내색을 할 수는 없었기에 울며 겨자 먹기 식으로 빙그레 웃어가며 절구통 같은 복 사장의 허리를 다시 끌어안아 댔다. 그리고 얼마 후, 복 사장의 신음소리가 출렁이는 침대 속에서 또다시 게걸스 럽게 흘러나오기 시작했다.

강대포는 오늘도 또 다른 포탄을 장전해 대고 있었다.

8. 떠나간 사랑

"뭐여? 아이구, 이런."

은희는 하염없이 흐느꼈다. 성 부자는 얼굴이 붉으락푸르락 정신이 하나도 없다.

"그눔이 도대체 누구여? 오떤 눔이냐구?"

성 부자의 다그침에도 은희는 그저 방바닥만을 뚫어져라 바라볼 뿐 고개를 들 줄 몰랐다.

"경만이 그 자식이여? 그런 거? 내 이눔으 새끼를 그냥."

성 부자는 자리를 박차고 일어섰다. 그제야 은희는 입을 열었다.

"아니에요, 아버지!"

은희는 일어선 성 부자의 다리를 부둥켜안고 뛰쳐나가려는 것을 말렸다.

"그럼 누구여, 이년아! 말줌혀봐, 말줌."

"밤에. 성황당고개를 넘다가."

은희의 더듬거리는 말에 성 부자는 미간을 찡그리며 설마 그럴 리가 없다는 듯이 고개를 흔들어댔다.

"뭐여? 그럼 겁간을 당했다는 겨, 시방?"

은희는 말없이 고개만 끄덕였다. 성 부자는 그만 하늘이 무너지는 것만 같았다. 자리에 털썩 주저앉고 말았다.

"하이고, 우라질. 그려두 누군지는 알 수 있을 거 아녀?"

"덕......수운.......ㄴ"

"뭐여? 덕순이? 그 싸가지 읎는 눔이 그랬단 말여 시방?"

은희는 말없이 고개만 끄덕였다.

"하이고."

성 부자는 통곡을 했다. 은희도 불러온 배를 끌어안고 흐느껴 울었다. 이미 은희의 배는 더 이상 감출 수 없을 만큼 불러있었다.

"건너가! 뵈기 싫여. 어이구, 내 팔자야!"

은희는 무거운 몸을 뒤뚱거리며 배를 끌어안은 채 건넌방으로 들어갔다. 경만의 모습이 자꾸만 서럽게 떠올랐다. 지난 몇 달간 은희는 문밖출입을 하지 않았다. 아니, 못했다. 불러오는 배를 감당할 수가 없었기 때문이다. 그리고 마침내 성 부자가 사실을 알게 된 것이다. 어떻게든 이제 경만에게 사실을 얘기하고 자신을 잊어달라는 말을 전해야 할 것만 같았다. 은희는 경만에게 이별, 아니 잊어달라는 말을 꺼낼 자격이나 있는 것인지 자신에게 물었다. 열 번을 생각해도 없었다. 하지만 어떻게든 경만으로 하여금 하루빨리 자신을 잊게 하는 것이 서로를 위해서도 좋을 것만 같았다. 기구한 삶이 가여웠다. 자신이나 경만이나.

은희는 봉긋 솟은 배를 감추기 위해 헐렁한 원피스를 입고 작은 보퉁이를 안은 채 마을 어귀 미루나무 사이에 몸을 숨기다시피 서 있었다. 멀리 경만의 모습이 눈에 들어왔다. 안타까웠다. 부지런히 사과나무를 손보고 있는 경만의 모습이 푸른 아카시아 잎사귀 사이로 들락거리고 있었다. 어떻게든 만나보려 했으나 방법이 없었다. 소리를 지를 수도 없고 그렇다고 쫓아가기도 뭐했다.

"은희야, 히."

소철이였다. 하늘이 돕는지 은희의 앞에 소철이가 나타난 것이다.

"응, 소철이구나! 너 이 누나 부탁 하나 들어줄래?"

"이? 으, 알었다."

소철이는 은희가 부탁을 하자 서슴없이 고개를 끄덕이며 좋아라 했다.

"저기 경만이 오빠한테 가서 내가 여기서 기다린다고 말 좀 전해줄래?"

"으, 알었다. 경만이 성 좋아허지?"

소철이의 물음에도 은희는 대답을 못했다. 다른 때 같았으면 그렇다고 대답을 했을 터인데 그렇지 못한 상황이 더욱 안타깝기만 했다.

"나두 누나 좋아헌다, 히."

소철이의 천진난만한 모습에 은희도 미소를 지었다. 오랜만에 지어보는 미소였다.

"그래, 알았어. 나도 너 좋아해."

"증말?"

단순한 대답에도 소철이는 감격했다. 그런 모습에 은희는 더욱 가슴이 아팠다. 어쩌면 이런 소철이를 다시는 보지 못할지도 모른다. 그런 생각을 하니 눈물이 울컥 솟구치려 했다.

"그럼, 아버지 말 잘 듣고 일 열심히 하고 있어. 알았지?"

"으, 그럼 나한티 시집와라 누나야."

"응? 그건 안 돼."

소철이의 말에 은희는 한 층 더 우울해졌다.

"소철아! 시간 없어. 빨리 좀 부탁해!"

"으, 알았다. 내 막 달려가서 얘기허께, 기다리구 있어."

소철이는 말을 마치기 무섭게 짙푸른 논둑길 사이로 줄달음을 쳐 경만에게로 달려갔다.

경만은 가지가 부러질 정도로 실하게 익어 가고 있는 사과나무를 위해 지지대를 받쳐주고 있었다. 얼굴은 온통 땀으로 범벅이 되어 있었다. 그러나 얼굴은 흐뭇한 모습이다. 잘 익어가고 있는 사과가 그렇게 웃음 짓게 했던 것이다.

푸른 과수원 언덕을 헉헉거리며 뛰어오고 있는 소철이를 본 경만은 손을 멈추었다. 이어 소철이가 벌겋게 상기된 얼굴로 가슴을 치며 경만의 앞에 섰다. 숨이 턱에까지 차올라 있었다.

"호떡집에 불이라도 났나? 웬일로 그리 난리야, 난리가."

경만은 웃음 띤 얼굴로 소철이를 맞았다.

"이, 경만이 성. 기다린다."

뜬금없는 소리에 경만은 다시 물었다.

"응? 뭐가 기다려?"

"은희, 은희 누나가."

소철이의 은희라는 말에 경만은 웃음기를 지우고는 정색을 했다.

"어디서?"

"이, 저어기 미루나무 보이지?"

소철이가 가리키고 있는 마을 어귀를 보자 미루나무 사이로 희끗한 그림자가 어른거리고 있었다. 경만은 예감이 이상했다. 그동안 한 번도 연락도 없고 만나주지도 않던 은희가 소철이를 보내서 자신을 만나자고 하는 것이 아무래도 불안했다. 게다가 만나자는 장소도 마을 어귀라니 더욱 그랬다.

"알았다."

경만은 짧게 대답을 하고는 손을 털며 과수원을 내려갔다. 풀빛 짙은 과수원과 훅한 바람에 일렁이고 있는 논두렁을 질러 경만은 은희에게로 갔다. 걸음을 옮기면서도 경만은 왠지 자꾸 불안한 마음이 앞서기만 했다.

밭고랑에 올라서 가까이 다가가자 보통이를 안고 있는 은희의 뒷모습이 더욱 불안해 보였다. 돌아선 채 경만을 맞이하고 있는 은희의 행동이 왠지 낯설고 멀게만 느껴졌다.

"웬일이니?"

불안한 마음을 달래며 경만은 조심스레 물었다.

"오빠, 나 오빠에게 인사하러 왔어."

"뭐?"

경만은 가슴이 덜컥 내려앉았다.

"나, 오늘. 집. 나왔어."

은희는 떠듬거리며 간신히 말을 이었다. 쏴 하는 바람에 미루나무 잎이 사금파리처럼 반짝이며 수런거려댔다.

"대체 무슨 소리야?"

말도 안 된다는 듯 경만은 소리를 높였다.

은희는 흐느끼며 울었다. 얼굴은 온통 눈물로 뒤덮여 세수한 듯 젖어있었다. 경만은 엄습해 오는 불안한 예감이 문득 두려웠다.

"오빠! 이제 나 잊어줘. 오빠를 다시는 대할 수가 없어. 미안해."

거듭되는 알 수 없는 말에 경만은 당혹했다.

"왜 그러는데?"

경만은 돌아서 있던 은희의 앞으로 다가가다 그만 은희의 볼록한 배를 봤다. 그리고 무언가 뒤통수를 한 대 얻어맞는 듯한 충격 속으로 빠져들고 말았다. 경만은 속으로 설마 했다. 하지만 다시 한 번 살펴본 은희의 배는 임신이 틀림없었다.

"은희, 너."

경만은 어떻게 말을 꺼내야 할지 난감했다. 가슴이 아팠다. 울고 있는 은희의 모습에서 좋은 일로 그리된 것은 분명 아닌 것 같았다. 말도 못하고 머뭇거리기만 할 뿐이었다.

"오빠, 이제 알겠어? 나 임신했어. 원치 않는 임신을."

은희는 흐느껴 울었다. 경만은 얼굴을 가린 채 울고 있는 은희를 살며시 안았다. 그리고 아무 말도 하지 않았다. 아니 할 수가 없었다.

"오빠, 미안해. 오빠의 사랑을 이렇게 허물어뜨릴 수는 없는데."

"누구니? 누가 널 이렇게 만들었어?"

경만의 거듭 묻는 말에도 은희는 아무 말이 없다

"말해봐. 누구냐구?"

경만의 다그침에 은희는 더욱 서럽게 울기만 할 뿐이었다. 미루나무 이파리가 더욱 요란스럽게 수런거려댔다.

"그래, 네가 좋아하는 사람이었니?"

경만은 목소리를 낮춰 물었다. 실망이 가득한 목소리였다. 그러나 은희는 대답 없이 고개만 가로저었다. 둘 사이에 잠시 침묵이 이어졌다.

"그럼? 강제로."

혹시나 하며 조심스레 묻는 경만의 말에 은희는 쓰러질 듯 비틀거리며 더욱 구슬피 울어댔다.

"그랬구나!"

경만의 눈가에도 어느새 눈물이 고이고 있었다.

"이게 다 내 잘못이다. 내가 진작에 일을 마무리 지었어야 했는데."

경만의 얼굴은 땀과 눈물로 분간이 되질 않았다. 얼마간 그렇게 두 사람은 멍하니 서 있었다. 건너편 잘 익어가고 있는 사과나무 과수원이 바람에 푸른 춤을 추어대고 있었다.

"그래, 어쩌려고 이러는 건데?"

경만이 다시 입을 열었다. 냉정하게 가라앉은 목소리다.

"나, 떠나려고 해."

"어디로?"

"태안에 계시는 이모 댁으로. 오빠, 아무에게도 말하지 말아 줘."

"아버님은?"

"아직은 모르셔. 가서 연락드릴 거야."

"그래, 몸조리 잘 하고. 연락해!"

발길을 옮겨놓고 있는 은희를 바라보며 경만은 또다시 뜨거운 눈물을 주르륵 흘려댔다. 가슴이 미어지는 것만 같았다.

"성, 경만이 성!"

미루나무 사이로 갑자기 병덕이가 튀어나왔다. 화들짝 놀란 경만과 은희는 다급히 눈물을 훔쳐냈다.

"응, 병덕이구나."

아무 일 없다는 듯 그렇게 대답했지만 이미 눈물로 범벅이 된 은희의 얼굴을 바라본 병덕이는 두 사람 사이의 심각한 관계를 짐작한 듯 눈치를 슬금슬금 보아댔다.

"소철이 못 봤어?"

애매한 소철이를 계면쩍게 찾아댔다.

"응, 저기 우리 과수원에."

경만도 엉겁결에 손을 들어 건너편 과수원을 가리켰다. 경만이 가리키는 손끝을 따라 병덕이의 데굴데굴한 눈망울이 흘끔거리며 움직였다.

"알었어, 성."

병덕이는 부리나케 논둑을 가로질러 소철이가 있는 과수원을 향해 달려갔다. 병덕이는 달려가면서도 흘끔거리는 눈짓으로 연신 되돌아보곤 했다.

경만은 길게 한숨을 내쉬었다. 그사이 은희의 모습은 짙푸른 아카시아 이파리 사이로 스며들어 보이질 않았다. 경만은 자리에 털썩 주저앉았다. 은희가 그동안 자신을 만나주지 않은 이유를 이제야 알 것만 같았다.

논 가운데 넘실대고 있는 검푸른 파도가 경만의 멍한 시야로 들어왔다. 땅강아지처럼 일 년 내내 땅만 일구며 살아온 날들이 몹시도 후회스러웠다. 사랑하고 있으면서도 무관심하게 강 건너 불구경하고 있듯이 했던 지난날들이 정말이지 후회스러웠다. 좀 더 적극적이었더라면 이런 일은 없었을지도 모르는데 말이다.

"야, 쇠칠아! 경만이 성 봤냐?"

"이, 저기 미루나무있는디 있잖어."

"너두 봤냐?"

놀란 눈으로 너도 봤냐는 물음에 소철이는 모르겠다는 표정이다.

"이?"

"새애끼는 늬 은희 누나 말여 인마. 눈물이 범벅이 되갔구 울던디. 아무래두 경만이 성허구 심상치가 않혀."

"울어? 은희 누나가?"

"그려 인마. 내 보기에는 말여, 아무래두 경만이 성이 은희 누나헌티 임신을 시킨 거 같어."

"이? 임신? 그게 뭐냐?"

"하이구, 이런 빙신. 경만이 성이 은희 누나 헌티 애를 배게 헌거 같다구 인마."

소철이는 병덕이의 말에 금방 시무룩한 표정이 되었다.

"그럼 오티기 되는 거냐? 인저 은희누난 경만이 성이랑 같이 사는 거냐?"

"그렇지. 근디 이상헌건 말여. 왜 울지? 알 수가 읍다니께."

"울었어? 은희 누나가?"

"그렇다니께 인마! 은희누난 그렇다구히두 경만이 성까정 우는 건 아무래두."

알 수 없다는 듯 병덕이는 고개까지 갸웃하며 말을 잇지 못했다. 소철이도 덩달아 고개를 갸웃하며 시무룩하다. 자못 진지하기만 했다.

"경만이 성두 울었냐?"

심란한 목소리로 소철이는 확인이라도 하듯 그렇게 다시 물었다.

"그려, 그러니께 내가 이상허다는 거지 인마."

거듭되는 소철이의 물음에 화딱지라도 한번 낼 듯한데 병덕이는 무얼 생각하느라 그러는지 혼잣말로 중얼거리고 말았다.

"이, 인저 난 무슨 재미루 사냐, 빙덕아!"

혀까지 차대며 마치 다 산 인생처럼 소철이는 그렇게 풀이 죽어서는 되는데로 한 마디 내뱉었다. 그러자 소철이의 주제넘은 말에 병덕이는 정신이

번쩍 드는 모양이다.

"이? 너 은희 누나 좋아힛구나?"

병덕이의 물음에 소철이는 주먹만 한 눈물을 뚝뚝 떨어뜨리며 고개를 숙였다.

"빙신, 주제에 인마! 은희누난 니 같은 거 쳐다두 안 봐, 알기나 알어?"

질투 어린 병덕이의 눈빛이 소철이를 냉큼 쏘아보았다.

"그려두 나 좋아헌다구 힛어."

소철이는 그 한마디를 병덕이의 낯짝에 냅다 집어던지고는 풀빛 과수원 언덕을 죽어라 달려 내려갔다. 혼자 남은 병덕이도 긴 한숨을 내 쉬다 경만이 과수원 언덕을 터덜터덜 올라오는 것을 보고는 그제야 자리를 슬며시 떴다.

얼마 안 되어 갈마지와 인근 댓골 그리고 거무실에까지 은희의 임신 이야기가 떠돌았다. 남자가 경만이라는 소문과 함께.

석만은 긴 한숨을 내쉬며 안절부절못했다. 믿고 있던 신 상무가 사라지다니. 그것도 미스 조와 함께 라니, 도저히 믿기지 않았다. 석만은 하늘이 무너지고 땅이 꺼지는 듯했다. 벌써 보름이 넘어가는 데 돈다발을 들고 나타나도 시원찮을 신 상무는 여태껏 깜깜무소식이다. 다방엘 찾아갔더니 거기서도 난리였다. 미스 조가 없어졌다면서, 아니 미스 조 고것에게 속았다고 길길이 날뛰면서.

"미스 조, 고것이 말여. 신 상무랑 눈이 맞었는지 배가 맞었는지, 하튼 우릴 감쪽같이 속이구 이 바닥을 떠버렸다니께."

석만을 보자 호떡집에 불이라도 난 듯 마담은 대뜸 호들갑을 떨어댔다.

"안되셨어, 참. 구장님, 인저 어떻하신데? 땅도 다 날리고."

껌을 질겅거리며 씹어대는 꼴이 꼭 잘 되었다고 비아냥대는 듯 했다. 아니, 진하게 비아냥대고 있었다.

"그러게 얼굴 반반한 것만 보고 너무 혹하셨다니까."

김양의 말투나 행동은 꼭 잘되었다는 듯, 꿀맛이라는 듯 그렇게 석만을 비꼬아대고 있었다.

"이년아! 지금 불난 집에 부채질허는 겨? 가만있지 못허구."

마담은 그래도 석만에게 위로라도 하는 듯 김양을 나무랐지만 석만에게는 김양이나 마담이나 그리 다를 바가 없어 보였다.

"뭐, 말이 났으니 말이지, 사실이 그랬잖아요. 구장님이 유독 미스 조 고것만 이뻐하시고. 안 그래요, 구장님?"

석만은 말을 할 수가 없었다. 아니 아무런 소리도 들리질 않았다. 귀가 멍하고 눈은 휙 돌아갈 뿐이었다. 그길로 학다방을 뛰쳐나와 아리랑 고개를 넘었다. 무슨 수단을 내던지 신 상무와 미스 조, 그것들을 잡아야 했다. 하지만 방법이 없었다. 어디서 어떻게 찾아야 할지.

석만은 과수원 언덕을 내려다보며 한숨만 푹푹 내쉬었다. 한참을 그렇게 넋 나간 사람처럼 멍하니 앉아 있던 석만은 무슨 생각이 들었는지 벌떡 일어서 신 상무의 집을 향해 발길을 옮겨놓기 시작했다. 논두렁에서는 아직도 더운 기운이 콧속으로 훅훅 밀려들었다. 가을을 재촉하는 빨간 고추잠자리서너 마리가 정신 사납게 석만의 주위를 맴돌아댔다. 눅눅한 풀 내음은 석만의 심란한 가슴을 더욱 어지럽게 휘저어대고 있었다.

　신 상무의 집에는 아무도 없었다. 석만은 다시 사태골 밭으로 걸음을 옮겼다. 분명 서울댁은 사태골 밭에 있으리라 생각하며 석만은 걸음을 재촉했다. 아니나 다를까 서울댁은 혼자서 참깨밭 잡초를 뽑아대고 있었다. 손을 움직이는 모습이 마치 잡놈의 바랭이에 한이라도 서린 듯해 보였다.

　"저, 아줌씨! 신 상무는 아직두 안들어왔남유?"

　석만의 조심스레 묻는 말에 서울댁은 잠시 호미질을 멈춘 다음 석만을 힐끗 쳐다보았다. 그리고는 다시 고개를 숙여 호미질만 계속해댔다. 이어 들으라는 듯 혼자서 씨부렁거려댔다.

　"그 양반 어디서 뭘 하는지 제가 어떻게 알아요. 한 번 나가면 열흘도 좋고 한 달도 좋은 양반인데."

　호미를 쥔 서울댁의 손은 귀찮다는 듯, 여전히 나 몰라라 바쁘게 움직여대기만 했다.

　"그류."

　시무룩한 석만의 태도에 미안하고 안됐던지 서울댁은 잠시 손을 멈추고는 석만을 바라보았다.

　"헌데, 무슨 일로 그러세요?"

　서울댁은 조심스러우면서도 의아한 눈초리로 물었다.

　"예, 실은 이건 아줌씨만 알구 있어야 되유. 아무헌티두 얘기허면 안되유."

　누가 들을세라 석만은 주위를 한 번 두리번거린 후 목소리까지 낮추었다.

"뭔데 그러세요?"

서울댁의 표정이 갑자기 불안스러워졌다.

"실은 신 상무가 지 땅문서를 갖구 갔구먼유. 좋은 값에 팔아 준다구 히서 맺겼는디 그만."

"예? 아이고, 이놈의 인간이 그예 그 버릇이 또 나왔구먼."

탄식을 하며 주저앉는 서울댁을 바라보는 석만의 표정이 딱딱하게 굳어져 버렸다. 이어 아니겠지, 아니겠지 하는 실낱같은 희망이 담긴 표정으로 석만은 조심스레 물었다.

"그럼, 신 상무가 전에두 그런 짓을 했었남유."

"말하면 무엇해요. 내 이놈의 인간."

석만은 그제야 신 상무가 사기꾼이었다는 것을 알았다.

"그 짓으로 가막소를 수차례나 들락거리고도 아직도 정신을 못 차리고 있으니. 아이고, 이놈의 팔자야!"

석만은 하늘이 무너지는 듯했다.

"아니, 저 냥반이 근디 왜 저 여편네허구 저기서 지랄이여, 뭣허느라구."

서울댁과 이야기를 주고받고 있는 석만을 멀리서 지켜보며 구장 댁은 혼자서 중얼거려댔다. 얼굴에는 심통이 잔뜩 나 있었다. 눈가에는 의심과 질투의 빛도 번득이고 있다.

"내, 이 작 것을."

이까지 부드득 갈아대며 구장 댁은 옹골차게 쥔 주먹에 힘을 주었다.

한참이 지나서야 석만은 밭둑을 따라 내려왔다. 다리에 힘이 쭉 빠진 석만의 걸음걸이는 보기에도 기운이 없어 보였다.

"거긴 뭣 허러 댕겨오는 겨?"

찢어진 가자미눈을 한 채 한껏 노려보고 있는 아내를 본 석만은 그만 가슴이 철렁 내려앉고 말았다.

"이."

순간 대답을 못하고 있는 석만에게 구장 댁은 옳거니 싶었던 모양이다.

"이, 그려. 저 여편네가 당신 맘을 물러주든감?"

"이? 뭔 소리여, 그게?"

혹시나 싶었던 아내의 입에서 엉뚱한 이야기가 쏟아져 나오자 석만은 그만 가슴을 쓸어내리고 말았다. 그리고는 당치도 않다는 듯 펄쩍 뛰었다.

"뭐여? 이눔으 여편네가 말이면 단가, 뭔 새퉁맞은 소리여."

"내 그런 눈치두 읍는 년 인줄 아는가베. 허구헌 날 그 쪽으루다 눈길을 주는 걸 보먼 다 안다구, 이 냥반아!"

석만은 기가 막혔다. 하도 어이가 없어 너털웃음까지 지었다.

"신 상무 찾느라구 그런다. 이제 됐냐? 나, 이런 여편네허군 으이구."

석만은 더 이상 대꾸할 가치도 없다는 듯이 구장 댁을 밀치고는 길을 내려갔다. 그 뒤를 구장 댁의 펑퍼짐한 엉덩이가 춤을 추듯 뒤따랐다. 짙푸른 사태골 밤나무가 바람에 춤을 추어대고 있었다.

석만은 도통 잠을 이루지 못했다. 얼굴은 반쪽이 되어 보기에도 안쓰러울 지경이 되어버리고 말았다.

"뭔 걱정이라도 있어요, 형님!"

밝은 달빛 아래 서성이고 있던 석만을 본, 경만이 지나던 길에 들른 것이다.

"아녀, 걱정은 무슨."

석만이 시무룩이 대답했다. 대답은 아니라고 했지만 목소리에는 이미 무슨 일인가 있는 것이 틀림없어 보였다.

"근데 요즘 얼굴이 왜 그래요? 무슨 큰 걱정이라도 있는 사람처럼. 뭣하면 병원에라도 한 번 다녀와 보세요."

경만은 심히 염려스럽다는 투로 병원에라도 한 번 다녀오라고 권했다.

"괜찮어. 헌디 요새 그 소문은 오티기 된 거냐? 은희허구 니가."

석만은 말끝을 잇지 못했다. 말하기 거북살스러웠기 때문이다.

"아무것도 아녜요. 괜한 헛소문을 가지고."

두런거리는 소리에 구장 댁도 졸린 목소리와 함께 밖으로 나왔다.

"누구유?"

"형수님, 접니다. 주무시지 않고요."

"하이구, 하두 심난혀서 잠이 와야쥬."

석만을 두고 한 소리였다.

"뭐가 그리 심난허다구 그려, 여편네가."

석만은 또 괜한 심통이다.

"아! 그럼 심난허지 않유, 그려두 서방인디. 부지깽이 마냥 삐쩍 말러 비틀어져 가지구 밥두 못 먹구 잠두 못자구 그러는디, 걱정이 안돼유."

구장 댁의 염려에 경만도 같은 말을 했다.

"그래요, 형님. 저도 형수님하고 같은 심정인데. 뭔 걱정거리라도 있어요?"

"걱정은 무슨. 아니라니께."

석만은 아무 일 아니라는 듯 시큰둥한 소리로 또다시 얼버무리고 말았다.

"그럼, 저 서울댁이 그리워서 그러남유? 신 상문가 뭔가두 읍내 다방 년허구 배가 맞어서 도망갔다니께 한 번 오티기 해볼라구 안달이난거 아뉴 시방."

구장 댁은 시비를 걸어댔다. 아무래도 석만이 서울댁과 그렇고 그런 일을 벌이고 싶어 안달이 난 것으로 오해하고 있었던 것이다.

"아! 이늠으 여편네가 근디 뭔 말을 그따우로 허구 있어. 넘덜이 들을까 무섭네."

큰 소리가 자꾸만 울 밖으로 넘어가자 경만은 안 되겠다 싶었는지 손을 내저었다.

"형수님, 그만 하세요. 진짜 남들이 들으면 오해한다니까요."

"들을라면 들으라유 사실이 그런걸."

구장 댁은 석만의 속을 박박 긁어대며 하늘을 올려다보았다. 잔별들이 제법 소슬해진 바람에 흔들리고 있었다. 오해도 아주 단단한 오해였다.

"내, 저."

석만은 손을 들어 구장 댁을 올려칠 기세로 달려들다가 그만 경만의 제지로 멈칫하고 말았다.

"여편네허군."

혼자서 씨부렁대고는 제풀에 기가 죽은 듯 돌아서고 말았다. 석만이 더 이상 나서지 못한 것은 제가 저지른 일이 있었기 때문이다.

"되련님, 저 냥반이 글쎄 한 달포 전쯤부터 시두때두읎시 저 건너집 신 상문가 뭣인가 허는 그 냥반 집을 들여다보구 난리지 뭐유. 그것두 신 상무가 도망친 후루다 말유."

구장 댁은 억울하다는 듯 호소조로 경만에게 털어놓았다.

"왜요?"

"아! 왜 겄슈, 되련님. 신 상무가 읎서졌으니께 반반한 서울댁을 오티기 한 번 해볼까혀서 그러넌 것지유."

"그만두지 뭇혀. 이눔으 여편네가 근디 환장을 힛나. 남의 속두 물르구, 으이구."

구장 댁은 석만의 속을 떠보기 위해 자꾸만 화딱지를 돋궈댔다.

"형수님, 그만 하세요. 형님이 그 집을 자꾸만 살피는 것도 무슨 다른 이유가 있어서겠죠. 그렇죠, 형님?"

경만의 말에 석만은 달리 할 말이 없었다. 쏟아지는 별빛을 올려다보며 길게 한숨을 몰아 쉴 뿐이다.

"그려."

답답한 가슴에 무심코 대답을 흘리고 말았다.

"그럼, 그 이유나 한번 들어봅시다!"

옳다구니 잘 되었다는 듯 구장 댁은 턱까지 치켜든 채 석만의 코앞으로 바짝 달려들었다.

"그래요, 형님. 우리끼린데 뭐 어때요. 어려워 말고 한 번 얘기해보세요."

경만도 함께 가세해대자 석만은 더욱 길게 한숨을 몰아쉬었다. 하지만

도저히 사실대로 말할 수는 없었다.

"이, 실은 말여. 신 상무가 내 헌티서 돈을 빌려 갔어."

석만은 할 수 없이 말을 돌리고 말았다. 도저히 사실대로 이야기할 수가 없어 둘러대고 말았던 것이다.

"뭐유? 아니, 넘헌티 꿔 줄 돈두 있었슈?"

구장 댁은 눈을 화등잔만 하게 뜨고는 펄쩍 뛰었다.

"얼마나요?"

"이, 내 저 사람 몰래 챙겨 둔 오십 만원."

대역무도한 죄라도 지은 죄인처럼 석만은 고개도 들지 못한 채 구장 댁의 눈치를 보아가며 말을 꾸며대기에 바빴다.

"하이구, 인저 내두 뭇 믿어서 뒷주머니를 찼다 이거유? 으이구, 뭇살어."

구장 댁은 억울하다는 듯, 기가 막히다 는 듯 가슴까지 쳐대며 분해했다.

"형님, 그걸 갖고 뭘 그러세요. 다음에 신 상무 나타나면 그때 받으면 되는 걸 가지고. 나 원 참, 형님도."

석만은 별일도 아닌 걸 갖고 그런다는 듯 너털웃음까지 흘려댔다.

이제 두 사람이 깜빡 넘어간 듯하자 석만은 속으로 안도의 한숨을 몰아쉬었다. 하지만 그런다고 해서 잃어버린 땅이 되돌아올 리 만무하다는 생각을 하자 석만은 또다시 억장이 무너져 내리고 말았다.

"인저 내두 딴 주머니 찰텐께 알어서 허슈. 아니, 아주 잘 됐구먼 그려. 잘 됐어!"

구장 댁은 석만이 딴 주머니를 찼다는 것이 퍽이나 억울했던 모양이다.

연신 잘 됐다며 비아냥거려댔다.

"형수님, 이제 그만 하세요!"

경만은 석만의 말이 아무래도 미심쩍었지만 더 이상 캐묻다간 무슨 큰 사단이 날 것만 같아 그만두었다. 바람이 서늘했다.

"형님! 걱정 마시고 들어가 주무세요."

"그려, 알었다."

대답하는 석만의 목소리에 기운이 하나도 없다.

"형수님! 저 올라가 볼게요."

"예, 그류. 조심해 가세유 되련님."

경만은 심란한 마음을 추스르며 푸른 달빛에 익어 가고 있는 검은 들녘을 가로질러 마을을 향해 올라갔다. 풀벌레 소리가 요란하게 경만의 발치에서 깊고 푸른 밤을 흔들어 깨우고 있었다.

"성, 오디가?"

병덕이였다.

"응, 저 위에."

붉게 물들기 시작하는 감나무이파리가 가을이 부쩍 다가섰음을 말해주고 있었다.

"병덕아!"

"예."

"요즘 덕순이가 안보이던데."

경만은 강대포의 소식이 궁금해 병덕이에게 슬쩍 물어보았다.

"대포형유. 그 형 요새 정신읍슈."

병덕이는 제가 소식통이라는 듯 신이 나서는 떠들어댔다.

"왜?"

히죽거리고 있는 병덕이의 얼굴에서 경만은 뭔가 짚이는 것이 있었다.

"돼지 사장허구 바람났잖유."

"……"

경만의 뜨악해하는 얼굴을 본 병덕이는 한층 더 신이 나서는 지절거려댔다.

"아! 왜 성두 봤을규. 껌정 자가용 타구 드나들던 서울서 온 돼지 같은 복덕방 사장 있잖유."

경만은 얼른 떠오르는 얼굴이 있었다. 워낙 살집이 좋아 경만도 잊지 않고 있었다.

"그 복 사장인지 허는 여자허구 맨날 여관으루, 호텔루 정신읍시 싸돌아다닌대유."

"누가 그래?"

"누구는유. 강대포 지가 그러지유. 저번에 왔을 때 돈 많은 돼지 허구 헌게 무슨 큰 벼슬이나 헌 거 마냥 떠들어대는디. 참! 눈뜨구 못봐주겠더라니께유. 뭐? 하야튼 호텔인가 뭔가두 가서 자구. 또 뭐, 하튼 서울있넌 호텔이란 호텔은 죄다 가봤다니께유."

경만의 얼굴에 놀라움보다는 분노가 어리고 있었다. 은희를 그렇게 만들어놓고 그 짓을 하고 다닌다니 왜 그렇지 않았겠는가? 경만은 곱게 물들어

가고 있는 용규네 앞 감나무를 무심히 내려다보았다. 입에서는 한숨까지 새어 나왔다. 그것밖에 할 수 없는 자신이 무기력하기까지 했다.

"허긴 지 별명이 강대포니께 그것두 죄다 그짓말이긴 헐테지먼서두, 하튼 지말이는 그류. 그 뒤루다 한 번두 뭇봤슈, 지두."

경만은 머릿속이 한층 더 어지러워졌다.

"그리구 지가 돼지 같은 년 오티기 한 번 해본 주제에 아가씨가 가당키나 혀."

"그건 또 무슨 소리냐?"

경만은 생각 없이 물었다.

"아뉴, 아무것두."

병덕이가 아무것도 아니라며 얼버무리려 하자 경만은 더욱 의아해졌다. 그리고 스치듯 불길한 예감이 떠올랐다. 은희의 말이 생각났던 것이다.

"지 주제에 뭐 성황당이서 처녀를 근다렸다구? 그짓말허군, 내 하두 기가 맥혀서 말두 않혔지유."

병덕이의 말에 경만은 그만 심장이 멎는 듯 했다. 듣지 아니함만 못한 말이었다. 덕순이가 제가 한 일을 동네방네 떠들고 다닌다면 문제는 더욱 심각해질 것이었기 때문이다.

"지 주제에 오디 그럴만한 배포나 있으면 내 말을 안허여. 겁은 드럽게 많은게. 헌디 성, 은희누난?"

병덕이는 경만의 눈치를 살펴가며 은희를 들먹여댔다.

"은희는 왜?"

경만은 병덕이가 지금 무슨 말을 물어올지 두려웠다.

"에이, 성. 나두 눈치는 다 있는디. 척허면 삼천리지. 누나 임신 헌 거 같던디 온제 국수 멕여줄규?"

경만은 대답 대신 빙그레 웃고 말았다. 그러나 그 웃음 뒤엔 쓰라린 아픔이 한껏 도사리고 있었다.

"에이, 성. 웃지만 말구. 진짜 온제쯤 국수 줄규?"

"좀 있다가."

경만은 병덕이의 성화에 못 이겨 얼렁뚱땅 얼버무리고 말았다. 그것이 경만이 지금 할 수 있는 최선이었다.

"햐! 그럼 십 년 사랑에 그 지독한 성 부자가 그여 무릎을 꿇구 마는구먼이. 글게 여자는 깃대를 꽉 꼽어놓구 봐야 헌다니께."

경만은 너스레를 떨어대고 있는 병덕이가 괜스레 귀찮아졌다.

"어디 가는 중이니?"

귀찮으니 어서 네 갈 길이나 가라는 듯이 경만은 그렇게 물어댔다. 그러자 아나나 다를까

"아이구, 내 정신 좀 봐! 이러구 있을 때가 아닌디. 성, 나 가유."

병덕이는 경만에게 손을 들어 보인 뒤, 서둘러 마을 아래쪽으로 달려 내려갔다.

병덕이가 사라지고 난 뒤, 경만은 허탈감에 빠져 어찌할 바를 몰랐다. 다리에 힘이 쭉 빠졌다. 길가 둑에 아무렇게나 주 질러 앉았다. 건너편 은희네 과수원이 손에 잡힐 듯 가깝게 눈에 잡혀 왔다. 어떻게 할까? 아직 아무도

눈치를 채지는 못한 것 같다. 병덕이가 보기는 했지만 사정을 제대로 알지는 못하는 눈치다. 덕순이의 입만 막는다면. 경만은 지난 며칠 간, 밤낮없이 괴로움에 빠져 고민했었다. 그리고 괴로워하다가 내린 결론은 보듬어 안는 것이었다. 그것이야말로 자신이 은희를 진실로 사랑하고 있다는 것을 증명하는 길이라 하면서.

길가에 앉아 애먼 담배만 연거푸 두어 대 피워댄 경만은 결심한 듯 자리를 벌떡 일어섰다. 그리고는 성 부잣집을 향해 성큼성큼 발걸음을 옮겨 놓았다.

마을의 풍경은 온통 가을을 준비하느라 바쁜 모습이었다. 여름내 푸른 물을 뚝뚝 떨어뜨릴 것만 같던 이파리들이 어느새 누렇게 변해가고 있었던 것이다. 마을 어귀 미루나무도 버드나무도 제 빛깔을 잃은 채 서서히 퇴색되어가고 있었다. 감나무만이 울긋불긋한 때깔을 살포시 드러내며 제 세상을 만들어가고 있었다. 길가 코스모스도 한들거리는 한두 송이 꽃을 피워내며 제 시절을 착실히 준비하고 있었다.

성 부잣집 앞에 당도한 경만은 잠시 망설였다. 넓은 앞마당과 우물가를 보자 어릴 적 뛰어놀던 생각이 앞질러 뛰쳐나왔다. 깡통 차기며 숨바꼭질을 하느라 날 저무는 줄도 모르고 뛰어놀던 곳. 경만은 아련한 추억 속에 빠져 은희를 떠올려보았다. 친오빠처럼 격의 없이 따르던 은희가 오늘따라 유난히도 보고 싶었다. 그냥 보고 싶은 것만도 아니었다.

발길을 돌리자 어려서 그렇게도 커 보이기만 하던 성 부잣집 대문이 초라하게 서 있었다. 경만은 삭아 들고 있는 대문을 살며시 밀치고는 안으로 들어섰다. 안뜰은 이미 사람이 사는 집 같지 않게 어수선해져 있었다. 갈퀴며 호미, 쇠스랑이 따위 농기구가 안뜰 한가운데에 아무렇게나 나뒹굴고 있고 토방 위에는 뱃가죽 늘어진 늙은 고양이 한 마리가 세월 좋게 누워 있었다.

"경만이, 자네가 웬일인가?"

마루에 넋 나간 사람처럼 앉아있던 성 부자가 들어서는 경만을 보고는 물었다.

"예, 어르신께 긴히 드릴 말씀이 있어서요."

성 부자는 경만이 할 말이 있단 말에 흠칫하며 경계하는 눈초리로 바라보았다. 경만은 성 부자의 희뜩한 눈빛을 받으며 토방으로 올라섰다. 낮잠을 방해받은 늙은 고양이가 뱃가죽을 늘이긴 채 어슬렁거리며 마당으로 내려갔다.

"은희는요?"

"갔어. 지 이모네로."

성 부자는 경만이 아무것도 모르고 있는 줄 아는 모양이었다. 경만이 물은 것은 그 이후의 소식을 물은 것인데 말이다.

"그래, 오쩐 일인가?"

"예, 은희 일로."

경만은 조심스레 입을 열었다.

"은희?"

성 부자가 시큰둥한 말투로 경만의 말을 받았다. 모든 게 끝났다는 말투였다. 그러자 경만은 마루로 올라서 단정히 무릎을 꿇고는 머리를 조아렸다.

"예, 은희를 제게 주십시오. 어르신."

"뭐?"

경만의 행동에 성 부자는 당황한 듯 말을 잇지 못했다. 그리고는 멍하니 경만의 얼굴을 바라보았다.

"안 돼, 그럴 수는 읎어."

성 부자는 한 마디로 딱 잘라 거절했다. 그러나 경만은 예상이라도 했었다는 듯 별다른 동요를 보이지 않았다. 이런 일이 처음은 아니었기 때문이다. 하지만 지난번과는 달랐다. 성 부자의 목소리가 달라져 있었던 것이다. 턱도 없다는 듯이 길길이 날뛰던 모습은 온데간데없이 사라졌고 오히려 미안해하는 기색까지 역력해 보였다. 그것은 성 부자 자신이 누구보다도 자신의 처지를 잘 알고 있었기 때문일 것이다.

"어르신."

경만은 간절하게 허락을 구했다. 성 부자는 지그시 눈을 감았다. 차라리 일이 이렇게 되기 전에 두 사람을 짝지어 줄 것을 하는 후회가 걷잡을 수 없이 밀려들었다. 하지만 이제 이렇게 된 마당에 경만의 청혼을 냉큼 받아들인다는 것도 양심상 할 수 없는 짓이었다. 아니, 경만이 사실을 알고 청혼을 해 온 것이라 하더라도 지난날 자신이 경만에게 한 짓을 생각하면 도저히 받아들이기 어려운 일이었다. 그러면서도 한편으로는 못 이기는 척 슬쩍 경만에게 모든 것을 떠다밀고 싶은 것이 솔직한 심정이기도 했다.

성 부자는 한참을 그렇게 생각에 잠겼다가 무겁게 입을 열었다.

"그래, 자네는 지금 우리 은희가 오떤 상황에 놓여있는지 알기나 허구 허는 소린가?"

성 부자의 물음에 경만은 서슴없이 답했다. 조금의 망설임도 없었다. 이미 각오가 되어 있는 듯했다.

"예, 알고 있습니다."

경만의 거침없는 대답에 성 부자는 소스라치게 놀라며 자리를 고쳐 앉았다.

"뭐? 알어?"

성 부자는 충격을 받은 듯 휘청했다.

"예."

"그려, 오떤 상황인지 다 알고 있단 말이지?"

성 부자는 확인하듯 다시 물었다.

"예, 다 알고 있습니다. 은희가 왜 이모 댁에 가 있는지. 그리고 애 아범이 누구인지도."

성 부자는 이마를 한껏 찌푸리고는 눈을 가늘게 떴다. 성 부자는 경만이 그런 사실을 알고도 달려온 것이 왠지 의심스러웠다.

"그런디두 우리 은희를 달라?"

성 부자는 경만으로 하여금 모멸감을 느낄 정도로 비아냥거려댔다. 그러나 경만의 태도에는 여전히 변함이 없었다.

"예."

조금도 주저함이 없이 대답하는 경만의 태도에 성 부자는 갑자기 가슴이 떨리는 것을 느꼈다. 평생을 지내오면서 이렇게 흥분되며 머릿속이 복잡해 보기는 처음이었다. 성 부자는 무엇을 어떻게 묻고 대답해야 할지 얼른 떠오르지를 않았다. 갑자기 머릿속이 어지러워졌다.

"그래, 오티기 알었는가?"

"예, 실은 은희가 이모님 댁으로 떠나기 전 저를 만나고 갔습니다. 처음에는 잘 몰랐지만 이야기를 나누다 보니 은희가 임신했다는 사실을 알게 되었고 또 덕순이가 애 아버지라는 얘기도 듣게 되었습니다. 나중에 병덕이 얘기를 듣고 확인하게 되었습니다."

"뭐? 병덕이두 알구 있어?"

성 부자는 주저앉을 듯이 놀랐다.

"아닙니다. 병덕이는 제가 애 아버지인 줄 알고 있습니다."

경만의 말에 성 부자는 또다시 눈을 가늘게 떴다.

"이? 건 또 무슨 소린가? 자네가 시방 병덕이한티서 얘기를 들었다고 힛지 않었는가?"

"예, 그건 덕순이가 성황당에서 어떤 처녀를 겁간했다는 얘기를 들었다는 것뿐이지 그 처녀가 은희라는 것은 모르고 있는 눈치였습니다. 전 그 얘기를 듣고 덕순이가 겁간을 한 처녀가 은희라는 것을 확인하게 된 것이고요."

상황을 알게 된 성 부자는 더 이상 아무소리도 할 수가 없었는지 입을 꾹 다물고는 다시 생각에 잠겼다.

"어르신, 허락해주십시오."

경만은 다시 한 번 머리를 조아렸다. 성 부자는 묵묵부답으로 일관하다 또다시 무겁게 입을 열었다.

"아무리 생각히두 그것만은 어렵겄네. 지금이야 자네가 우리 은희를 좋아히서 그런다구 히두 나중에 자네 애가 생기구 그러다 보면 그때두 지금 같은 마음이겠는가?"

성 부자의 말은 은희에 대한 변함없는 사랑을 약속해 주기만 한다면 허락해줄 수도 있다는 말이기도 했다. 그것은 한풀 꺾여있는 성 부자의 목소리에서도 확인할 수 있었다.

"어르신, 그건 염려 마십시오. 하늘이 두 쪽이 난다 해도 은희에 대한 저의 사랑은 맹세코 변함이 없을 겁니다."

성 부자의 누그러진 태도에 경만은 쐐기를 박듯 단호한 어조로 맹세했다.

"아무리 그렇다구 히두. 사람 일이란 물르는거여. 나중에 자네나 은희나 다 불행해지기 전에 아예 읍섰던 일루 허는 게 피차간에 서루 좋을 겨, 내 생각엔."

마지막 말을 마저 맺지 못하고 내 생각이라는 성 부자의 여운이 담긴 말에 경만은 어느 정도 희망을 엿보았다. 그 속에는 경만의 의견을 무시하지 않겠다는 속뜻이 엿보이는 것이기도 했지만 성 부자 자신의 책임을 회피하고자 하는 말이 다분히 포함되어 있는 것이기도 했다. 그것을 달리 말하면 그러니 이다음에 다른 소리 하지 말라는 뜻이기도 했던 것이다.

"어르신, 은희에 대한 일은 아직 아무도 모르고 있습니다. 덕순이 조차도요. 저만 입 꾹 다물고 제 자식으로 키운다면 아무 일 없을 겁니다."

경만은 진심으로 말했다. 그러나 성 부자는 그렇게 들리지 않았다. 은근한 협박으로 들렸던 것이다. 자기가 입만 한 번 놀려대면 은희의 앞날은 끝장이 날 수도 있다는 뜻으로 들렸던 것이다. 성 부자의 마음은 그저 착잡하기만 했다. 이렇게까지 나오는 경만을 모른 척할 수도 없는 노릇이었다.

"어르신."

얼른 허락을 해 달라는 경만의 보챔에 성 부자는 망설였다. 그러다 겨우 입을 열었다.

"얼마간 말미를 주게나. 내 한번 다시 생각해 봄세."

성 부자는 마지못한 듯 대답했다. 그러나 반허락을 하고 나자 자신도 모르게 무거운 짐 하나를 내려놓은 듯 홀가분하기만 했다.

"고맙습니다, 어르신. 그럼 허락한 것으로 알고 있겠습니다."

경만의 성급한 인사에도 성 부자는 헛기침만 해댈 뿐 더 이상 가타부타 말을 하지 않았다. 긍정도 부정도 하지 않았던 것이다.

"내일 이맘때쯤 와보게나."

"알겠습니다, 어르신."

경만은 공손히 인사를 올리고는 마당 한 귀퉁이에 늘어진 뱃가죽을 드리우고 있는 팔자 좋은 늙은 고양이를 뒤로 한 채 성 부자 집을 가볍게 나섰다.

"형님! 저 은희하고 혼인하게 될 거 같아요."

"뭐? 아이구, 잘됐구먼!"

"하이구, 축하히유 되련님. 인저 내두 한 짐 덜게 됐구먼유."

석만과 구장 댁은 서로 좋아라하며 경만의 말을 받았다.

"근디, 성 부자가 선선히 승낙허던감?"

석만은 믿기지 않는다는 듯 미심쩍은 표정으로 경만을 바라보았다.

"웬걸요. 간신히 설득을 했죠."

어렵사리 승낙을 받았다는 듯 경만은 이마를 훔치며 흘리지도 않는 땀을 닦는 척했다.

"그류, 우리 되련님 같은 신랑감이 오다구. 성 부자 그 냥반두 속으루는 맘이 있든규. 결국은 이렇키 은희를 내 주는걸 보면 말유."

"그럼, 내 동생이긴 허지면 이렇키 잘 난 사내가 오디 흔헌감."

석만과 구장 댁의 연이은 칭찬에 경만은 괜히 뒷머리만 긁적여댔다.

"형님두 원."

경만은 속으로 마음이 쓰렸다. 이렇게 좋아하는 형님과 형수님이 모든 사실을 알게 된다면 얼마나 속상해할까 하는 생각에 마음까지 무거웠다.

"하여튼 그렇게 알고 형님 쉬세요. 올라가 볼게요."

"이, 그려라이."

"아니, 왜유? 저녁이나 드시구 올러가시지 않구."

"아네요, 형수님. 오늘 저녁에 모임도 있고 해서요."

"그류? 그럼 올러가셔유, 되련님."

"예, 형수님."

경만은 가볍지 않은 걸음으로 석만의 집을 나섰다. 이미 땅거미가 거뭇거뭇하게 내려앉아 있었다. 댓골 뒷산에서 구슬피 울어대고 있는 소쩍새와 구구 거리는 산비둘기가 경만의 심란한 마음을 번갈아가며 부채질해대고 있었다.

집으로 돌아온 경만은 저녁도 잊은 채 일찌감치 이불을 펴고는 누웠다.

며칠을 그렇게 생각하고도 아직 다 못했는지 이 생각 저 생각이 꼬리를 물고 연이어 일어났다. 앞으로 헤쳐나가야 할 일들이 어쩌면 그렇게도 막막하기만 한지 모를 일이었다. 우선은 은희를 다시 설득해야 했고 덕순이에게 자신의 아이임을 증명하는 것도 커다란 부담이 되었다. 은희보다는 그것이 더 큰 부담으로 경만의 가슴을 짓눌러왔다.

경만은 긴 한숨과 함께 담배를 꺼내 물었다. 작은 방안에 하얗게 피어오르는 담배 연기가 경만의 마음과 같이 꾸물거리며 허공으로 흩어져갔다.

"그려, 내 밤새 생각혔내만 자네의 마음을 다시 한 번 듣구 싶구먼. 자네 증말 자신 있넌가?"

성 부자의 물음에 경만은 망설임 없이 '예' 라고 대답했다.

"은희허구 평생을 함께 헐 자신이 있넌가?"

경만의 망설임 없는 대답을 듣고도 무엇이 부족했던지 성 부자는 다시 한번 더 물어댔다. 딸 가진 사람의 염려가 성 부자라서 다를 리 없었던 것이다.

"예."

"자네 애는 아니지면서두 자네 애처럼 이뻐해 줄 수두 있넌가?"

"예, 어르신."

"그럼 됐네. 자네 뜻대루 허게."

"고맙습니다, 어르신."

성 부자는 긴 한숨을 몰아쉬며 천장을 올려다보았다. 성 부자의 마음은 이미 어제 결정이 되어있었다. 하지만 대답을 오늘로 미루었던 것은 그 알량한 자존심, 아니 그동안 자신이 경만에게 해왔던 일들에 대한 일말의 미안함으로 선뜻 그 자리에서 대답을 해줄 수가 없었기 때문이었다.

"내, 자네헌티 큰 죄를 짓는구먼. 진작에 허락을 했더라면 이런 일은 읎었을것인디."

성 부자는 그제야 내놓고 후회를 했다. 마음을 열었던 것이다.

"딸을 순산했다더구먼. 애 어멈두 건강허구."

경만은 말없이 고개만 끄덕였다. 자신의 기구한 운명이 이제야 실감이 나는 모양이다.

"시간 있으면 몽대포구에 한 번 가보게나. 게 가 있으니께."

"예."

경만은 짧게 대답하고 말았다. 머릿속이 어지러웠기 때문이다.

"게 가서 쩔뚝이 아범 찾으면 금방 찾을 수 있을겨. 몽산포 해수욕장서 조금 들어가면 몽대포구라구 있어."

"예, 내일 가보겠습니다."

"그려, 자네헌티 미안허구먼. 짐만 엥겨주는거 같아서."

"아닙니다. 별말씀을."

"내 진작에 자네허구 은희허구 짝을 지어 줬어야 허는디."

뒤늦은 후회가 깊었다. 이어지는 한숨은 더욱 깊었다.

경만은 별빛이 초롱초롱한 마당을 서성였다. 금방이라도 쏟아져 내릴 것만 같은 별빛은 그렇게 머리 위에서 반짝여대고 있었다. 애먼 담배만 축났다. 빨간 불꽃으로 제 몸을 줄여 경만의 시름을 위로해 주고 있었던 것이다.

푸른 밤안개가 건너편 과수원에서 스멀거리며 검은 들판을 향해 내려서고 있었다. 경만은 가슴이 두근거렸다. 한편으로는 착잡하기 이를 데 없었다. 고개를 들어 멀리 바라보았다. 어둠 속에 검은 탑처럼 뾰족산이 무연히 서 있었다. 경만은 마음속으로 빌었다. 이 혼잡한 일들을 무사히 헤쳐나갈 수 있도록 도와달라고 빌고 또 빌었던 것이다.

갯내음이 물씬 풍겨나고 있는 가을 들판은 누렇게 물이든 채 농부의 손길을 기다리고 있었다. 여름내 수고로움을 받은 대가를 되돌려주려 하고 있었던 것이다.

먼지투성이 창가에 앉은 경만은 스쳐 지나가고 있는 가을을 보았다. 하얗고 빨갛게 하늘거리는 코스모스와 쏟아질 듯 파란 하늘, 그리고 금빛 들판이 더불어 풍요로운 가을을 노래하고 있는 모습을 보았던 것이다.

밤새 고민해댔으나 경만은 아직도 정리가 되질 않은 모양이다. 은희를 만나면 무슨 말부터 해야 할까? 건강하냐고? 아니면 사랑한다고? 경만은 그저 떨리기만 했다.

버스는 금빛 들판을 가로질러 바닷가를 향해 내달렸다. 그리고 마침내 희끗희끗 드러나고 있는 파란 가을 바다가 눈에 들어오기 시작했다. 이제 은희에게 한 발짝 더 가까이 다가섰음을 경만은 실감했다. 버스는 비포장 언덕길을 오르락내리락하더니 소나무 숲이 우거진 모래사장위에 우뚝 멈추어 섰다.

철 지난 해수욕장에는 스산한 가을바람이 황량한 모래바람만 일으켜대고 있었다. 아마도 이곳이 버스의 종착점인 듯했다.

솔숲을 지나 모래밭을 서성이던 경만은 하는 수 없이 다시 버스로 돌아갔다. 사람그림자라곤 경만의 것과 버스 기사의 것이 전부였기 때문이다. 그나마도 버스는 이제 막 떠나려 하고 있었다.

"아저씨!"

경만이 다급히 불러대자 버스 기사는 운전석의 창을 밀어젖혔다. 갯바람에 기사의 긴 머리카락이 심란하게 흩날려댔다. 버스 기사는 머리칼을 쓸어 넘기며 귀찮다는 표정으로 경만을 바라보았다.

"저, 여기 몽대포구라고."

경만이 채 말을 끝내기도 전에 버스 기사는 턱짓을 해댔다. 경만은 기사의 턱을 따라 고개를 돌렸다. 우거진 솔숲 끝으로 알록달록한 지붕들이 올망졸망 모여 앉아있는 작은 포구가 눈에 들어왔다. 꽤나 먼 거리였다.

"해수욕장 끝으로 가면 포구로 가는 언덕길이 나올 거요."

말을 마치기 무섭게 버스 기사는 핸들을 돌려댔다. 이어 부르릉거리는 낡은 엔진 소리를 뒤로하고 버스는 흙먼지 날리는 언덕 너머로 사라져갔다.

경만은 솔숲 너머에 있는 해변으로 향했다. 제법 찬바람이 살갗을 까칠하게 더듬어댔다. 물씬 풍기는 솔 내음과 짠 내가 경만의 코를 비릿하게 자극했다. 어스레한 솔숲을 헤집고 나가자 탁 트인 모래사장이 시원스레 눈앞에 펼쳐졌다. 부서지는 하얀 파도와 푸른 바다가 경만의 마음을 사로잡았다. 부드러운 모래의 감촉은 기분 좋게 경만의 발끝을 타고 전해져왔다. 오랜만에 느껴보는 즐거움이었다. 학창시절 기억이 새삼스레 떠올랐다. 젊음과 자유 그리고 또 민주(民主), 도대체 그런 것들이 지금 경만에게 있어 무엇이었는지 그저 의아할 따름이었다. 지금 경만의 손에 쥐어진 사랑보다 더 소중했던 것이었는지 경만은 자신에게 되물어보았다.

긴 한숨을 부서지고 있는 하얀 파도를 향해 날려 보낸 뒤, 경만은 포구가 있는 해수욕장 끝을 향해 발걸음을 옮겨놓았다.

모래사장을 따라 걸으며 경만은 하얀 구름 아래의 아름다운 작은 포구를 바라보았다. 저 구름 아래에서 근심 어린 낯으로 지냈을 세월을 생각하니 경만의 가슴 한구석이 아슴아슴하게 아파 왔다.

언덕에 올라서자 작은 포구는 붉은 노을로 아름답게 물들어 있었다. 마치한 폭의 그림만 같았다. 고된 하루 일을 마치고 돌아오고 있는 작은 배는 편안함을 안겨다 주기까지 했다. 떼 지어 부산하게 날고 있는 갈매기를 제외하고는 저녁 포구는 그저 한산하기만 했다.

경만은 주인을 만난 듯 요란을 떨어대고 있는 갈매기를 거느린 채 포구를 거닐었다. 은희를 대면한다는 것이 경만은 갑자기 두려워졌다. 어쩌면 은희가 두려운 것이 아니라 경만 자신이 두려운 일인지도 모를 일이었다.

"저, 말씀 좀 여쭙겠습니다."

경만은 다가선 사내를 향해 공손히 허리를 굽혔다. 사내는 막 배에서 내린 듯 온통 바닷물에 절어 있었다. 옷은 물론 검게 그을린 얼굴에까지 반짝이는 비늘로 치장하고 있었다. 고단한 포구의 삶이 그대로 묻어나 있었다.

"뉘슈?"

사내는 경만의 말에는 아랑곳하지 않고 무뚝뚝한 소리로 당신이 누구인지부터 밝히라 했다.

"예, 사람을 좀 찾으러 왔습니다."

경만의 일방적인 대답에 사내는 불쾌하다는 듯 얼굴을 일그러뜨리며 목소리를 높여댔다.

"누구냐구 묻지 않소?"

꼬장꼬장한 사내에 경만은 흠칫했다.

"예, 예산에서 온 박경만이란 사람입니다."

경만은 공손히 대답했다.

"근디 찾는 사람이 뉘요?"

그제야 사내의 목소리가 고분고분해졌다.

"예, 성은희라고 예산에서 온."

말을 마치기도 전에 사내는 알겠다는 듯이 혼잣말로 중얼거려댔다.

"쩔뚝이네 길손이구먼. 저 건너 집이유."

사내는 커다란 구럭을 짊어진 채 손을 들어 멀리 외딴집을 가리켰다. 그리고는 가던 길을 재촉했다. 사내가 가리킨 곳을 바라본 경만은 가슴이 떨렸다. 저곳에 가면 이제 은희를 만날 수 있을 것이다. 하지만 반가움보다는 두려움이 앞섰다.

불그레한 낙조에 발악하듯 맞서고 있는 청색 함석지붕의 선술집이 경만의 눈에 선뜻 들어왔다. 경만은 문득 술 생각이 났다. 술을 그다지 좋아하지 않는 경만이 술 생각이 난 것은 두려움 때문일 것이다.

경만은 조금만 더 있다가 낙조마저 잠들면 그때 은희를 찾아가기로 했다. 밝은 저녁에 얼굴을 대하기가 두려웠던 것이다. 아니, 미안해하는 은희의 얼굴을 대하는 것이 두려웠단 말이 더 정확할 것이다. 분명 은희는 스스로를 원망하며 경만을 외면할지도 모른다. 자신을 잊어달라면서 말이다. 경만은 그것이 더 두려웠던 것이다.

　낡은 유리문을 밀쳤으나 문은 쉽게 길손을 받아주려 하지 않았다. 엉성한 미닫이 유리문조차도 낯선 손을 알아보는 모양이다. 얼마간 그렇게 실랑이를 벌인 후에야 비로소 경만은 텅 빈 선술집 안으로 들어설 수 있었다. 짠 내가 코를 찌르는 가운데 너저분한 탁자가 경만의 발길을 되돌리게 했다. 순간, 안으로부터 카랑카랑한 여주인의 목소리가 쫓아 나와 돌아선 경만의 발길을 잡아챘다.

　"어서 오슈!"

　발길을 돌리던 경만은 후회를 했으나 때는 이미 늦고 말았다.

　"여기 분은 아니시구먼?"

　넉살 좋은 안주인에 경만은 엉거주춤 발길을 붙잡아두지 않을 수 없었다.

　"예."

　"앉으슈. 뭘루 드릴까?"

　경만은 마지못해 자리를 잡고 앉았다. 그리고는 소주 한 병을 시켰다. 금이 간 낡은 유리창을 통해 들어오고 있는 저녁바다의 모습이 그런대로 운치가 있어 보였다. 여주인은 소주 한 병과 마른 멸치 한 보시기를 내었다.

　"안주는 뭘로? 금방 건져 올린 우럭두 있구 싱싱헌 해삼두 있구헌디."

　안주인은 매상을 좀 올려주었으면 하는 눈으로 경만의 앞에서 조잘거려댔다. 경만은 그런 안주인의 태도가 심히 부담스러웠다. 술을 즐기러 온 것은 아닌데 말이다.

"임자! 거 멍게허구 낙지나 좀 쓸어와!"

컬컬한 소리가 안으로부터 성큼성큼 걸어 나왔다. 경만은 깜짝 놀랐다. 처음 듣는 목소리가 아니었기 때문이다. 고개를 돌리자 아나나 다를까 밖에서 만났던 그 사내의 얼굴이 마주쳐왔다.

"쩔뚝이네를 찾더니 웬 술인가?"

사내가 아는 체를 해대자 안주인은 의아한 눈초리로 두 사람을 번갈아 보았다.

"아는 분이유?"

"이, 금방 만났어. 밖이서 쩔뚝이네를 찾길래."

사내는 경만의 대답도 듣지 않고 맞은편에 털썩 앉아버렸다. 경만은 더욱 부담스러웠다. 혼자 마시고 싶은 술이었는데 난데없는 훼방꾼까지 나타났으니.

"아! 뭐혀. 빨리 내오지 않구서."

사내의 재촉에 안주인은 쪼르르 주방으로 달려갔다.

"쩔뚝이네는 뭔일루 가는가? 아까 말허는 폼새가 은희 때문인 것 같던디."

다 큰 처녀의 이름을 아무렇지도 않게 불러대고 있는 것으로 보아 경만은 사내가 은희와 어떤 관계가 있는 사람일 거라 생각했다. 경만은 딱히 대답할 말이 떠오르지를 않았다.

"내가 은희 오삼춘일세."

경만은 깜짝 놀라 자리를 일어섰다. 짐작은 했었지만 그렇게 가까운 피붙이일거라고는 미처 생각지 못했었다.

"진작 알아 뵙지 못했습니다."

경만은 잔뜩 죄송한 얼굴로 다시 정중히 인사를 올렸다. 그러자 사내는 손을 내저으며 경만을 자리에 앉혔다.

"그게 뭐 자네 잘못인가?"

사내는 통명스럽게 내뱉었지만 그 속에는 정이 담겨 있었다. 경만은 조심스레 다시 자리에 앉았다.

"내 매형이긴 허지만서두 한 번두 찾아가질 않았네. 왜냐? 자네두 알겠지만 우리 매형 그 냥반이 올마나 찬 사람이던가. 가까이 지내구 있던 자네가 더 잘 알 것이네."

사내의 말이 채 끝나기도 전에 주방으로부터 질그릇 깨지는 듯한 소리가 쏟아져 나왔다.

"거, 손님 붙들구 앉아서 별 쓸개 빠진 소리 다허구 있네."

사내는 주방을 향해 눈길을 한 번 힐끔 주고는 아랑곳하지 않는다는 듯 다시 말을 이었다.

"저 건너 사는 내 동생두 마찬가지루 발길 끊구 산지 오래됐어. 헌디 올마 전 은희가 배가 불러가지구 왔더라구. 내 보기에는 아마두 자네허구 무슨 연관이 있는 것 같은 디. 안그런가?"

"예, 어르신께서 보신 그대로입니다. 저희들 결혼을 허락하지 않으셔서."

경만은 말을 다 잇지 않았다. 알아서 해석하라는 뜻이었다.

"이, 그럼 그렇지. 내 생각이 딱 들어맞었구먼. 내 자네를 포구에서 츰 봤을 때부터 알어봤지."

"아니, 그럼 은희 신랑이란 말유?"

안주인은 낙지 접시를 내려놓으며 눈을 크게 뜨고는 경만을 다시 쳐다보았다. 경만은 쑥스럽고 미안해 고개를 들지 못했다.

"마시게!"

사내는 유쾌하게 웃어 젖혔다. 그리고는 잔을 들어 권했다.

"자네두 어지간 허구먼, 그래 결혼 승낙을 안 해주니께. 허허허, 그 냥반 승깔에 어지간히 당했을텐디 자네두?"

경만은 살짝 미소를 지으며 '예' 하고 짧게 대답했다. 은희 외삼촌의 얼굴에서 웃음기가 가시지를 않았다.

"그럴껴. 허지만 결국은 사우루 인정을 했을테구이."

"예."

"그럼 딸자식이 저렇키 됐는디 허락을 안 허면 워쩔껴. 허허허.."

은희 외삼촌은 통쾌하다는 듯이 다시 한 번 크게 웃어 제꼈다.

"아니, 근디 이 냥반이 뭐가 그리 좋아서 웃구 난리려 난리가."

"웃지 않으면 지금 울어야 쓰겄는가, 이 사람아!"

"내 참! 기가 맥혀서."

은희 외숙모는 기가 막힌다는 듯 혀까지 끌끌 차댔다.

"그 냥반이 자네헌티 호되게 당했구먼 그려."

호되게 당했다는 말에 경만은 가타부타 말이 없었다.

"자! 한 잔 더 하구, 나두 한 잔 주게나"

은희 외삼촌은 유쾌한 듯 단숨에 잔을 비워댔다.

"술줌 더 내와."

은희 외숙모는 앞치마를 소리 나게 탁탁 털어대며 주방으로 들어갔다. 가벼운 언사가 영 못마땅한 모양이다. 그 사이, 두 사람은 권커니 잣거니 하면서 술잔을 비워댔다.

"축하허네!"

"예?"

뜬금없는 소리에 경만은 놀란 듯 되물었다.

"아, 이 사람아! 애아범 되기가 그리 쉬운 일인가? 게다가 인저 자네 소원대루 은희허구 혼인식두 올릴텐디."

살짝 눈까지 흘겨대는 친근한 모습에 경만은 그제야 환한 웃음으로 대답했다.

"아! 예, 감사합니다."

경만은 말을 마치고는 술잔을 단숨에 쭉 들이켰다. 목구멍에 뜨거운 것이 스치고 내려갔다. 이어 얼굴도 화끈 달아올랐다. 술기운이 퍼지기 시작한 것이다.

"그 많은 땅 인저 자네 것이나 진배읎네. 물려받으먼 자네는 매형처럼 그렇게 욕먹어 가며 살질랑 말게."

경만은 멀뚱한 눈으로 사내를 바라보았다.

"옛날 우리가 동상네허구 배줌 장만해 볼까허구 손을 디밀었다가 엇뜨거라

허구 물러났던걸 생각허면. 흐이구 내가 미친 눔이었지."

경만은 그제야 짐작이 갔다.

"그 눔으 옛날얘기 자꾸 허문 뭐허유. 누워 침 뱉기지."

은희 외숙모가 타박하듯 나무랐다.

"이 사람이 오디 넘인가? 인저 같은 한 식구니께 허는 얘기여 내는."

"그럼요."

경만도 사내의 역정에 가만있기가 민망해 맞장구를 쳐주었다.

"하튼 자네는 그 냥반처럼 일랑 살지 말게."

불콰하게 오른 술기운이 경만의 얼굴에 홍조를 보기 좋게 만들어놓았다. 경만은 어떻게든 이 불편한 자리를 빨리 벗어나고 싶었다.

이제 은희를 찾아 나설 때가 된 것도 같았다. 어슴푸레하던 바닷가가 이제 먹물을 뿌려놓은 듯 칠흑같이 검게 변해있었기 때문이다. 포구의 차가운 가로등만이 일렁이는 파도를 비추어대고 있었다.

"저, 이제 그만 일어나 볼까 합니다."

경만은 조심스레 말을 건넸다. 그 뜻을 알아들었다는 듯 은희 외삼촌과 외숙모는 고개를 끄덕였다.

"그려, 인저 가보게. 딸내미 얼굴도 아직 못봤을텐디."

"그러구 보니께 갸가 지 아배를 쏙 빼닮었구먼이."

은희 외숙모는 한술 더 떴다. 은희의 아이가 경만을 쏙 빼닮았다고 하면서 호들갑을 떨어댔던 것이다.

"이, 그려. 인저 보니께 그렇구먼이."

은희 외삼촌도 맞장구를 쳐댔다. 경만은 두 내외의 맞장구에 설핏 쓴웃음을 짓고는 자리를 일어섰다.

"잘 먹었습니다. 다시 찾아뵙겠습니다."

"이, 그려. 내일 은희허구 와서 밥이나 같이 먹자구. 내 싱싱헌 눔으루다 준비해 둘 테니께 말여."

"예."

경만은 문밖까지 나와 배웅을 해주는 두 내외를 뒤로하고 차가운 어둠 속으로 스며들었다. 가물가물 반짝이고 있는 은희 이모 댁은 포구에서도 한 참이나 떨어져 있었다. 어둔 밤이라서 그런지 더욱 멀게만 느껴졌다. 철썩이는 파도를 옆으로 둔 채 걸으며 경만은 또다시 생각에 잠겨 들었다. 은희를 어떻게 해서든지 설득해야만 할 텐데 말이다.

"계세요. 계십니까?"

두어 번을 내리 부르고 나서야 불빛이 새어나오고 있는 작은 문이 빠끔히 열렸다.

"누구세요?"

불빛을 뒤로한 채 고개를 내민 것은 경만이 그렇게도 보고 싶어 그리던 얼굴이었다. 은희였던 것이다.

은희도 찾아온 사내가 누구라는 것을 알아보았는지 놀란 목소리로 다시 묻는다.

"오빠 아니에요?"

"뉘여? 누가 찾어왔넌디 그러는겨?"

늙수그레한 아낙의 얼굴이 동시에 은희의 얼굴 위로 모습을 드러냈다. 은희는 마루로 나서 토방으로 내려섰다.

"이모! 같은 동네에 사는 오빠예요."

"오빠?"

의아한 눈초리로 경만을 훑어보는 아낙의 눈매가 뜨악하기만 했다.

"누가 왔는디 그려?"

방안에서 다시 불편한 몸을 이끌며 밖으로 나선 사내가 있었다.

"오빠! 인사드려. 이모하고 이모부님이셔."

경만은 공손히 허리를 굽혀 인사를 올렸다. 깍듯이 인사를 올려대고 있는 경만을 의미심장한 눈빛으로 두 내외는 훑어보았다.

"그 냥반이 애 아범이냐?"

느닷없이 물어 오는 말에 은희는 놀라 다급하게 대답을 하려 했다. 그러나 경만이 먼저 한발 앞섰다.

"예, 제가 애 아버지 되는 사람입니다."

경만이 선뜻 대답을 해버리고 나자 당황하고 놀란 것은 은희였다. 황당하기까지 했다.

"오빠."

"이, 그려. 혼인두 안허구 애를 가졌을 때는 뭔가 사연이 있었겄지. 그 냥반 승깔에 그러구두 남을 분이니께 말여."

사내는 쩔뚝거리는 다리를 이끌고는 다시 방안으로 휑하니 들어가 버렸다.

"저 냥반은 뭔지두 물러가면서 난리여, 난리가."

이모부의 심통에 은희는 난감했고 이모는 혼잣말로 씨부렁거려댔다. 그리고는 멀뚱히 서있는 경만을 향해 손짓까지 해대며 불러댔다.

"어여 들어오지 않구 뭘혀, 어여 들어와."

어서 들어오라고 재촉을 해대자 경만은 성큼 앞으로 다가서 토방으로 올라서려 했다. 그때 경만의 앞을 막아서며 은희가 경만의 소매를 잡아끌었다.

"오빠, 잠깐 나 좀 봐."

은희는 경만을 이끌고 울 밖으로 나섰다.

"아니? 오딜 갈라구 그려. 쟈가 근디, 이 깜깜한 밤중이."

"내비 둬! 오랜만에 만났넌디 헐 말이 좀 많겄어. 여편네가 눈치두 읍시."

사내의 거친 목소리가 희미한 창호지를 뚫고 밖으로 비어져 나왔다.

은희는 경만을 이끌고 바닷가로 향했다.

"어딜 가는데?"

경만이 물었으나 은희는 대꾸도 하지 않은 채 걸음만 빨리할 뿐이었다. 파도가 철썩이는 소리가 점점 가까이 들려왔다. 작은 언덕에 올라서자 모래사장 끝에서 메밀꽃이 희미하게 일고 있는 모습이 눈에 들어왔다. 바닷가에 다다랐던 것이다. 은희는 다시 솔숲이 있는 쪽으로 경만을 끌고 갔다. 그리고는 갯바위에 다다라서야 걸음을 멈추었다.

"오빠, 왜 그래?"

다짜고짜 경만을 붙잡고 은희는 울 듯 말 듯 그렇게 서러운 소리로 경만을 다그쳐댔다.

"뭘?"

뭘 그러냐는 경만의 되물음에 은희는 어이가 없다는 듯 일시 말이 없다.

어슴푸레한 어둠 속에서 여전히 하얀 은희의 모습을 본 경만은 차라리 잘 되었다 싶었다.

"그래, 이제 아버님 승낙도 받아냈어. 널 데리고 행복하게 살겠다고 약속 도 했단 말이야. 아이도 물론 내 아이로 키울 거고."

경만은 거침이 없었다. 그동안 이 말을 하기 위해 얼마나 노심초사하며 애 를 태웠는지 몰랐다. 너무나도 길고도 힘든 시간이었다. 이 말을 은희에게 전하기까지 말이다.

은희 역시 짐작은 했었다. 그러나 경만의 말을 직접 확인하고 나자 갑자기 두려워졌다.

"말도 안 돼."

"뭐가 말도 안 된다는 거야?"

은희는 말을 잇지 못하고 그만 울먹였다. 경만은 그런 은희를 꼭 끌어안 았다.

"잊어. 지난 일은 다 잊는 거야, 그리고 우리 다시 시작하자."

"하지만 아이는."

"우리 아이라니까. 이제 아이는 우리 사랑의 산물이라고 생각해. 아무도 몰라, 우리만 알고 있으면 된다고."

"하지만 어떻게? 난 솔직히 두려워, 오빠."

은희는 경만의 가슴에 안긴 채 와르르 울음을 터뜨리고 말았다. 홀로 감당해낼 수 없었던 가슴앓이를 울음으로 그렇게 터뜨려내고 말았던 것이다. 은희의 참을 수 없었던 가슴앓이는 봇물이 터지듯 걷잡을 수 없이 터져 나왔다. 경만의 가슴이 이내 은희의 눈물로 흥건히 젖어들었다

"두려워할 것 없어. 내가 있잖아. 내가 인정하는 우리의 아이니까. 아이가 덕순이의 아이라는 것을 아는 사람도 아무도 없잖아. 덕순이 자신도 모르고 있다고. 우리 둘만 알고 사는 거야. 영원히."

은희는 더욱 서럽게 흐느껴댔다.

"아버님도 허락을 하셨어. 내 뜻을 아시고는 며칠을 고민하신 끝에 승낙을 하시더라고. 그러니까 우리 다 잊자."

은희는 흐느껴대기만 할 뿐 아무런 대답이 없었다. 경만은 그런 은희에게서 다소간 안도했다. 그리고 가슴 한편이 후련하기까지 했다. 그동안 이 말을 어떻게 꺼낼까 고심 또 고심했었는데 이제 다 털어놓아 버리자 그렇게도 후련할 수가 없었던 것이다.

"그러니까 이제 다 잊고 우리 행복한 인생을 시작해보자. 내가 너 때문에 얼마나 고심하며 밤을 지새웠는지 아니? 난 차라리 잘 된 일이라고 생각해. 어쩌면 이번 일이 아니었으면 우린 함께 할 수 없었을지도 모르니까 말이야. 아버님이 날 받아줄 수 있었던 건."

은희는 서럽게 흐느끼며 경만의 말을 끊었다.

"그만해, 오빠."

경만은 팔에 힘을 주어 은희의 허리를 끌어안았다. 철썩이는 파도 소리가

내놓고 두 사람의 이야기를 엿듣고 있었다.

"저기로 앉자!"

경만은 은희의 손을 이끌고 갯바위로 올라섰다. 거무스레하게 다가서는 파도가 발아래서 하얗게 메밀꽃을 피우며 부서지고 있었다. 은희는 부서지는 메밀꽃을 바라보았고 경만은 멀리 차갑게 반짝이고 있는 별빛을 바라보았다. 경만은 은희의 어깨를 살며시 안았다. 은희의 긴 머리카락이 부드럽게 경만의 뺨을 간질였다.

"네가 바라보는 곳에는 늘 나도 함께하고 있을게."

은희는 진심으로 자신의 상처를 보듬어주고 있는 경만이 고마웠다. 그러면서도 한편으로는 미안한 감정이 복받쳐 오르기도 했다.

"미안해! 나 때문에 오빠의 젊은 날을 잡아 두었다는 것을 생각하니까."

경만은 이제 멀리 떠났던 은희의 마음이 다시 돌아오고 있음을 확인할 수 있었다.

"그래, 그러니까 이제 내 말대로 하자."

은희는 경만의 가슴에 살며시 기댔다.

"오빠의 행복해하는 모습을 보고 싶어! 오빠에게 내가 있어 진정으로 행복할 수 있다면 오빠 뜻에 따를게. 오빠! 그 대신 일 년만 더 기다려 줘. 그러면 내년 이맘때쯤 돌아가 오빠 뜻에 따를 테니까."

경만은 은희가 왜 일 년만 더 기다려달라는지 알 수 있을 것 같았다.

"알았어. 여태껏 기다렸는데 까짓 일 년 더 못 기다리겠어. 기다릴게, 언제까지라도."

　은희가 자신의 뜻을 받아들인 것만으로도 경만은 가슴이 부풀고 기뻤다.

　어두운 바닷가, 경만과 은희는 꼭 끌어안은 채 부서지는 파도와 반짝이는 별빛을 바라보며 검은 밤을 그렇게 함께 보냈다.

　"난리여, 난리가 났다."

　"이게 대체 뭔 일이라?"

　마을 사람들은 성 부자 집 텔레비전 앞으로 한둘씩 모여들었다. 긴박한 소식을 전하는 아나운서의 요란함이 가뜩이나 불안한 사람들을 더욱 깊은 불안 속으로 몰아넣었다.

　"대통령이 죽다니. 아니 이게 뭔 날벼락이랴."

　"김일생이가 안 내려오나 물르겠네. 저걸 알면 대번이 쳐내려올텐디."

　"그러게말유."

　구장 댁과 동철에미가 요란스레 입방아를 찧어댔다.

　"와! 잔치 났다, 잔치 났어. 아줌씨, 오늘 뭔 날이냐? 왜 이렇키 동네 사람덜이 죄다 몰려왔냐이?"

　"소철아! 닌 저기 가서 놀어라이. 여서 얼쩡거리지 말구."

　"에이, 나두 같이 있을 거다. 테레비 보구 박수치구."

　소철이는 오랜만에 마을 사람들이 북적거리자 좋아라 하며 박수까지 쳐댔다. 신이 났던 것이다.

　"하이구, 불쌍헌 인생."

　동철에미는 소철이의 얼 띤 행동을 보고는 하늘이 무너져라 탄식을 해대며 혀까지 끌끌 차댔다.

"근디 왜 대통령을 쏜겨?"

"가만있어봐. 기자가 허는 얘기를 들어봐야지, 낸들 아나?"

마을 사람들은 급작스런 대통령의 서거 소식에 일손을 놓고 죄다 텔레비전 앞으로 모여들었다. 한 치 앞을 알 수 없는 상황이 걱정되었던 것이다.

경만은 돌아오는 버스에서 그 소식을 접했다. 사람들은 술렁이며 너나 할 것 없이 모두들 그 얘기뿐이었다.

경만이 갈마지에 들어섰을 때에는 사람들이 어느 정도 진정이 되었는지 평소와 다름없이 논과 밭에서 거두다 만 곡식들을 거두고 있었다. 경만은 근심 어린 얼굴로 성 부자를 찾았다.

"다녀왔는가?"

"예."

"난리가 난 소식은 듣구?"

"예, 돌아오는 길에 버스에서 들었습니다."

"그려, 가는?"

성 부자는 뒷짐을 진 채 빚쟁이를 만난 듯 서성였다. 경만에게 상처 난 딸을 떠맡기는 심정이 미안해 그러는 모양이다.

"서로 약속을 했습니다."

"먼 길 댕겨오느라 수고힛구먼 그려. 가 쉬게, 피곤헐텐디."

성 부자는 가타부타 더 이상 말이 없었다. 경만도 성 부자의 심정을 잘 안다는 듯 군 말없이 발길을 돌렸다.

마을은 온통 누렇게 익어 가고 있는 들녘의 풍요로움으로 넘쳐나고 있었다. 아름다운 가을날 오후였다. 경만은 어느새 이렇게 세월이 흘렀나 싶어 다시 한 번 주위를 둘러보았다. 붉게 물들어 가고 있는 단풍, 빨갛게 익어가는 사과, 하늘거리는 코스모스까지도 모든 것이 그저 새롭기만 했다.

"히, 경만이 성. 오디 가냐?"

소철이와 병덕이가 꼴을 베어 오고 있었다.

"응, 너희들 풀 베어 오는구나."

경만도 기분 좋게 받았다. 하루하루가 즐거운 날이었다.

"성, 근디 은희 누나 만났슈?"

병덕이가 물었다. 생각지 못한 물음에 그만 경만은 엉겁결에 '응' 하고 대답하고 말았다. 대답을 하고도 흠칫했다.

"아들이유? 딸이유?"

"응?"

경만은 웬 아들이고 딸이냐는 듯 시치미를 뚝 뗐다.

"에이, 성. 나두 다 알유. 척허먼 삼천리지. 은희 누나 임신헌 거 다 알구 있슈. 성이 누나있는디 대녀온것두 다 알구유."

경만은 어이없다는 듯 피식 웃으며 짧게 대답했다.

"딸."

"아이구! 성, 축하허유. 첫딸은 살림밑천이라는디."

병덕이의 말에는 진심이 어려 있었다. 병덕이는 항상 경만이 편이었다. 천방지축 날뛰어대는 병덕이지만 경만에게는 늘 진지했다.

"그래, 고맙다."

"히, 나두 축하헌다 성아."

소철이도 나서 축하를 해주었다.

"그래, 소철이도 고맙고."

경만의 얼굴에 웃음이 가득했다. 행복한 표정이다. 그런 경만을 바라보는 병덕이의 얼굴도 그저 흐뭇하기만 했다.

"허먼 온제 국수 멕여줄껴?"

"좀 있다가."

"성두 대단허유이. 그 성 부자. 아니, 인저 성 부자 으르신이지, 성 장인이 니께. 그 으르신을 이긴걸 보면 말유."

"네가 그걸 어떻게 아니? 이겼는지, 어쨌는지를."

"에이, 성두 참! 그 정도면 삼척동자두, 아니 이 쇠칠이두 다 알지유. 그렇지 쇠칠아!"

알았다고 대답하라는 듯 협박 조로 을러대는 병덕이의 으름장에 소철이는 요란스레 고개까지 흔들어대며 알았다고 대답을 해댄다.

"응, 안다, 알어."

"그래, 뭘 알겠다는 거니?"

경만이 다시 물었다.

"아까 동네사람덜 다 모였었다, 우리 집에. 근디 잔치는 안했는디."

"이런 빙신, 그건 인마 대통령이 죽어서 그런 거지. 아이구, 이런 밥통."

소철이의 엉뚱한 대답에 답답하다는 듯 병덕이는 뒤통수를 한 대 갈겨댔다.

"에이, 왜 때리구 그러냐."

소철이는 뒤통수를 매만지며 병덕이를 원망스런 눈길로 잔뜩 흘겨보았다.

"그래. 소철이는 왜 때리고 그러냐. 말로 잘 가르쳐야지."

"하이구! 성, 얘를 가르쳐유? 차라리 개새끼를 데리구 다니매 가르치는 게 났지. 뭔 말을 알아들어쳐먹어야 가르치지유. 내 답답혀서 참."

"나두 답답허다 빙덕아!"

소철이는 답답하다며 가슴까지 쳐댔다.

"뭐? 니가 뭐가 답답혀?"

"니가 맨날 때리기나 허구 허니께 뒤통수두 답답허구 응댕이두 답답허구 허다. 씨이."

소철이는 분하기라도 하다는 듯 은근한 눈길로 경만을 바라보았다. 도움을 요청하고 있는 것이다.

"그래, 너희들은 항상 붙어 다니니까 서로 사이좋게 지내도록 해라. 특히 병덕이 네가 소철이를 좀 잘 데리고 다니고."

경만은 젊잖게 타일렀다.

"응. 맞다, 맞어. 때리지두 말구."

소철이는 좋아라 하며 경만의 곁으로 바짝 다가서서는 손뼉까지 쳐댔다.

"하이구, 참."

답답하다는 것인지 아니면 어이가 없다는 것인지 병덕이는 길게 탄식을 흘려대고 말았다. 그리고는 화제를 돌렸다.

"그건 그렇구, 성. 인저 뻔헌거 아뉴. 성 부자으르신이 아무리 고집불통이라두 딸자식이 애까정 낳넌디 그냥 두겄슈."

얘기가 또 엉뚱하게 길어지려 하자 경만도 말머리를 돌렸다.

"그건 그렇고, 병덕아!"

"예?"

경만이 뜬금없이 진지하게 불러대자 병덕이는 뜨악한 얼굴로 경만을 바라보았다.

"노래는 지금도 연습하고 있니? 가수가 될 꿈은 아직도 유효한 거야?"

경만의 관심에 병덕이는 눈을 크게 뜨고는 반갑다는 듯, 아니 고맙다는 듯 침까지 튀겨대며 대답했다

"그럼유. 신 상무가 오티기 알어 본다구 힛는디."

"신 상무가?"

신 상무라는 말에 경만은 걱정 반, 의심 반으로 그렇게 물어댔다.

"예, 서울에 뭐 판을 낼 수 있는 레코드사 사장을 잘 안다구 허문서."

"그래서?"

"그래서는유. 지금 그래서 서울에 간거 아뉴."

병덕이는 신 상무에 대한 믿음으로 가득했다. 또한 그만큼이나 경만의 얼굴에는 염려로 가득 찼다.

"하튼 노래는 계속 허구 있슈."

"그래, 열심히 해서 꼭 훌륭한 가수가 되도록 해라."

"고마워유, 성. 그려두 이 빙덕이 알어주는 사람은 성허구 신 상무밖에는

웁다니께유."

"어, 나두 안다 알어. 임빙덕이 나두 안다."

곁에서 또 소철이가 방정을 떨어댔다.

"이런 빙신, 지랄허구 자빠졌네."

병덕이는 다시 한 번 손을 치켜들었다. 소철이를 냅다 후려갈기려한 것이다. 그러자 낌새를 알아챈 소철이는 후다닥 달음박질을 쳤다. 그리고는 저만치 서서 병덕이의 속을 다시 한 번 긁어댔다.

"갈마지 카수 임빙덕이 잘났다 그려. 잘났어!"

"에이그, 저 빙신이."

소철이는 무릎을 잔뜩 구부린 채 병덕이의 기타 치는 모습을 흉내 냈다. 경만은 실소를 흘리지 않을 수 없었다.

"그래, 바쁜데 그만 가봐라."

"예, 성. 하튼 국수는 빨리 좀 줘유."

"그래, 알았다."

병덕이가 경만에게 가볍게 인사를 건네고는 소철이를 향해 발길을 돌리자 소철이는 화들짝 놀라 그대로 달음박질을 쳐댔다.

"야! 이 빙신아, 거기 서. 같이 가자니께."

"싫다, 빙덕아. 또 때릴라구."

"에이그, 저 빙신이."

경만은 멀어져 가고 있는 철없는 사내 둘을 물끄러미 바라보다가는 논길을 건너 과수원으로 올라섰다. 빨갛게 익어 가고 있는 사과가 눈을 즐겁게 했다. 바람도 하늘도 그저 상쾌하기만 했다.

경만은 과수원 꼭대기에 앉았다. 주머니에 손을 넣어 찌그러진 담뱃갑을 꺼낸 후 한 개비를 입에 물었다. 그리고는 멀리 뾰족산을 바라보았다. 뾰족한 산의 끝이 마치 붓끝을 닮아 있었다. 산의 허리로부터 훑어 내려와 마을로 시선을 돌리자 아늑하게 펼쳐진 풍경이 그저 편안하기만 했다. 시리도록 파란 하늘 아래 울긋불긋 물들어가고 있는 마을은 마치 한 폭의 그림만 같았다.

"경만이 아니니?"

"아니, 형님이 여긴 어쩐 일루."

과수원의 꼭대기는 여간해서 일이 아니면 올라오지 않는 곳이었다. 헌데 석만과 경만이 이곳에서 만난 것이다. 그것도 특별한 약속이 있었던 것도 아닌데 말이다.

"이, 저 아래서 보니께 니가 빙덕이허구 얘기허다가 이리루 올러오길래."

"아! 그랬어요. 앉으세요."

"이, 그려. 헌디 성 부자 그 으른은 뭐랴?"

"뭐라 긴요. 고맙다고."

"이? 고마워?"

석만의 놀람에 경만은 아차 싶었다. 싱숭생숭한 마음에 그만, 있는 대로 얘기를 꺼내는 실수를 범하고 말았던 것이다.

"아녜요, 아무것도. 막상 허락하고 나니까 당신께서도 그 동안 제게 했던 행동이 있으니까 미안해서 그러시는 거겠죠."

경만은 얼른 둘러댔다.

"이, 그려. 허긴 그동안 그 냥반이 헌 짓을 생각허먼. 암, 그렇지."

경만은 생각 없이 말을 꺼냈다가 그만 가슴이 뜨끔하고 말았다.

"날은?"

"좀 있다가 은희가 몸을 추스르고 나면 잡기로 했어요."

"내년 봄이면 허겄구먼 그럼."

"그럴 계획이에요, 저도."

"그려, 하튼 잘 됐다. 축하허고."

"고마워요, 형님. 그동안 형님 속만 썩이고 형수님 신세만 져서."

"그런 말 말어라. 우리가 뭐 헌 게 있다구. 다 니가 했지. 그 많은 농사 채 니 일이니 죄다 니가 했잖어. 그렇다구 따슨 밥이나 같이 먹구 살었나. 내 혼 자 제금나서 살림을 헌게 올마나 미안헌지."

석만은 총각인 동생을 따로 떼놓고 나와 살림을 한 것을 무척이나 미안해 했다.

"인저 결혼헌다니께 올마나 맴이 가벼운지 물르겄다. 미안헌 것두 들허구."

말과는 달리 석만의 얼굴에는 무겁게 가라앉은 빛이 역력해 보였다. 경만 이라서 그런 석만의 얼굴표정을 모를 리 없었다.

"형님! 무슨 걱정거리라도 있어요?"

"걱정은 무슨, 내려가자. 가서 오랜만에 저녁이나 같이 먹자."

석만은 너털웃음을 지어 보이며 경만의 팔을 잡아 이끌었다. 석만은 차마 그 얘기만은 할 수가 없었다. 처음 경만을 따라 올라올 때는 시원하게 털어 놓을 생각이었는데 막상 얼굴을 대하자 차마 그럴 수가 없었다. 대신 석만은 빨갛게 익은 사과를 얘기했다.

"올해는 사과가 좋은 편이여이."

"예, 그나저나 세상이 어떻게 될라나 참 걱정입니다."

"이, 그려이. 참 큰일이여. 나라의 으른이 돌아가셨는디 이거 참 큰일이지. 저 김일생이가 가만 있을라나 물르겄어."

"무슨 큰일이야 있겠어요."

9. 애삼청.

　뉴스는 연일 급박하게 돌아가고 있는 정치권 소식으로 가득 차 있었다. 국가보위비상대책위원회, 일명 국보위라는 것이 군인들에 의해 만들어졌다. 그들은 시국의 위태함을 핑계로 모든 것을 장악해나가기 시작했다. 급기야 비리에 연루되고 반국가적 행위를 일삼았다는 수많은 정치인과 국보위에 반기를 든 인사들이 체포되어 굴비 엮이듯 끌려가는 모습이 연일 뉴스를 장식하기에 이르렀다. 사람들은 놀라워했고 불안했다. 무엇이 진실인지 무엇이 거짓인지조차도 분별하기 어려울 지경이었다. 그런 가운데 국보위는 사회악일소 특별조치 및 계엄포고령 제19호를 발표하여 폭력범과 사회 풍토 문란 사범을 소탕한다는 명목 아래 수많은 사람을 잡아들이기 시작했다.

　"큰일이여. 저렇키 많은 사람덜이 빨갱이였다니 말여."

　"그러게 말여. 이게 순 빨갱이 세상이지 뭐여. 저렇키 많으니 원."

성 부자댁 텔레비전 앞으로 모여든 갈마지 사람들은 혀를 차대며 저녁 뉴스를 함께 보고 있었다.

"이번 참에 아주 싹 쓸어내야더. 안그류 으르신."

인수아버지 말에 성 부자는 두말하면 잔소리라는 듯 고개까지 끄덕여댔다.

"말허문 잔소리지. 동난 때덜 보지 뭇혔남 저 빨갱이덜이 오떤 늠덜인지 말여."

"그류. 그러구 저 깡패덜 줌 봐! 하이구, 무시라. 저 몸땡이에다 그린 문신 허군."

"아주 잘 허는구먼 그려. 저런 늠덜은 싹 쓸어다 그냥 문대야더."

"그려, 잘 허는 겨. 아! 나라에서 허는 일이 뭐여. 저렇키 강력허게 히야 국민덜이 편히 살 수 있지 않겠남. 저런 뭇쓸것덜일랑 다시는 발붙이지 뭇허게 아예 작살을 내 놔야더."

"그려."

성 부자 댁에 모인 갈마지 사람들은 맞장구까지 쳐대며 텔레비전 화면에서 눈을 떼지 못하고 있었다. 그때였다.

"아저씨!"

호떡집에 불이라도 난 듯 대문을 박차며 뛰어들어오고 있는 요란스러움에 마을 사람들의 시선이 하나같이 대문간으로 모아졌다.

"뭐여? 뭔 난리여, 또."

단숨에 토방까지 뛰어오른 병덕이는 허리를 바짝 굽힌 채 숨넘어가는 소리로 떠듬거려댔다.

"큰일났슈. 경만이 성이, 성이."

병덕이는 숨을 헐떡이느라 말도 채 잇지 못했다.

"경만이가?"

"예, 경만이 성이 지금."

"뭐여, 인마! 빨리 말을 혀봐. 말을."

동철 아버지가 답답하다는 듯 다그쳐댔다.

"지금 끌려갔슈."

"끌려가다니, 그게 뭔 소리여?"

마을 사람들은 우르르 죄다 마루로 나섰다. 그리고는 병덕이의 아닌 밤중에 홍두깨 같은 소리에 의아한 얼굴로 귀를 기울였다.

"지가유. 쇠칠이허구 소란 말에 가는디, 경만이 성 집에서 웅성거리는 소리가 들리길래 들어가봤더니유 웬 사람덜이 경만이 성을 잡어가더라구유. 수갑을 채우는 걸루 봐서 형사덜 같았슈."

형사라는 말에 사람들은 병덕이를 다시 한 번 쳐다보았다.

"이, 형사? 수갑을 채워?"

놀란 성 부자는 맨발로 토방으로 뛰어내리며 병덕이에게 다그쳐 물었다.

"예, 그류."

"아니? 이게 뭔 일이랴."

마을 사람들은 놀란 눈으로 서로를 바라보았다.

"왜 경만이를 끌구 간다는 얘기는 못들구?"

"예, 뭔 운동 어쩌구 허는 얘기는 들은 거 같은디."

"뭐여, 인마. 지대루 잘 듣구 와야지."

"하이구, 낫살이나 처먹은 늠이 저렇키 어리숙히서야 오따 쓰겄어."

동네 사람들의 다그침에 병덕이는 주눅이 들어 제대로 말도 못했다. 그러자 은수 작은아버지가 답답하다는 듯 앞으로 나서며 버벅대고 있는 병덕이를 다시 한 번 다그쳐댔다.

"운동? 야, 이 자슥아! 똑바루 얘길혀 봐. 경만이가 뭔 운동이여 운동은."

은수 작은아버지의 타박에 이어 동철아버지가 나섰다.

"운동이구 뭐구 뭔 일이야 있겄어? 경만이 그 사람맹키루 성실허구 착실헌 사람이 시상에 오딨다구. 뭔 착각이 있어서 그랬겄지. 으르신 걱정허실 거 읍슈. 내일 이면 나올 테니께. 아무러면 경만이 그 사람이 빨갱이 짓이나 깡패 짓 같은 나쁜 짓을 했겄슈."

동철아버지는 아무 일 아닌 것을 너무 호들갑스럽게 떠들 것 없다며 태평스레 말을 이었다.

"그건 그려이."

마을 사람들도 곧 너나없이 동철아버지의 말에 찬동을 해댔다. 그러자 성부자도 얼마간 안심이 되는 모양이었다. 그렇다며 고개를 끄덕끄덕했던 것이다.

"박경만, 솔직히 불어. 당신 권혁수라고 알지?"

사내는 위협 반, 비아냥거림 반으로 다짜고짜 대답을 요구했다.

"예."

침침한 어둠과 텅 빈 공간의 두려움 때문에 경만은 생각할 겨를도 없이 대답을 해버리고 말았다. 흰 벽과 흔들리고 있는 뿌연 백열전등의 잔상, 그리고 낡은 철제 책상, 딱딱한 의자, 험상궂은 인상의 마주한 사내, 이런 것들이 경만의 가슴속을 하얗게 후벼 파고 드는 두려움의 실체였다. 이미 많은 사람들이 유치장에 쪼그리고 앉은 채 순서를 기다리고 있는 것을 보았던 터라 경만은 일이 심상치 않게 돌아가고 있음을 알았다.

연일 사회악 일소 운운하며 떠들어대던 뉴스를 보았던 경만은 자신이 왜 이렇게 끌려오게 되었는지도 대충 짐작 할 수 있었다. 그리고 대학 때 같은 서클에서 활동했던 권혁수라는 이름을 듣고 나서야 자신의 짐작이 틀리지 않았음을 확인할 수 있었다.

학창시절, 한 때 민주화 운동에 앞장섰던 경만은 졸업을 하고 나서 까맣게 잊고 있었지만 권혁수라는 친구는 여전히 잡지사에서 기자로 활동하며 독재와 반민주에 대항해 활동해 오고 있던 터였다.

"여러 말 않겠어. 들어오다 봤지. 저 새끼들 깡패, 빨갱이 모조리 처리하려면. 우리도 귀찮다고, 텔레비전 봐서 알 거야 아마. 여기에다 그 잘난 민주환가 뭔가 하고 권혁수 그 친구와의 관계도 모조리 휘갈겨 써. 시간은 삼십 분 주겠어."

잡아먹을 듯 험악한 인상의 사내는 피곤에 지친 모습으로 긴 한숨을 내 쉬고는 백지 한 장과 볼펜 한 자루만을 덩그머니 남겨둔 채 취조실 밖으로 나가버렸다.

경만은 난감했다. 무엇을 어떻게 쓰라는 것인지 도무지 이해가 되질 않았다.

혁수의 소식도 가끔 친구들을 통해서 말로만 전해 들었을 뿐 어디서 어떻게 지내고 있는지 구체적으로 알 수 없는데 말이다..

경만은 한 참을 망설이다 학창시절 활동했던 내용을 적어 내려가기 시작했다. 그래도 기억을 더듬자 제법 분량이 되었다. 그때의 젊은 혈기가 다시금 떠오르는 듯했다. 낡은 철제 책상과 둥근 갓 전등에서 뿜어져 나오는 뿌연 불빛 아래 경만은 자신이 이렇게 취조를 당할지는 정말이지 꿈에도 생각지 못했던 일이다. 이런저런 생각에 잠겨 잠시 멍하니 흰 벽을 바라보고 있는데 기분 나쁜 발자국 소리와 함께 좀 전에 나갔던 사내가 다시 들어왔다.

"다 썼나?"

사내는 의자에 몸을 던지듯 앉고 나서는 빼앗듯 종이를 낚아챘다. 그리고는 잠깐 훑어보았다.

"따라와!"

경만은 사내를 따라나섰다. 이미 경찰서 앞마당에는 군용트럭이 대기하고 있었다. 경만은 경악했다. 그리고 말을 잃었다. 여기저기서 트럭에 실리지 않기 위해 필사적으로 몸부림치는 사람들의 아우성이 차마 눈뜨고 못 볼 지경이었다. 트럭에 실리기만 하면 그 끔찍한 시간과 공간 속으로 영원히 묻히고 말 것이라는 것을 모두들 잘 알고 있었기 때문이다. 경만은 그런 혼란 속에서도 순한 양처럼 자신을 사내에게 떠맡겼다. 그들의 속성을 너무나도 잘 알고 있었기 때문이다. 그런 경만의 고분고분함에 사내는 기특하다는 듯 어깨를 토닥여주었다.

"잠깐이면 될 거야. 수고해!"

사내는 트럭에 올라타기를 권했다. 경만은 저항하지 않고 얌전히 말을 들었다. 이어 사람들이 짐짝이 실리듯 실려지고 트럭은 말없이 검은 밤을 뚫고 읍내를 벗어났다.

사람들은 몇 번인가를 차를 갈아타며 밤에만 이동이 되었다. 트럭을 갈아탈 때마다 분위기가 더욱 험악해져 갔다. 반항하기는커녕 말도 한마디 제대로 할 수 없을 지경이었다. 모두들 순한 양처럼 그들의 지시에 따라 일사불란하게 움직일 뿐이었다. 그래도 그들은 시종일관 기합과 구타로 온순한 양들을 겁박해댔다.

어두운 밤

별과 나무와 바람만이 숨 쉬고 있는 곳, 말 그대로 첩첩산중이었다.

첩첩산중인 그곳에서 마침내 트럭은 멈춰 섰다. 그리고 트럭이 멈춰 서기 무섭게 요란한 호루라기 소리와 함께 갖은 욕설이 귀를 찢어대기 시작했다.

"야, 이 새끼들아! 빨리빨리 내리지 못해!"

검은 어둠 속 여기저기에서 얻어맞는 소리가 요란스레 들려오기 시작했다. 둔탁한 몽둥이가 살집을 두들겨대는 소리가 연이어 들려왔다. 첩첩산중은 이내 아비규환이 되었다. 경만은 두려움에 떨며 트럭에서 뛰어내렸다. 그러자 기다리고 있었다는 듯 경만의 등허리에도 여지없이 거친 몽둥이가 내리쳐졌다. 짧은 신음이 경만의 입에서 저절로 흘러나왔다. 이어 정신없이 내려쳐 오는 몽둥이와 군홧발에 경만은 그만 혼절해 버리고 말았다.

정신을 차리고 눈을 떴을 때는 연병장 한가운데였다. 오열을 정리한 채

서 있는 사람들 사이로 음침한 서치라이트 불빛이 눈을 부셔대고 있었다. 경만은 어떻게 된 사실인지 알 수가 없었다. 온몸이 욱신거리고 쓰라렸다.

"새애끼."

음산한 소리와 함께 검은 얼굴이 경만을 내려다보고 있었다.

"정신이 들었으면 벌떡 일어나지 않고 뭐 하는 거야 새꺄!"

경만은 놀라 벌떡 일어섰다. 그토록 아프기만 하던 몸뚱어리가 갑자기 씻은 듯 멀쩡했다. 너무 놀라 몸이 아픔도 제대로 느끼지 못하고 있는 모양이다. 얼핏 보기에도 백여 명은 족히 넘어 보였다. 사람들은 오열을 맞춘 채 나무토막처럼 움직이지도 않고 서 있었다. 주위는 바늘 떨어지는 소리라도 들릴 만큼 적요하기만 했다. 경만은 잠시 어쩔 줄 몰라 서성였다.

"자리로 가 서, 새꺄."

살기가 돋아 눈만 반짝반짝하게 빛나고 있는 검은 얼굴이 열의 맨 마지막을 가리키며 소리를 질러댔다. 경만은 부리나케 열의 맨 마지막으로 달려가 섰다. 그러고 나서야 경만은 주위를 살펴보았다. 연병장 한가운데에 도열해 서 있는 사람들 사이로 몽둥이를 든 사내들이 어슬렁거리고 있었다. 좌측으로는 막사로 보이는 텐트가 열 지어 서 있었고 서치라이트 불빛에 가물거리는 철조망이 빙 둘러서 있는 모습도 눈에 들어왔다. 경만은 눈앞이 아득했다.

한 참을 그렇게 서 있고 난 뒤에야 어슬렁거리며 한 사내가 사열대 위로 올라섰다. 그리고는 귀 따갑게 들어오던 그 사회악 일소와 정의사회를 구현한다는 일장 연설을 떠벌려댔다.

"여러분은 이곳에서 교화를 잘 받아 새 사람으로 거듭나기를 간절히 바란다. 낙오자가 한 사람도 없이 교육을 무사히 마쳐 건강한 모습으로 사회에 귀환하기를 바라마지 않는 바이다."

거창한 일장 연설을 마무리했다.

사내의 연설이 끝난 후 막사가 배정되고 규칙과 일정이 하달되었다. 말이 규칙이고 일정이지 인간 개조를 핑계로 가해지는 가혹한 훈련과 구타, 그리고 인간이기를 거부하는 그들의 만행이 전부였다.

계속되는 가혹행위는 사람들을 죽음으로 내몰기 일쑤였다. 입소한 지 열흘이 못되어 벌써 세 명이나 들려나가는 것을 경만을 비롯한 교육생들은 보았다. 그들 사이에선 이미 동료도 위아래도 없었다. 오직 자신만이 어떻게 하면 이 지옥을 벗어날까 하는 생각들뿐이었다. 동료를 고발해서 내가 살아나갈 수만 있다면 기꺼이 고자질도 서슴지 않았다.

"취침!"

한마디와 함께 나무토막처럼 쓰러진 교육생들은 오늘도 이내 꿈속으로 떨어져 내렸다. 여기저기에서 코 고는 소리와 아픔으로 흘려대는 신음소리가 경만의 귀를 파고들었다. 제대로 걸어서 나갈 수나 있을지, 아니 살아서 돌아갈 수 있을지 의문인 이곳이 경만은 두려웠다. 남의 일처럼 매일 텔레비전을 통해 무심히 보아오던 곳에 자신이 직접 몸담고 있다는 것을 생각하자 경만은 마치 꿈을 꾸고 있는 것만 같았다. 옆자리에 누운 송씨는 목욕탕에서 목욕하다가 팔뚝에 문신이 있다는 이유만으로 옷도 제대로 걸치지 못한 채 잡혀 왔다고 했다. 그리고 건너 침상의 학봉이는 친구들과 술 한 잔을 걸치고 소리 지르다 술이 깨기도 전에 끌려왔다 한다. 별다른 이유도 없이 많은 사람들이 억울하게 사회악으로 몰려 고통을 당하고 있었던 것이다. 경만의 막사에만도 그런 억울한 사연을 가진 사람들이 반이 넘었다. 대부분 사회악이라 이르기에는 너무도 선량한 사람들이었다. 오히려 사회악을 핑계로 구타를 가하고 잔혹한 행위를 거침없이 일삼는 그들이 사회악이라면 사회악이랄까. 그들은 결코 아니었다.

요란한 호루라기 소리가 갑자기 깊은 잠에 빠져든 막사를 흔들어 깨웠다.

"기상, 기상. 이런 새끼들을 봤나. 빨랑빨랑 일어나지 못해!"

차가운 백열전등이 빛을 발하는 동시, 정신을 못 차리게 하는 공포가 또다시 시작되었다. 무자비하게 침상에 올라서서 군홧발로 짓밟아대기 시작한 것이다.

걷어차이는 소리와 연이은 신음소리로 막사 안은 또다시 아비규환이 되어버리고 말았다.

"집합하란 말이야, 새끼들아! 연병장으로 빨리 기어나가지 못해."

조교는 막무가내로 구타와 욕설을 퍼부어 댔다. 영문도 모른 채 날벼락을 맞은 교육생들은 옷가지도 제대로 걸치지 못한 채 문을 찾아 헤맸다. 어두운 막사 밖으로 나가자 연병장에는 또 다른 조교가 무시무시한 몽둥이를 든 채 교육생들을 기다리고 있었다.

"열을 맞춰라, 열을."

음침한 조교의 목소리를 들은 경만은 온몸에 소름이 쫙 끼쳤다. 교육생은 이미 정신이 번쩍 든 터라 일사불란하게 움직여 오와 열을 맞추었다. 교육생들은 그들이 원하는 것을 잘 알고 있었다. 이내 경만의 막사 교육생들은 칼 같은 오와 열을 맞추어 섰다.

"너희들 같은 쓰레기를 새사람으로 만들어보고자 본 조교는 잠도 제대로 못 자고 이렇게 밤낮으로 고생하고 있다. 이 점에 대해서 어떻게 생각하고 있나?"

조교는 떨어지는 바늘 소리도 들릴 정도로 고요한 적막 속에 괴기스런 목소리로 교육생들을 향해 물었다.

"예, 항상 고맙게 생각하고 있습니다."

주먹을 휘두르다 붙들려온 깡패출신의 기천이가 큰 소리로 외쳐댔다.

"뭐? 고마워?"

스산한 목소리로 내리깔며 조교는 눈빛을 반짝 빛냈다.

"예, 그렇습니다."

"너, 이리 나와!"

조교의 부름에 기천이는 쏜살같이 뛰쳐나갔다. 그러나 기특한 대답을 한 기천이는 조교의 군홧발에 가슴을 그대로 걷어차이고 말았다. 기천이는 그 자리에 쓰러졌고 이어 조교는 기천이의 가슴과 배를 마구 짓밟아댔다.

"잘 들어라, 이 새끼들아! 내가 니들한테 아부하는 소리나 듣자고 오밤중에 잠도 못 자고 나와 이 지랄을 떠는 줄 아나."

처절한 적막감에 교육생들은 숨도 제대로 쉬지를 못했다.

"지금부터 야간 교육에 돌입한다. 날이 밝을 때까지 목봉체조를 실시한다. 알겠나?"

"예."

우렁찬 대답소리가 적막강산을 뒤흔들었다.

"조용, 조용해, 새끼들아, 니들은 동료애도 없나? 다른 동료들이 지금 꿀 같은 단잠에 빠져있는데 잠을 방해해서 되겠냐 말이다. 새끼들아!"

조용하라는 말에 교육생들은 입을 다물었다. 대답도 하지 않았던 것이다.

"이런 개새끼들이 대답도 없어. 출출한데 야식으로 김밥부터 말아야겠군. 김밥을 만다 실시!"

실시라는 조교의 명령이 떨어지기 무섭게 어깨동무를 한 교육생들은 뒤로 벌렁 누운 채 김밥을 말듯이 동료의 몸을 올라타며 굴러대기 시작했다. 여기 저기서 이내 고통에 찬 신음소리가 비어져 나왔다.

"조용, 조용히 말아라."

신음소리가 연이어 터져 나왔다.

"일어서, 이 새끼들."

교육생들은 벌떡 일어서 또다시 오와 열을 맞추려 우왕좌왕했다.

"사열대를 오른쪽에서 왼쪽으로 돌아 선착순 하나!"

선착순 하나라는 소리가 무섭게 교육생들은 우르르 내달리기 시작했다. 동료도 위아래도 없었다. 그저 조교의 비위에 맞추려 죽을힘을 다해 뛸 뿐이었다. 다리를 질질 끄는 부상자를 뒤로하고 경만은 절뚝거리며 달렸다. 생각 같아서는 어깨라도 부축해주고 싶은 마음이 간절했다. 하지만 그것은 그를 도와주는 것이 아니라 오히려 조교에게 빌미만을 제공해주는 꼴이 되고 말 것이다.

가혹한 얼차려가 계속되었다. 잘 달리는 놈은 잘 달린다고, 못 달리는 놈은 또 못 달린다고 얻어터지고 기합을 받았다. 그러다가는 목봉체조가 시작되었다. 말이 좋아 체조지 혹독한 얼차려일 뿐이다. 모두들 얼마 전까지 텔레비전 화면에서 익히 보았던 그 장면들이다.

기합을 받는 교육생들보다도 기합을 주고 있는 조교가 더 피곤함에 지쳐갈 무렵, 푸르스름한 아침 안개가 피어오르기 시작했다. 경만은 고향 과수원에서 이른 새벽이면 보곤 했던 그 푸른 안개가 떠올랐다. 하지만 상쾌한 기분으로 하루 일을 시작하곤 했던 고향의 그 푸른 안개와 지금의 이 푸른 안개는 확연히 다른 것이었다. 고향의 것이 희망을 피워내는 것이었다면 지금의 것은 절망을 자아내는 것이었던 것이다. 경만은 문득 고향의 그 푸른 과수원이 그리워졌다.

"집합!"

조교의 한 마디에 교육생들은 다시금 일사불란하게 움직였다.

"밤새 교육받느라 수고들 했다. 아침이 밝아 오는데 고향에 계신 부모님께 인사를 드리자! 새로운 마음으로 새로운 사람이 되어 찾아뵙겠노라고 다짐을 한다. 알겠나?"

"예."

밤새 시달려 목소리는 쉰소리가 났지만 조교의 비위를 맞추기 위해 교육생들은 여전히 안간힘을 다해 소리를 질러댔다.

"좋아. 그럼 각자 고향을 향해 서서 십 초간 부모님을 생각하며 묵념을 한다. 일동 묵념!"

경만은 고향을 향한 채 고개를 숙였다. 밤새 시달린 몸은 이미 녹초가 되어 있었다.

　아침 식사를 마치고 막사로 돌아온 경만은 자신의 눈을 의심케 하는 얼굴을 보았다.

　강대포.

　그가 다른 막사에서 부리나케 움직이고 있는 것을 본 것이다. 틀림없는 강대포, 강덕순이었다. 경만은 당장 뛰어가 확인하고 싶었다. 하지만 곳곳에서 지켜보고 있는 교관과 조교들의 날카로운 눈빛에 그럴만한 용기가 나질 않았다. 며칠 전 새로운 교육생들이 도착했다는 얘기를 들었는데 아마도 그때 강대포가 들어온 것 같다. 세상 넓고도 좁다더니, 이런 때를 두고 하는 말인 것 같았다.

　오늘은 작업이 있는 날이다. 경만은 작업장에 도착한 후 기회를 보아 강대포에게 접근하기로 했다. 작업장에는 조교들이 소총을 메고 경계만 설 뿐 그다지 간섭하지는 않았다. 경만의 소대에는 울타리 주위의 잡초를 제거하는 일이 맡겨졌다.

　경만은 낫을 들고 잡초를 후려치며 강대포에게로 슬슬 접근했다.

　"덕순이 아니니?"

　느닷없는 경만의 등장에 놀란 것은 강대포였다. 이런 곳에서 경만을 만나리라곤 상상도 하지 못했던 모양이다. 그건 경만도 마찬가지이기는 했지만 말이다.

　"어, 성!"

넋 나간 표정으로 강대포는 경만을 멀뚱히 바라만 보았다.

"여긴 웬일이냐?"

경만의 물음에 강대포가 되물었다.

"그건 내가 물을 말인디. 성, 오티기."

강대포는 놀란 입을 다물지 못했다.

"야! 조교 눈치채지 못하게 일하면서 애기하자!"

경만의 말에 그제야 강대포도 정신을 차렸는지 허리를 굽혔다.

"이, 그류"

경만과 강대포는 잡초를 치는 척 낫을 휘두르기 시작했다.

"오티기 된규?"

"응, 그렇게 됐다. 아마도 학교 다닐 때 서클 활동한 것이 잘못된 것 같다."

"서클활동유? 이, 데모허구 허던거유?"

경만이 고개를 끄덕이자 강대포도 그제야 알겠다는 듯 고개를 끄덕였다.

"그래, 넌?"

"지는 사연이랄 것두 읍는디. 재수읍시 걸렸슈."

강대포는 억울하다는 듯 입을 세 발이나 내밀며 투덜거렸다.

"뭔데?"

"복 사장이라구 성두 알규. 왜 갈마지에 땅 사러 다니던 부동산 사장말유."

경만과 강대포는 낫으로 풀을 후리며 조교의 눈치를 보았다. 오늘은 조교
들도 피곤했는지 그다지 볶아대지는 않았다.

"지가 그 복 사장 기둥서방 노릇을 좀 했슈. 챙피헌디."

강대포는 아무렇지 않게 술술 털어놓았다. 아니, 오히려 자랑스럽다는 표정이었다.

"헌디 며칠 전 복 사장허구 호텔에서 자구 나오다 그만 경찰헌티 검문을 당했지유. 그리구는 오티기 된 건지 그냥 이리루 실려 왔슈."

며칠 안 되어 이곳의 사정을 몰라 그러는 건지 강대포는 아무렇지도 않게 말을 내뱉고 있었다. 그러나 경만에게는 그러한 것이 중요한 것이 아니었다. 병덕이가 말하던 것이 사실이었다는 것만이 중요했던 것이다.

"재수가 읍슬라니께. 지나 성이나 오디 이런디 올 생각이나 힛슈. 참!"

강대포는 침까지 탁 뱉어가며 신경질적으로 소리를 높여댔다.

"그러게 말이다."

순간, 강대포의 목소리가 너무 컸던지 조교가 듣고 말았다.

"이 새끼들이 근데, 소풍 나온 줄 아나. 잔솔빼기나 하고 자빠졌게. 니들 이리 나와!"

뒤에서 지켜보고 있던 조교가 두 사람을 불러댔다. 경만은 아차 싶었으나 이미 늦었다. 경만과 강대포는 득달같이 달려갔다. 달려간 두 사람에게 조교는 가차 없이 개머리판을 휘둘러댔다. 가슴과 어깨를 맞은 경만과 강대포는 그대로 땅바닥에 나뒹굴었다.

"요 새끼들 봐라. 이거 빨갱이하고 제비 새끼 아냐?"

조교는 벌건 눈을 부릅뜬 채 핍박하기 시작했다.

"니들 같은 놈들 때문에 사회가 어지럽고 개판인 거 아냐 새끼들아! 그러니까 김일성이가 넘보는 거구."

경만은 가슴을 움켜쥐고 일어섰으나 강대포는 어깨를 감싼 채 땅바닥에서 일어서지를 못했다. 경만은 아픔을 참아가며 강대포를 부축해 일으키려 했다.

"어쭈, 이 새끼들 봐라. 너 이 제비 새끼하고 어떤 사이야?"

조교가 묻자 경만은 스스럼없이 대답했다.

"예, 고향 후뱁니다."

경만의 말에 조교는 아니꼽다는 듯이 비릿한 웃음을 흘려댔다.

"후배? 끼리끼리 놀고 자빠졌네. 빨갱이 새끼하고 제비 새끼 주제에."

경만은 심한 모멸감을 느꼈다. 강대포는 고개를 숙인 채 이를 갈고 있었다.

"그래, 고향 선후배끼리 향우회라도 했냐?"

조교의 이기죽거림은 계속되었다.

"아닙니다."

"아니면?"

"너무 뜻밖에 만난 것이라서."

경만의 말에 조교는 눈을 내리깔며 노려보았다.

"너희들 같은 사회악이 이런 곳에서 만나는 것이 당연하지 새끼야. 뭐가 뜻밖이야, 뜻밖은."

조교의 말투는 다소 위협적이었다. 까딱하면 다시 개머리판을 휘두를 판이었다.

"그래, 안 그래?"

경만은 일단 그렇다고 대답을 하고 보아야 했다.

"예, 그렇습니다."

"고향이 어딘데?"

"예, 충청도 예산입니다."

"그래? 앞으로 교육 잘 받아서 새로운 사람이 되어 나가도록 해. 알았어?"

"예."

"들어가 봐."

조교는 갑자기 순한 양으로 돌변했다. 아마도 경만의 생각에는 조교도 충청도 어디쯤이 고향이 아닌가 하는 생각이 들었다. 강대포도 괜찮은 듯 일어서 있었다. 둘은 멀찍이 떨어져 서로를 곁눈질로 바라보며 작업을 계속했다.

하루하루가 지옥이었다. 무간지옥이 따로 없었다. 그래도 세월은 흘러갔다. 산등성이 짙은 초록빛 사이로 불그레하니 물들어 가는 단풍잎들이 하나 둘 눈에 띄기 시작한 것이다. 입소한 지 어느새 두어 달이 다 되어가고 있었다.

아침저녁으로 와 닿는 차가운 공기는 교육생들을 더욱 고단하게 만들었다. 그래도 더운 여름이 나은 편이었다. 이미 많은 입소자가 죽임을 당했다. 경만을 비롯한 교육생들은 똑똑히 보았다. 그들이 얼마나 처참하고 불쌍한 삶을 마쳤는가를 말이다. 저들은 한 치의 용서도 아량도 베풀 줄 몰랐고 인간의 생명을 그들의 노리개처럼 가지고 놀았다. 참다못한 교육생 중에는 탈출을 시도하다 붙잡혀 죽기도 했는가 하면 포위된 채 스스로 목숨을 버린 교육생들도 있었다. 그럴수록 그들의 훈련방법은 날로 잔혹해져만 갔고 한 치의 틈도 허락하지를 않았다.

그러던 어느 날, 교육 중 잠시 휴식을 준 사이 경만과 강대포는 다시 만날 수 있었다. 이미 강대포의 눈빛에는 모든 것을 체념한 빛이 어려 있었다.

"성, 나 탈출헐 거여."

"뭐? 안 돼. 조금만 참아라, 덕순아. 그러지 말고."

경만은 어떻게든 강대포를 달래야겠다고 생각했다.

"아녀, 성. 미칠 전 탈출한 애덜 아직 잽히지 않은 걸 보면 성공헐 수도 있다는 겨. 이리 죽으나 저리 죽으나 어차피 죽는 건 마찬가지니께 탈출이나 히 보구 죽어두 죽어야지. 내 고향 성이니께 믿구 이런 말 허는 겨, 알었지."

강대포의 눈시울에는 이미 눈물이 비치기 시작했다.

"덕순아, 그러지 마. 너만 지금 그런 것도 아니잖니."

경만의 위로에도 더 이상 소용이 없었다.

"아녀, 이게 오디 사람이 사는 겨. 벌써 두 달이 다 되가는디. 나두 츰에는 좀 있으면 풀려나겄지, 풀려나겄지 했는디, 그게 아녀. 이건 끝이 안 보인다구 끝이."

얼굴을 무릎 사이에 파묻고 강대포는 흐느끼기 시작했다. 경만은 의외로 생각했던 것보다 강대포의 의지가 약하다는 것을 알았다. 하긴 경만도 은희가 아니었으면 벌써 어떤 일을 저질렀을지도 모르는 일이다.

"덕순아!"

경만은 안타까움에 떠는 목소리로 강대포를 불렀다.

"성, 그간 미안히어. 내 성헌티는 증말이지."

강대포가 무언가 진심 어린 말을 꺼내려 할 즈음이었다.

"집합! 빨리빨리 움직여라. 새끼들아!"

강대포는 눈물이 그렁그렁한 눈으로 경만을 바라보다가는 조교의 집합 소리에 놀라 벌떡 일어섰다. 경만은 강대포의 눈빛의 의미를 읽을 수 있었다. 그 진실 어린 눈빛의 의미를 말이다.

일과가 끝나고 취침시간이 되었건만 경만은 도저히 잠을 이룰 수가 없었다. 강대포의 그 미안함으로 얼룩진 눈빛이 도통 잠을 못 이루게 하고 있었던 것이다. 경만은 생각했다. 어쩌면 잘 된 일일지도 모른다. 강대포가 죽어주기만 한다면 모든 것은 깨끗이 해결된다. 생각이 이에 미치자 경만은 온몸에 소름이 쫙 끼쳤다.

'내가 지금 도대체 무슨 생각을 하고 있는 거지.'

경만은 자신을 나무랐다. 자신의 체면과 행복을 위해 다른 사람의 불행을 생각하고 있다니, 있을 수 없는 일이었다. 그런 생각을 하고 있는 자신이 경만은 두려웠다.

너무나도 힘들고 고통스런 현실이 어느새 자신을 그런 이기주의자로 만들어가고 있었다는 사실에 경만은 두렵고도 놀라웠다.

바로 그 순간이었다. 검은 적요를 뒤흔들어대는 사이렌 소리에 이은 요란한 총소리가 잠든 계곡을 또다시 일깨웠다. 경만은 가슴이 철렁 내려앉았다.

"강대포다!"

어둠 속에 벌떡 일어나 앉은 경만은 귀를 바짝 세웠다. 하지만 총소리는 더 이상 들리지 않았다. 아마도 탈출에 실패한 모양이다. 더 이상 총소리가 들리지 않는다는 것은 실패를 의미하기 때문이다.

경만이 두려움에 떨며 이런저런 생각을 하고 있을 때 다급한 발자국소리가 들리더니 막사의 문이 부서져라 열려 젖혀졌다.

"기상, 기상! 일어나 새끼들아!"

막사 안은 다시 한 번 아수라장이 되었다. 군홧발에 짓이겨지며 터지고 깨지고 비명소리에 정신이 없다. 한동안 그렇게 수선을 피워대던 조교는 입에 게거품을 물었다.

"또 도망을 치다가 잡혔다. 이런 개새끼들."

이를 부득부득 갈아대며 조교는 잡아먹을 듯이 교육생들을 노려보았다.

"전부 연병장에 집합!"

집합 소리에 익숙해진 교육생들은 누가 먼저랄 것도 없이 우르르 밖으로 몰려나갔다. 이미 연병장에는 많은 교육생들이 모여 있었다.

경만은 보았다. 대낮같이 밝은 서치라이트 불빛 아래 쓰러져 꼼짝 않고 있는 누군가를. 경만의 눈에 그는 강대포가 틀림없었다.

"덕순아!"

경만은 뛰었다. 그리고 쓰러져 숨을 할딱이고 있는 강대포를 끌어안았다. 강대포는 마지막 안간힘을 다해 눈을 뜨고는 경만을 바라보았다.

"성! 나 고향, 갈마지에 가고 싶어."

강대포는 끊어질 듯 이어가며 고향 갈마지에 가고 싶다는 말을 겨우 내뱉었다.

"왜 그랬어? 덕순아!"

경만은 아무것도 보이질 않았다. 죽음의 문 앞에서 서성이고 있는 강대포의 흐릿한 눈빛만이 보일 뿐이었다.

"성! 증말 미안혀."

경만은 미안하다는 말에도 입이 떨어지지를 않았다. 무엇이 미안한지를 잘 알고 있었기 때문이다.

"내가 은........"

강대포는 차마 말을 잇지 못했다.

"됐어 인마! 그만 해!"

경만은 이미 알고 있는 사실을 굳이 듣고 싶지 않았다. 그래서 강대포의 말을 끊었다. 경만은 힘을 잃어가고 있는 강대포의 손을 꼭 잡았다.

"성은 꼭 살어서."

경만은 쏟아지는 눈물을 주체하지 못했다.

"꼬....오.... ㄱ."

강대포는 힘없이 고개를 꺾었다.

"덕순아!"

경만은 강대포의 힘없는 몸뚱이를 꼭 끌어안았다. 흐느적거리는 강대포의 몸은 이미 고통의 시간과 장소에서 영원히 벗어났음을 말해주고 있었다.

"뭐야? 이 새끼."

경만과 강대포를 둘러싼 조교와 교관들이 볼거리가 생겼다는 듯 경만을 둘러싼 채 노려보고 있었다.

"끌어내!"

교관의 짧은 한 마디에 경만은 개 끌리듯 끌려내어 졌다.

"야! 이 새끼, 이거 맛 좀 봬 줘야겠다."

"예, 알겠습니다."

더 이상의 말은 필요 없었다. 조교들은 달려들어 경만의 몸을 짓밟기 시작했다. 쓰러진 경만의 온몸을 군홧발로 밟고 걷어차고 짓이겨댔다. 끝없이 이어져 나오는 욕설과 경만의 고통에 찬 신음소리가 적막강산을 스산하게 물들였다.

경만의 신음소리는 시간이 지날수록 점차 희미해져 갔다. 신음소리조차도 흘리지 못할 지경이 되고 만 것이다. 교육생들은 참혹한 광경에 치를 떨었다. 그야말로 눈 뜨고 볼 수 없는 광경이었다.

"그만!"

교관의 차가운 소리에 조교들은 우르르 물러났다.

"봐라! 이 새끼처럼 탈출을 시도하는 놈들은 누구를 막론하고 몸뚱어리에 바람구멍이 난다. 지금까지 탈출에 성공한 놈은 하나도 없었다. 하고 싶은 놈들은 언제든지 해도 좋다. 단 몸뚱이에 바람구멍이 나는 것은 우리 책임이 아니다. 본인의 책임이다. 이 새끼는 교육 중 자살로 처리될 것이다."

교관은 아무 일 없었다는 듯 성큼성큼 교관 막사를 향해 걸어갔다.

"저 새끼는 교관 막사로 끌고 오도록."

"예."

젊은 교관의 말에 조교들은 일사불란하게 움직여댔다. 강대포는 질질 끌려 어디론가 옮겨지고 경만은 교관 막사로 불려 갔다.

"대가리 박어, 새꺄."

막사에 들어서자마자 교관은 경만에게 얼차려를 시켰다. 경만은 주위를 둘러볼 겨를도 없이 시멘트 바닥에 그대로 머리를 박았다.

"홍 조교, 이 새끼 어떤 놈이야?"

"예, 민주화를 한답시고 깝죽대던 놈입니다."

"그래. 이 새끼, 이거 순 빨갱이구만."

이기죽거리는 교관의 말에 경만은 각오를 단단히 해야 했다. 예감이 좋지 않았다.

"등급은?"

"예, B급입니다."

"그럼, 삼 개월?"

"그렇습니다."

"육 개월로 올려."

"알겠습니다."

"그리고 그 새끼는 그대로 처리하고."

"예, 알겠습니다."

"앞으로 단속 잘해! 이런 일이 일어나지 않도록 말이야! 교육이 느슨하니까 이런 일이 자꾸 발생하는 거야. 새끼들이 딴생각 못하도록 바짝 조여 놔야 해. 엎어지면 그대로 코 골아대게 말이지."

"죄송합니다. 교관님!"

"됐어!"

교관은 시큰둥하게 손을 내젓고는 교관실로 들어갔다.

"새애끼, 일어서!"

경만은 득달같이 일어섰다.

"아무리 같은 동향이라도 이런 곳에서는 안 통해 인마. 내 그 새끼하고 네가 동향이라는 것은 알고 있었지만 그것도 때와 장소를 가릴 줄 알아야 인마. 나설 때 안 나설 때 못 가리고 지랄하니까 결국 너만 손해를 보는 거 아냐, 새끼야. 알았어?"

경만은 알았냐는 친절한 물음에도 대답을 못했다.

"내 그러고 싶지는 않지만 너도 들었다시피 육 개월로 연장이 됐어. 그리 알고 앞으로 열심히 하도록 해."

경만은 청천벽력 같은 소리를 들었다. 온몸에서 힘이 쭉 빠져나갔다.

"알았냐고 인마."

"예."

경만은 비몽사몽간에 대답을 했다. 더 이상 조교의 말도 귀에 들어오지 않았다.

"그럼 그만 가봐."

경만은 돌아서는 순간 아찔했다. 이 지옥 같은 곳에서 삼 개월을 더 견뎌야 한다니, 그저 아득하기만 했다. 그때까지 버텨낼 수나 있을지 모르는 일이었다.

막사를 나서자 연병장가의 서치라이트 불빛에 하얗게 탈색되어 흩날리고 있는 은행나무 이파리들이 그리도 처절해 보이지 않을 수 없었다.

한마디의 말이 곧 법이 되어버리고 마는 곳, 갇힌 자의 슬픔만이 경만을 처절하게 위로하고 있었다.

경만은 막사로 돌아왔다. 이미 동료들은 세상 모르게 잠에 빠져있었다. 까칠한 모포를 뒤집어쓴 경만은 앞으로 견뎌내야 할 긴 세월을 생각하자 몸이 부르르 떨려왔다. 달덩이같이 환한 은희의 얼굴이 흐린 눈자위로 떠올랐다. 가슴이 미어지도록 보고 싶고 그립기만 했다. 살아야만 한다. 어떻게든 살아서 돌아가 남은 삶을 은희와 함께 해야 한다. 그러면서 한편으로는 강대포의 마지막 순간이 자꾸만 눈에 거슬렸다. 강대포가 마지막으로 하고자 했던 말이 눈에 밟혔던 것이다. 경만은 솔직히 강대포로부터 직접 그 말을 듣는 것이 두려웠다. 그래서 강대포의 입을 자꾸만 막았다. 불행인지 다행인지 경만은 강대포의 말을 듣지 못했다. 어쩌면 두고두고 후회할지도 모르는 일이다. 하지만 지금의 경만으로서는 그것이 최선이었다고 스스로를 위로했다.

"삼청교육대?"

"와! 경만이 성이 대학생이래 대학생."

"이런 등신."

"빙신, 에이그."

소철이가 대학생 운운하며 예의 그 요란한 몸짓으로 호들갑을 떨어댔다. 사람들은 혀를 끌끌 차대며 고개를 외로 돌렸고 병덕이는 기회다 싶어 소철이를 후려갈기려 또다시 손을 쳐들었다.

"에이, 왜 그러냐 또."

병덕이의 손찌검을 피해 뒷걸음질을 쳐대던 소철이는 돌부리에 걸려 그만 뒤로 훌렁 넘어지고 말았다.

"야, 이눔덜아! 눈치두 읎시 이게 뭔 짓거리덜이여!"

보다 못한 수권이 할아버지가 나섰다. 석만과 성 부자는 침통한 얼굴로 고개를 숙인 채 말이 없었다.

"그러니 이 일을 오쩐댜? 경만이 그 사람이 뭣땜시 겔 끌려가, 끌려가길."

"그러게 말유."

저마다 한 마디씩 수군거리며 걱정 반, 원망 반으로 한숨을 들이 쉬어댔다.

"하늘이 무너져두 솟어날 구녕은 있댔슈. 뭔 방법이 있겄쥬."

수염이 덥수룩한 사내가 하늘을 올려다보며 태평스레 한마디 내뱉었다.

"아, 이 사람아! 그걸 말이라구 허나. 방법이야 있겄지. 허지만 지금 당장 필요헌건 그 방법이 뭐냔 거여."

핀잔을 주듯이 수권이 할아버지는 사내를 흘겨보았다.

"돈이먼 안 되는게 오딨슈."

사내는 수권이 할아버지에게 들으라는 듯 큰 소리로 떠벌여댔다.

"뭔 소리여?"

사내는 필성이 삼촌이었다. 모든 시선이 그에게로 향했다.

"그렇잖유. 시상에 돈 가지구 뭇허는게 오딨슈. 문제는 줄을 오티기 대느냐 이거지유."

필성이 삼촌의 말에 석만과 성 부자는 뜨악한 눈으로 서로를 바라보았다.

"뭔 말이여? 말을 빙빙 돌리지 말구 속 시원히 쥠 히봐!"

성 부자가 답답하다는 듯 앞으로 나서며 필성이 삼촌을 다그쳐댔다.

"지 아는 친구두 거길 갈 건디 갸 먼 친척이 육본인가 뭔가에 대령으루다 있대유. 그래서 거기루 오티기 손을 써서 그냥 풀려났다구 허더라구유."

"그려이."

"그려? 그게 증말인감?"

석만은 눈이 번쩍 띠어 앞으로 다가서며 필성이삼촌에게 다그치듯 물어댔다.

"아! 그러문유. 지가 비싼 밥먹구 왜 그짓말허겠슈."

"그려. 이 사람은 그짓말 헐 사람은 아니께."

수권이 할아버지가 한마디 거들고 나섰다.

"걘 경만이 버덤두 훨씬 악질이었대유."

"이? 악질이라니?"

"아! 지금 허는 사람들 맘에 안 들먼 다 악질이지 뭐유."

"오떻는디?"

석만이 바짝 다가서 물었다.

"걘 악질 중이서두 최고 악질이었대유. 대학이서 민주운동인가 뭔가 주도히 가지구서 빨갱이루 분류됐었다는 구먼유."

필성이 삼촌의 말에 성 부자가 풀죽은 목소리로 나섰다.

"경만이 그 사람두 내 알아보니께 빨갱이라더먼."

"그려두 경만이 그 사람은 앞장서지는 않았잖유. 걘 온제나 질 앞서서 주먹을 흔들어대구 그랬다는 구먼유."

"이, 그럼 오티기 방법이 있겠구먼."

한 가닥 희망이 담긴 목소리로 성 부자는 필성이 삼촌을 바라보았다.

"그럼유."

필성이 삼촌은 자신 있다는 듯 고개까지 끄덕이며 대답했다. 그러자 안달이 난 성 부자는 바짝 한 걸음 앞으로 다가섰다.

"그럼, 오티기 그 방법을 알아야겠는가?"

목소리까지 한층 되살아나 있었다.

"성버덤두 인저 쟁인감이 먼저 팔 걷어부치구 나서는구먼 그려."

성 부자의 안달에 수권이 할아버지가 웃어가며 한소리 해댔다.

"아, 그럼 사위 자식두 자식인디. 하나 있는 딸자식 과부 안 만들라면 별수 있어."

"허긴 그려이."

여기저기서 수권이 할아버지의 말을 받아 한마디씩 해댔다. 분위기는 금방 화색이 돌았다.

"이 사람아, 어여 방법이나 가르쳐 드리게. 성 부자 으르신 목 빠지겠네."

"아, 그려. 어여 말해봐."

너도나도 재촉을 해대자 필성이 삼촌은 어깨까지 으쓱해대며 목소리에 힘을 주었다.

"우선 경찰서에 가서 알어 보슈, 으르신."

"이? 경찰서?"

"예."

"거긴 먼저두 가 봤는디."

실망이라는 듯 석만이 나서며 시큰둥한 반응을 보였다.

"하이구, 이렇기 어둡긴. 그냥 가서 내 묻구 싶은 거만 달랑 물어보면 답이 나와유? 적당히 떡을 돌려야 그 사람덜두 떡고물을 흘릴 거 아뉴."

"뭔 소리랴?"

성 부자는 아직도 말귀를 못 알아먹은 듯 무슨 소리냐며 주위를 두리번거려 댔다.

"하이구, 나 참."

필성이 삼촌은 한심하다는 눈으로 고개까지 절레절레 흔들어댔다.

"아, 아저씨. 그러니께 저 사람 말은 경찰서에 가서 돈 줌 쓰란 얘기유."

수권이 아버지의 해설에 그제야 말뜻을 알아들었는지 성 부자는 고개를 끄덕였다.

"가서 돈 줌 집어주구 경만이 갸가 오디루 갔는지 그리구 오티기 손을 써야 허는지 물어보면 답이 있을규."

필성이 삼촌이 한 마디 더 덧붙였다.

"그려이, 그려."

석만도 그제야 무릎을 쳐대며 필성이 삼촌의 말에 동조를 해댔다.

"그럼 가리쳐 줄까?"

성 부자가 미심쩍은 눈초리로 석만을 바라보았다. 믿느니 피붙이뿐이라는 얘기다.

"그럼유. 갸덜두 다 그러길 기다리구 있을지두 물류 아마."

석만이 그럴 거라고 맞장구를 쳐대자 그제야 성 부자는 고개를 끄덕였다.

"그럼 석만이 자네 나허구 읍내에 즘 가세."

성 부자가 함께 읍내에 가자고 하자 석만은 기다리고 있었다는 듯 얼른 대답했다.

"그러쥬, 으르신."

"잘 되야 헐텐디 말여."

"그러게 말여."

읍내에 가기 위해 서둘러 집안으로 들어가고 있는 성 부자를 바라보며 동네 사람들은 저마다 한마디씩 해댔다.

왁자하니 사무실은 정신이 하나도 없었다. 그야말로 난장판이 따로 없었다. 여기저기에서 바락바락 소리를 질러대고 책상을 두들겨대니 죄 없는 사람도 주눅이 들어 없는 죄를 만들어 내고 말 지경이었다.

"신 형사! 여기 박경만이 보호자 오셨는데."

석만과 성 부자가 담당 형사를 찾자 고개도 들지 않은 채 귀찮다는 투로 신 형사를 불러댄 사내는 다시금 제 할 일에만 몰두했다.

"박경만요?"

앞자리에서 조서를 받고 있는 사내의 인상보다 약간 나은 듯한, 그리 크게 나은 것도 없기는 하지만, 그런 인상의 사내가 얼굴을 찌푸린 채 건너편 책상에서 일어섰다.

"응, 여기."

사내의 고갯짓에 신 형사는 짜증 섞인 얼굴로 석만과 성 부자를 불러댔다.

"이리 오슈."

짧은 한 마디로 동네 강아지 오라 가라 하듯 불러댄 사내의 태도는 불손하기 짝이 없었다. 하지만 목마른 놈이 샘 판다고 석만과 성 부자는 한 마디 불쾌한 기색도 없이 구르듯 사내의 앞으로 내쳐 달렸다.

"안녕허서유. 지가 박경만이 성인디유, 뭣 줌 여쭤볼라구 이렇키 찾어뵀네유."

석만의 구부정한 모습과 꾀죄죄한 성 부자의 옷차림을 번갈아 훑어 본 신 형사는 잔뜩 귀찮다는 투로 던지듯 물었다.

"근디유?"

볼 일 없다는 듯 관심 밖의 일처럼 어물쩍거리기까지 했다. 속이 타는 성 부자는 대뜸 신 형사의 손을 잡았다.

"긴히 헐 얘기가 있으니께 조 앞 다방으루다 줌 나오슈. 내 섭섭지 않게 해 드릴테니께."

섭섭지 않게 해 드린다는 성 부자의 말에 구미가 당기는 듯 신 형사는 헛기침을 한 번 내뱉고는 누가 볼세라 주위를 한 번 희번덕거렸다.

"바쁜디."

"형사님 바쁘신거 다 알유. 허지만 사람 목숨 하나 살리는 셈 치구 지발 시간줌 내 줘유."

간절한 석만의 태도에 못 이기는 척, 그러면서도 누가 들을세라 목소리를 낮췄다.

"그럼 예산여관 옆댕이 있는 동아다방으루 가 있으슈. 내 곧 그리루 갈테니께."

신 형사의 말에 석만과 성 부자는 구세주라도 만났다는 듯, 웃음까지 활짝 피워대며 황송한 몸짓으로 연신 허리를 굽실거려댔다.

"고마워유, 고맙구먼유."

성 부자는 석만을 앞세워 경찰서를 나섰다.

"자네 먼저 다방이 가서 형사 잘 구워삶구 있게. 내 돈 줌 찾아가지구 갈테니께."

성 부자의 말에 석만은 미안해하는 표정으로 뒷머리를 긁적여댔다.

"미안히서 오쩐대유."

"미안허긴 이 사람아! 인저 같은 한 식군디."

성 부자는 뒤뚱거리며 은행으로 향했고 석만은 구부정히 동아다방으로 향했다.

"어서 오세요!"

야들야들한 목소리가 석만을 반가이 맞았다. 그리고 석만이 자리를 잡고 앉기 무섭게 호리호리한 아가씨가 석만의 옆으로 다가와 앉았다. 석만은 이제 다방 아가씨만 보면 모두 사기꾼이라는 생각이 들었다. 미스 조에게 그렇게 당한 후로는 다방 자체에 대한 불신이 깊어졌던 것이다. 석만은 힐끔거리는 눈길로 아가씨를 경계하며 엉덩이를 옆으로 약간 물렸다. 그러자 눈치를 챘는지, 아니면 장난으로 그러는 건지 아가씨는 더욱 바짝 다가앉았다.

"아이, 아저씨 참 순진하시다."

"왜 그런다!"

의심이 가득한 얼굴로 석만은 아가씨를 바짝 경계해댔다.

"왜 그러긴요. 아저씨가 좋아서 그러지."

눈자위마저 희번들하니 뜬 채 아가씨는 석만을 유혹해댔다.

"아가씨가 좋다고 헐 때 잘혀요 사장님. 야들이 뭐 아무나 좋아허는 줄 아슈."

마담도 거들며 앞자리에 앉았다. 그때였다.

"손양! 잘 있었남?"

장미 무늬 칙칙한 문이 활짝 열리며 걸걸한 목소리를 앞세우고 신 형사가 들어섰다.

"어머, 신 형사님! 이게 얼마만 이예요? 아주 잊은 줄 알았더니 그래도 잊지 않고 찾아주시네."

호들갑을 떨어대며 손양은 신 형사에게로 달려가 바짝 달라붙었다. 늘어진 자루 젖이 신 형사의 등판을 유린해대자 신 형사의 입이 찢어질 듯 함지박만 해졌다.

"하이구, 난 또 딴살림이라두 채린 줄 알았더니 그래두 조강지처 잊지않구 찾아오긴 찾아오는구먼."

마담의 능청에 신 형사는 능글맞게 웃어댔다. 석만이 보기에 참으로 무서운 사람들이다.

"아이구, 누님두. 그럼 이 천하의 신기쉡이가 이렇키 이쁜 조강지처를 그냥 내버리겠슈."

신 형사의 듬직한 가슴에 노골적으로 달라붙어 아양을 떨어대고 있는 손양이란 것이 석만은 더욱 얄미운 것이었다. 출렁거리는 자루 젖을 신 형사의 넓은 가슴팍에 문질러대며 허리를 꼭 끌어안는 폼이 사내 꽤나 잡았을 것만 같았다. 순간 석만은 미스 조를 떠올렸다.

'죽일 년덜! 똥독에 빠뜨려 죽일 년덜!'

속으로 욕을 해댔으나 하릴없는 짓이었다.

"코피로 다 쫙 돌려봐!"

신 형사는 앉자마자 커피를 시켜댔다.

"이 냥반허구 긴히 헐 얘기가 있으니께 마담허구 손양일랑 저쪽에 줌 가 있다가 얘기 끝나거덜랑 보자구. 코피는 내가 사는 거니께."

신 형사의 엉큼한 미소에 마담과 손양은 눈을 찡긋하고는 물러갔다. 좌우로 살랑살랑 흔들어대고 있는 손양의 치맛자락을 보며 석만은 다시금 미스 조를 떠올렸다.

"맘에 있수?"

신 형사의 음흉한 눈길에 석만은 깜짝 놀라 손사래를 쳐댔다.

"아뉴, 아뉴. 그냥 한 번 쳐다본 것 뿐이유."

"좋쥬? 야들야들허니 끝내주는 애유."

신 형사의 은근히 질러대는 너저분한 말에 석만은 얼굴을 벌겋게 물들이고 말았다. 하긴 미스 조를 두고 석만도 한때는 그랬었다. 그러니 석만이 신 형사를 두고 욕하거나 나무랄 이유는 하나도 없었다. 아니, 그럴 주제도 되지 못하는 자신이 억울하고도 서글프기만 했다.

"하이구, 이거 지가 늦었구먼유. 형사님을 기다리게 해서 오쩐대유."

다시 한 번 칙칙한 문이 열리며 맑은 햇살이 와자자하니 몰려들었다. 성 부자였다. 손에는 누런 각봉투가 들려있었다. 석만은 그것이 무엇인지 알았다. 신 형사도 눈치가 무엇인지 아는 양, 입맛까지 쩝쩝 다셔댔다. 그리고는 처음 만날 때와는 달리 친절하고도 유쾌한 표정을 지어 보였다.

"원 별 말씀을."

자리까지 일어서며 반갑게 맞아주었다. 돈이 좋긴 좋은 모양이다.

"앉으시쥬."

"예, 신 형사님이라구 힛나유?"

"예, 형사계 신기섭이유."

자리를 앉기 무섭게 성 부자는 본론으로 들어갔다. 석만은 성 부자의 하는 양을 곁에서 가만히 지켜보았다.

"저, 다름이 아니라 지 사우 될 사람이 삼청교육댄가 뭣인가에 끌려가 있다는디."

성 부자의 용건을 이미 알고 있다는 듯 신 형사는 입꼬리에 힘을 주어가며 성 부자의 말을 받았다.

"예, 박경만씨는 B급으로 처리됐쥬. 학생 시절에 민주화니 뭐니 허맨서 떠들고 껍석댄 것이 잘못된거쥬 뭐."

신 형사는 눈을 내리깔며 어렵다는 듯 머리를 좌우로 흔들어댔다.

"B급이면 오티기 되나유?"

석만이 옆에서 궁금하다는 듯 물었다.

"A급은 군법회의에 회부되구, B급은 4주 교육이쥬. 근디 말이 4주지 온제까지 받을 지두 몰르구 또 테레비 봐서 아실거 아뉴, 거기서 살어 나오면 다 행이쥬."

신 형사의 말에 석만과 성 부자는 눈앞이 깜깜해졌다.

"저, 그래서 말씀인디유 오티기 손을 잘 쓰먼 풀려날 수두 있다구 허는디."

"글쎄유. 그런 경우가 더러 있기는 허지먼 쉬운 건 아닌디."

신 형사는 난감한 표정으로 석만과 성 부자를 휘 둘러보고는 눈길을 천장으로 돌렸다. 성 부자는 애가 바짝 타들어갔다.

"돈은 올마든지 들여두 되니께 신 형사님이 오티기 손줌 한 번 써봐유. 내 이렇키 부탁허유."

"말이 그렇지, 여기저기 손 볼라먼 꽤나 들텐디유."

신 형사가 일말의 가능성을 엿보여주자 성 부자는 더욱 적극적으로 나섰다. 아니, 신 형사의 미끼에 성 부자가 제대로 걸려들고 만 것이다.

"괜찮유. 사람이 우선 살구 봐야지, 까짓 돈이야 뒀다 뭣에 쓴대유. 그러니께 돈 걱정일랑 허지 말구 올마든지 써두 좋으니께 신 형사님이 한 번 나서 봐 줘유. 내 나오기만 허먼 신 형사님 은혜 잊지 않구 섭섭지 않게 해드릴테니께."

옆에서 지켜보고 있던 석만은 성 부자의 말에 깜짝 놀랐다. 그렇게 노랑이 짓만을 일삼던 성 부자였건만 경만의 일, 아니 딸자식을 위해 이렇게 아낌없이 돈을 쓰다니 과연 자식 이기는 아비는 없는 모양이었다.

"그럼 지가 되던 안 되던 한 번 나서 볼테니께 우선 삼백 정도만 줘 보슈."

석만은 신 형사의 요구에 입이 딱 벌어졌다. 하지만 석만은 성 부자의 다음 행동에 더 놀라야 했다.

"예, 그러쥬."

성 부자는 아무렇지 않다는 듯, 선선히 신 형사의 말을 받아들였다. 그것도 얼굴에는 감지덕지한 표정이 가득한 채로였다. 이어 성 부자는 각봉투를 탁자 위에 올려놓았다.

"오백이구먼유."

신 형사도 놀란 표정으로 각봉투를 뚫어지게 바라보더니 주위를 한 번 둘러보았다.

"지가 알어서 잘 헐테니께 집이서 좋은 소식이나 기다리구 계슈. 조만간에 나올 수 있도록 해드릴테니께유."

신 형사의 말에 성 부자는 허리를 깊숙이 숙였다.

"고맙구먼유. 지는 신 형사님만 믿유."

"알었슈. 오늘부터 당장 알어볼테니께유."

석만은 그저 옆에서 어안이 벙벙한 얼굴로 지켜볼 따름이었다. 돈이 꽤 들 것이라는 것은 짐작했지만 이렇게 많은 돈이 건네질 줄은 몰랐던 것이다. 더구나 평소 그답지 않은 성 부자의 행동에 석만은 그저 놀랄 뿐이었다.

"집이 가서 기다리구 계슈."

말을 마치고는 각봉투를 갈무리하며 자리를 일어섰다. 그때였다. 마담이 쪼르르 달려와서는 신 형사를 가로막아 섰다.

"그냥 가시게?"

"아이, 신 형사님. 벌써 가시면 어떻게 해요?"

손양도 아양을 떨어대며 합세했다.

"내 다시 오께. 기다려이."

신 형사는 은근한 손길로 손양의 펑퍼짐한 엉덩이를 쓰다듬었다. 성 부자는 민망한지 석만의 눈길을 외면했다. 석만은 그런 신 형사보다도 조숙치 못하게 맞장구를 쳐대고 있는 손양이 더욱 싸가지 없게 생각될 뿐이었다.

"가까이오지마, 새끼들아!"

"너는 포위되었다. 순순히 손을 들고 내려오면 정상을 참작해 주겠다. 빨리 내려와라!"

"웃기지마 새끼들아! 이래 죽으나 저래 죽으나 이제 마찬가지다. 이 개자식들아!"

백골봉 위에 찢어진 유격복에 통일화를 신고 수류탄을 높이 치켜든 한 사내가 처절하게 울부짖고 있었다. 밤새 또 탈출을 시도했던 것이다. 사내는 경만의 막사에 있던 깡패출신 기천이었다. 가혹한 훈련과 구타를 이기지 못해 매일같이 탈출이란 말을 입에 달고 살던 사내였다. 그리고 결국 어젯밤 행동으로 옮겼다. 하지만 매번 그랬듯이 이번에도 예외는 아니었다. 교육장을 벗어나는 데는 성공했지만 초병에게 발각되어 쫓기는 신세가 되고 만 것이다. 그리고 마침내 더 이상 물러설 곳이 없는 백골봉 꼭대기까지 쫓겨 올라가게 되었다. 백골봉 정상에서 기천이는 군인들과 대치한 채 마지막 발악을 해대고 있었던 것이다.

"교관님, 어떻게 할까요?"

"어떻게 하긴, 없애버려."

교관은 아무렇지도 않게 한 마디 내뱉었다.

"앞으로!"

군인들은 더욱 빠른 속도로 포위망을 좁혀가기 시작했다.

"올라오지 마, 새끼들아! 수류탄 터쳐버리겠어!"

기천이는 마지막 발악을 해댔다. 하지만 군인들의 포위망은 계속 좁혀져 갔다. 더 이상 기천이의 소리를 듣지 않았던 것이다. 아니, 들을 필요도 없게 된 것이다.

"사격개시!"

얼음같이 차갑고 비정한 교관의 한 마디에 산하는 또다시 섬뜩한 총소리에 숨을 죽여야만 했다.

콩 볶는 듯한 요란한 총소리에 이어 지축을 뒤흔드는 소리가 또다시 계곡을 뒤흔들어댔다. 그리고 사위는 또다시 정적에 잠겨버렸다. 아무 일도 없었다는 듯이 그렇게.

연병장에 모여 백골봉 꼭대기를 바라보던 교육생들은 또다시 눈물을 흘려댔다. 생사를 함께 하던 한 동료가 또다시 사라져간 것이다. 어쩌면 영원히 편안한 세상이 그리워 그랬는지도 모른다. 경만은 살아있음에 살아있지 않은 이 땅이 처절하도록 서글펐다. 그리고 그날은 또다시 정신훈련이라는 명분하에 혹독한 가혹 행위와 구타, 얼차려가 계속되었다. 죽지 못해 사는 것이 처절했다. 경만도 이미 한쪽 다리를 절고 있었다. 계속되는 가혹한 훈련은

교육생들로 하여금 더 이상 견디지 못하게 만들었던 것이다. 구급차에 실려
가는 교육생, 자살하는 교육생, 탈출을 시도하다 자폭하는 교육생, 구타당해
죽는 교육생, 비극은 이루다 말할 수가 없었다. 그에 비하면 경만은 잘 참아
내고 그래도 나은 편이었다. 경만이 그렇게 참아낼 수 있었던 것은 은희때문
이었다. 어려울 때면 경만은 항상 그리운 은희의 고운 얼굴을 떠올리곤 했
다. 그러면 언제나 힘이 솟았다. 삶에의 애착이 되살아나곤 했던 것이다.

"한강철교 실시!"

조교의 한 마디에 교육생들은 일사불란하게 움직여 동료의 사타구니 밑으
로 기어들어 가 한강철교를 만들어냈다. 먼지 포삭이는 연병장에 이내 멋들
어진 한강철교가 놓여졌다. 끙끙대는 신음소리가 여기저기에서 들려올 무
렵, 송교관이 연병장을 가로질러 왔다. 다가온 송교관은 한강철교에 올라서
때아닌 답교놀이를 시작했다. 교육생들은 부러질 듯한 손목의 하중을 견뎌
내느라 이를 악물어야만 했다. 다리를 허물어뜨리는 날에는 또 다른 봉변을
당할 것이 뻔했기 때문이다.

"다리 튼튼하게 잘 만들었는데. 좋아, 아주 좋아."

한 마디 던지고는 경만을 불렀다.

"박경만 일어서!"

경만은 교관의 목소리에 부리나케 움직여 일어섰다. 그 바람에 멋들어진
한강철교는 와르르 무너져 내리고 말았다.

"이 새끼들 봐라!"

일그러진 교관의 표정에서 경만은 아차 싶었다. 그러나 의외의 소리가

교관의 입에서 터져 나왔다.

"따라와!"

경만은 어리둥절했다. 그러나 곧 정신을 차리고는 앞서서 걷고 있는 송교관을 뒤따랐다.

"니 빽 좋드라!"

느닷없이 비아냥대는 송교관의 말에 경만은 또다시 어리둥절해졌다.

"예?"

"넌 오늘로서 교육 끝이다. 그동안 교육받느라 수고했다. 지금 곧 막사로 돌아가서 짐 챙겨서 나오도록."

경만은 지금 교관이 무슨 말을 하고 있는 것인지 알 수가 없었다. 자신을 놀리고 있는 것인지, 아니면 진심으로 그러는 것인지를 간파할 수가 없었던 것이다.

"내 말 안 들리나? 너는 상부의 지시로 오늘로서 교육 끝이란 말이다. 그러니까 샤워하고 짐 챙겨서 나오란 말이야."

꿈만 같았다. 이 지긋지긋한 첩첩산중을 이제 떠날 수 있게 되었다니. 경만은 교관의 마음이 바뀌기 전에 떠나야겠다는 듯이 서둘러 막사로 돌아가 짐을 챙겼다. 들어올 때 입었던 옷을 꺼내자 감회가 새로웠다. 매일같이 헤진 유격복에 통일화만 신다가 감색 바지와 하얀 운동화를 신자 새로운 삶이 다시 시작되는 것만 같았다.

경만은 어떠한 미련도 남지를 않았다. 어지간하면 몇 달 몸을 뉘었던 막사를 한 번쯤 뒤돌아 볼만도 하건만, 경만은 그럴 마음이 전혀 일지를 않았다.

다시는 생각하기도 싫다는 듯이 말이다.

경만이 짐을 챙겨 연병장으로 나서자 이미 막사의 동료들이 모여 있었다. 교관은 경만을 불러 동료들에게 마지막 인사를 시켰다.

"여기 이 박경만 교육생은 주어진 교육을 잘 참고 이겨내어 이곳에 들어오기 전과는 천양지차로 순화되어 새사람으로 거듭나게 되었다. 그래서 상부의 특별한 배려로 오늘로서 모든 교육을 마치게 되었다. 너희들도 이 박경만 교육생처럼 착실히 교육을 받아 빠른 시일 안에 새사람이 되어 그리운 고향과 가족의 품으로 돌아갈 수 있기를 바란다. 알겠나?"

동료들의 우렁찬 대답과는 달리 눈빛에는 절망으로 가득 차 있었다. 경만은 그런 그들의 눈길을 마주할 자신이 없었다. 고개를 숙인 채 죄인처럼 작별인사를 겨우 건넸다.

"먼저 나가게 돼서 미안합니다. 아무쪼록 건강하게 교육을 마치시고 무사히 고향으로 돌아가시기를 빌겠습니다."

경만의 눈에는 눈물이 그렁거리고 있었다. 교육생들은 모두 고개를 숙인 채 경만의 얼굴을 외면했다. 경만의 얼굴을 보면 미쳐버릴 것만 같았기 때문이다. 어색한 작별인사가 끝나기도 전에 싸늘한 교관의 목소리가 다시 울려 나왔다.

"그럼 박경만 씨는 그만 돌아가도록 하고 나머지는 십 분간 쉬었다가 다시 교육을 시작한다. 나머지는 조교가 알아서 하도록."

의기양양하게 대답을 한 조교는 예의 그 쇳소리를 내뱉었다. 조교들도 지쳐있었던 것이다.

"유격장을 향해 뛰어 갓!"

조교의 구령에 교육생들은 또다시 먼지를 날리며 연병장을 달렸다. 연병장 한가운데에 덩그마니 혼자 남은 경만은 힘없이 발길을 돌렸다. 떠난다는 후련함보다는 눈길 한 번 마주치지 못한 동료들에게 미안해 가슴이 아팠다. 수없이 죽어간 동료들과 쓰러져가고 있는 동료들을 생각하자 차마 발길이 떨어지질 않았다. 자신이 떠나고 나면 누군가 또 탈출을 시도하다가 불을 뿜는 총탄에 불귀의 객이 되고 말 것이다. 경만은 그것이 더욱 가슴 아프고 걱정이 되었다. 누군가 떠나고 나면 매번 꼭 그러했으므로.

경만은 분노가 일었다. 왜 이런 비극이 이 땅에 있어야만 하는 것인지. 역사에 대한 슬픔, 인간에 대한 분노가 경만을 못 견디게 압박해왔다.

경만은 진실로, 진실로 순화되어야 할 자들이 과연 누구인지를 자신에게 묻고 또 물었다.

붉게 물든 계곡을 따라 걸어 내려올 때에야 비로소 경만은 은희의 하얀 얼굴이 떠올랐다. 절룩거리는 발걸음에 다시 힘이 솟기 시작했다.

10 . 귀향

  돌담길을 넘어온 감나무에는 주홍빛 감들이 붉은 이파리와 함께 손에 잡
힐 듯 머리 위에 주렁주렁 매달려 있었다. 선홍빛으로 물든 감나무 이파리는
마을길에 붉은 주단을 깔아놓은 듯 그렇게 고운 자태로 흩뿌려져 있었다. 그
붉은 주단을 밟는 감촉이 부드럽게 은희의 발끝으로 닿아왔다.

  '오빠는 어떻게 지내고 있을까?'

  은희의 심란한 마음이 발길을 절로 움직이게 했다. 자신도 모르게 어딘가
로 향하게 하고 있었던 것이다. 가을 햇살 언덕 아래 과수원의 사과도 어느
덧 빨갛게 새콤한 모습으로 익어가고 있었다.

  마을길을 벗어나 산 아래 밭둑으로 들어서자 여름내 꼿꼿이 푸른빛을 자
랑하던 잡초들이 제 빛을 잃은 채 누렇게 헝클어져 있었다. 그리고 그 자리에
는 여름내 푸른빛에 묻혀 숨어있던 구절초와 들국화가 희고 노란 꽃잎들을

피워내며 시들어 가고 있는 밭둑과 산모퉁이를 소담스럽게 장식하고 있었다.

은희는 한 폭의 수채화와도 같은 뒷산을 향해 발걸음을 옮겨놓았다. 철없이 뛰어놀던 조개판이 있는 뒷산이었다. 붉은 수수 낟가리 곁을 지나며 은희는 노랗게 물든 상수리나무를 올려다보았다.

'언제쯤 돌아올까? 무사하기는 한 걸까?'

산 넘어 시리도록 푸른 하늘과 흰 구름이 아픈 은희의 가슴을 더욱 아리게 만들었다. 목 놓아 그저 울고만 싶었다. 은희의 염려는 아름다운 가을날도 무채색 필름에 지나지 않았다. 화려한 색채의 향연도 아무런 의미가 없었던 것이다.

어느새 은희는 산 중턱에 올라서 있었다.

떡갈나무 이파리와 산뽕나무 잎이 엷은 노란 빛으로 침전된 채 가을 햇살을 듬뿍 머금고 있었다. 투명해 보이는 맑은 노란빛이 너무도 고왔다. 은희는 이파리 하나를 살며시 보듬어 쥐었다. 노란빛이 듬뿍 묻어날 것만 같았다.

'그때가 그리도 좋았었는데.'

은희는 중얼거렸다. 아무것도 모른 채 뛰어놀던 그때, 조개판을 놀이터 삼아 놀던 그때가 무작정 그립기만 했던 것이다.

산 위에서 바라본 가을 풍경은 시리도록 아름답기만 했다. 멀리 누렇게 익은 들녘과 흰 비단처럼 펼쳐진 채 구비치고 있는 무한천, 불붙듯 타오르고 있는 산, 그리고 그 가운데 점점이 박혀있는 푸른 소나무, 군데군데 물감을 풀어놓은 듯 노랗게 물들어 가고 있는 가을 단풍의 어우러짐, 게다가 흰 산국화와 노란 구절초, 그리고 갖가지 야생화까지.

은희는 자연이 펼쳐놓은 수채화에 자신을 묻어 버리고 말았다. 아픈 상처 마저도.

어느 하늘 아래에서 어떻게 고생을 하고 있는지? 은희는 후회되었다. 자신이 좀 더 일찍 경만의 뜻에 따랐더라면 이런 일은 아마 없었을지도 모른다. 그런 생각이 은희의 마음을 더욱 아리게 만들었다.

삼청교육대, 텔레비전을 통해 은희도 그곳의 혹독함을 보았다. 그렇게 성실하고 착실하기만 한 경만이 그런 곳에 가 있다는 것이 은희는 도저히 이해가 되질 않았다. 아마도 무엇인가 잘못되었다는 생각을 하며 멍한 눈길로 마을을 내려다보고 있을 때였다. 마을 어귀로 절룩거리고 있는 검은 점 하나가 눈에 들어왔다. 눈에 익은 모습이었다. 아카시아 울타리 사이로 들락거리며 마을로 들어서고 있는 것은 바로 그렇게도 애타게 그리워하기만 하던 경만이었다.

은희는 서둘러 산에서 내려가기 시작했다.

"아니, 저게 누구여?"

"경만이 성이다. 빙덕아!"

"이, 그려. 근디 왜 저런다냐?"

"가보자!"

병덕이와 소철이는 팥을 거두다 말고 밭둑으로 올라서 달음박질치기 시작했다.

"성, 경만이 성!"

마을을 들어서던 경만은 달려오고 있는 병덕이와 소철이를 보고는 반가움에 그만 눈물이 글썽였다. 그렇다고 눈물을 보일 수는 없어 경만은 걸음을 멈추고는 눈가를 훔쳤다.

"성! 이게 오티기 된거래유?"

숨이 턱에까지 차도록 헉헉대며 달려온 병덕이는 경만의 다리를 훑어보며 의아한 눈으로 물어댔다.

"잘 있었냐? 그렇게 됐다. 다리를 좀 다쳤어."

"경만이 엉아야, 누가 이렇키 힛냐? 응, 나쁜 늠덜 내가 혼내줄껴."

소철이는 잔뜩 화가 난 얼굴로 경만이의 다리를 만져가며 울먹였다.

"괜찮아, 소철아!"

"아니다, 엉아야. 괜찮긴 뭐가 괜찮냐."

소철이는 이내 눈물로 범벅된 얼굴을 들어 경만을 올려다보았다.

"이 빙신아! 그만 혀. 그만 일어나라구."

병덕이가 소철이를 잡아 일으켰다.

"성, 그간 올마나 고생헌겨. 내 테레비루다 봤는디, 알만 허구먼. 튼튼한 성이 이 정도면 말 다힛지 뭐."

"다들 잘 있지?"

경만은 화제를 돌렸다. 다친 다리를 두고 더 이상 자존심을 상하고 싶지 않았기 때문이다.

"이, 은희 누나두 왔구먼. 성이 가구 나서 곧바루 왔어."

"그래, 어르신은?"

"말허면 뭐혀, 성땜이 정신이 읍지. 들리는 얘기루는 그 으르신이 성을 빼내 올라구 돈을 무지허게 많이 썼다는구먼."

경만은 그제야 자신이 나올 수 있었던 이유를 알았다.

"들리는 얘기루는 한 돈 천만 원 썼다는 얘기여. 확실치는 않은디."

"뭐? 천만 원?"

경만은 깜짝 놀랐다. 자신을 빼내오려고 천만 원씩이나 들이다니. 미처 생각지도 못했던 일이다.

"이. 아, 확실헌건 아니구. 하튼 그 으르신이 그렇키 노랭이짓만 허는걸루 알구 있었는디, 그게 아니더라구."

"으. 맞다, 맞다. 노랭이 아니다."

소철이도 울음을 그치고 이야기에 끼어들었다.

"그래, 좋은 분이야."

"성, 올러가쥬. 구장님허구 은희 누나가 무지허게 좋아헐텐디."

"그래, 올라가자."

"이, 내가 먼저 올러가서 얘기헐껴. 경만이 성 왔다구 말여."

소철이는 말을 마치기 무섭게 부리나케 뛰어 올라갔다. 벌에 쏘여 쫓기는 암탉처럼 요란한 소철이의 몸짓에 경만은 그만 빙그레 웃음을 짓지 않을 수 없었다. 실로 오랜만에 지어보는 편안한 웃음이었다.

"저런 빙신."

과수원에서 일을 하고 있던 석만과 필성이 삼촌은 숨넘어갈 듯 헉헉거리며 뛰어 올라온 소철이를 보고는 또 무슨 일이 생겼나 싶어 큰 소리로 물었다.

"뭔 일이여?"

"아저씨. 와유, 와."

난데없는 소철이의 온다는 말에 고개를 갸웃하며 필성이 삼촌은 또 뭔 일인가 싶어 석만에게 물었다.

"이, 뭐가 온다는규?"

"아, 낸들 알어. 뭐시가 오는지."

필성이 삼촌의 물음에 석만은 으레 그러려니 하고 시큰둥이 대답을 하고 말았다.

"인마! 뭐가 온다는겨?"

필성이 삼촌은 궁금하다는 듯 소철이에게 물었다.

"경만이 성, 경만이 성이 와유."

"뭐? 경만이가?"

소철이의 경만이란 말에 석만과 필성이 삼촌은 하던 일을 멈추고는 멍한 얼굴로 소철이를 바라보았다.

"예, 그류. 저기."

석만은 그제야 마을길을 따라 병덕이와 함께 절룩거리며 올라오고 있는 경만을 보았다.

"그렇구먼!"

석만은 넋이 나간 사람처럼 한 마디를 내뱉기 무섭게 과수원 언덕을 부리나케 뛰어 내려갔다. 필성이 삼촌도 곧 석만의 뒤를 따라 과수원 언덕을 내려갔다.

"경만아!"

"형님!"

형제는 부둥켜안았다.

"이게 뭔 일이냐? 올마나 고생을 헌겨?"

석만의 눈가에는 눈물이 그렁그렁했다.

"괜찮아요, 형님."

"다리는 왜 그런겨?"

걱정과 안타까움으로 석만의 목소리는 가볍게 떨리고 있었다.

"좀 다쳤어요."

"어이구, 나쁜 눔으 새끼덜. 지 권력 잡을라구 생사람 잡어다 이 모냥으로 만들어놔. 어이구."

석만은 분통이 터진다는 듯 가슴을 쳐댔다.

"가자! 성 부자 으르신이 기다리구 계실껴."

석만은 눈물을 훔치며 경만의 손을 잡아 이끌었다.

"형수님부터 뵙고."

형수라는 말에 석만은 안색이 돌변했다.

"아녀! 늬 형수는 지금 집에 읍스니께, 우선 성 부자 으른부터 만나뵙도록 혀. 그 으르신이 너 끄집어낼라구 올마나 애썼는지 아니?"

"병덕이한테 대충 얘기는 들었어요."

"그려."

"하이구, 이게 누구여? 경만이 아녀?"

마루에 멍하니 앉아 있던 성 부자는 석만과 함께 들어서는 경만을 보고는 자리를 벌떡 일어섰다.

"장인어른, 절 받으시죠?"

"이, 그려."

마루에 올라서 큰절을 올리는 경만을 붙잡고 성 부자는 눈물을 글썽여 댔다.

"이렇키 무사히 돌아와서 천만다행이구먼."

"고맙습니다. 오면서 장인어른께서 절 위해 애쓰신 얘기 들었습니다. 무어라 말씀을 드려야 할지."

"무슨 소리여, 오디 자네가 넘인가? 인저 우리 식군디. 은희 얘는 오딜 간겨 근디."

어떻게 알았는지 이내 성 부자 댁 안마당에는 경만을 보러 온 마을 사람들로 가득 찼다.

"빙덕아, 은희 누나 온다!"

소철이의 호들갑에 고개를 돌려보니 은희가 안마당으로 들어서고 있었다.

"이런 빙신. 은희 누나 오는 걸 왜 나헌티 얘기허냐. 경만이 성헌티 얘기를 허야지 빙신아!"

병덕이의 말에 마을사람들은 한바탕 왁자하니 웃어댔다.

"그려, 그건 병덕이 말이 맞다. 은희가 경만이 색시지. 병덕이 색시냐."

인수 작은아버지의 말에 마을사람들은 또다시 한바탕 웃어 제키지 않을 수 없었다. 실로 오랜만에 성 부자 집에 피어나는 웃음소리였다.

경만과 은희는 서로 눈길을 주고받으며 마음속으로 하고 싶은 말들을 삼켰다. 지금으로서는 그럴 수밖에 없었다. 사람들은 마루를 중심으로 빙 둘러서서 경만의 얘기를 들었다.

"그려, 오티기 지낸겨?"

은수 작은아버지가 궁금하다는 듯 채근해댔다.

"말도 마세요. 지옥이 따로 없어요. 제 다리를 보면 아실 거 아녜요."

경만의 말에 마을사람들은 모두 약속이라도 한 듯 일제히 경만의 다리를 향해 눈길을 모았다.

"그려, 그럴껴. 테레비루다 보니께 그럴 만 허겄더먼."

은수 작은아버지의 말과 동시에 알만하다는 듯 마을사람들은 고개를 끄덕여댔다.

"그런데 문제는 그 사람들이 죄다 저들이 말하는 대로 나쁜 사람들이 아니라는데 있어요. 선량한 시민들이 부지기수였어요."

경만은 자신도 모르게 목소리가 높아졌다. 억울함을 호소하기라도 하는 듯했다.

"그려이."

경만의 호소에 사람들은 저마다 혀를 차대며 탄식을 흘려댔다.

"제가 있는 동안에만도 가혹한 훈련과 구타를 견디지 못하고 자살한 교육생, 탈출하다 총살당한 교육생 등등해서 한 이십여 명이 넘었어요. 거기에다 구급차로 실려 간 교육생까지 하면 수도 헤아릴 수 없죠."

"하이구."

"시상에나."

"올마나 고되구 힘들면 자살을 혀, 자살을."

경만은 좀 망설이다가 힘없는 목소리로 중얼거렸다.

"그리고 덕순이도 그 중의 한 사람이었어요. 탈출을 시도하다가 그만. 총을 맞아."

경만은 말을 다 잇지 못했다.

"뭐, 덕순이가?"

마을 사람들은 눈을 크게 뜬 채 서로를 바라보았다.

"총을 맞어서 오티기 됐어?"

경만은 순간 대답을 못하고 고개만 숙였다.

"오티기 됐느냐니깨?"

다그치는 소리에 경만은 눈물을 글썽거렸다.

"죽었어요."

"뭐여?"

경만의 죽었다는 짧은 한 마디에 마을 사람들은 죄다 허탈감에 빠져버리고 말았다.

"아니, 이게 뭔 소리랴. 강대포가 죽어?"

"하이고, 이런 날벼락이 있나?"

"오티기 된 거여, 자세히 좀 말혀봐."

마을사람들은 너나 할 것 없이 안타까움으로 한마디씩 거들어댔다. 그리고는 어떻게 된 것이냐며 경만을 또다시 다그쳐댔다. 성 부자만이 유독 강대포란 말에 긴장의 빛을 드리웠다가는 죽었다는 말을 듣고 나서야 낯빛이 밝아졌다. 딸자식을 위해 다행한 일이라 생각했던 것이다. 은희 역시 놀란 표정으로 경만의 다음 말을 기다렸다.

그때 갑자기 작은 방에서 아기의 울음소리가 요란하게 울려왔다. 사람들의 시선이 일제히 작은 방으로 향하자 경만은 벌떡 일어서 작은 방으로 달려갔다. 소리를 지르며 울고 있는 아기가 경만은 가여웠다. 보듬어 안아 올리자 아기는 울음을 뚝 멈추었다.

"하이고, 지 애비 온 줄은 오티기 그렇기 알어본댜."

"그러게 말여."

"아, 그러니께 애 아범 아녀."

"그러이."

사람들의 이구동성에 성 부자는 눈망울을 굴리며 은희를 힐끔 쳐다보았다. 은희는 민망해 고개를 숙인 채 작은 방으로 향했다. 경만은 아기의 또랑또랑한 눈망울을 보고는 강대포를 떠올렸다. 강대포를 닮아 보였다. 아니, 닮아있었다.

"오빠, 고마워요."

경만은 은희의 고맙다는 말의 의미를 알 것 같았다. 하지만 아무런 대답도 하지 않았다.

"나가자."

경만은 아기를 안고 밖으로 나갔다. 뒤따라 은희도 나섰다.

"둘이 잘 어울리는 구먼 그려. 안그류 으르신?"

은수 작은아버지의 말에 성 부자는 멋쩍게 웃었다.

"그려."

"애가 지 에미를 쏙 빼다 박었어."

"그류, 지 에미 어릴 적 모낭허구 오쩜 그렇키 똑 같대유?"

아낙들의 말에 은희도 경만도 쑥스럽게 웃으며 자리를 나란히 앉았다. 경만이 아기를 얼러대자 까르르 웃으며 요란을 떨어댔다.

"짜식, 지 애비는 지대루 알어보는구먼 그려."

"그러게나 말여."

"그건 그렇구, 강대포는 오티기 된 거여?"

필성이 삼촌의 물음에 사람들의 관심은 또다시 강대포에게로 쏠렸다.

"그려, 자세히 좀 얘기혀봐."

경만은 얘기하지 않을 수 없었다. 사람들의 시선이 죄다 경만에게로 모아졌다.

"예, 제가 교육을 받은 지 한 두어 달쯤 되었을 때에요. 얼핏 보니까 2동 막사 쪽에서 덕순이가 왔다 갔다 하고 있더라고요. 처음에는 긴가민가했는데 자세히 보니까 덕순이가 틀림없는 거예요."

경만은 덕순이를 만난 때부터 알고 있는 그대로 모두 이야기했다.

"하이고, 그럴 수가."

"참, 시상 넓고도 좁어이."

"그려, 그런디서 그렇키 만날 줄이야 오티기 알었겄어. 게다가 살어뭇오구

게서 그렇키 죽었으니 말여."

"그려이. 그나저나 딱혀서 오쩐댜."

"그러게나 말여."

"갸가 어릴 때부터 건덩건덩허더니만 결국은 술 먹구 그리됐구먼 그려."

경만은 차마 강대포가 복 사장과 호텔을 드나들다 잡혀 왔다는 얘기는 할 수가 없었다. 그래서 밤늦게 술 마시고 거리를 방황하다, 파출소에 잡혀갔다가 그만 그리로 끌려왔다는 학봉이 이야기를 빌어 둘러댔던 것이다.

"그나저나 자네 다리는 괜찮은 겨?"

사뭇 걱정스럽다는 투의 성 부자의 말에 경만은 아무 걱정 말라는 듯 대답했다.

"예, 좀 치료받으면 괜찮을 것 같습니다."

"그려, 다행이구먼."

무던한 성 부자의 대답에 수권이 할아버지가 시샘하듯 한마디 거들고 나섰다.

"인저 사우라구 대단히 위허는 구먼 그려."

"아, 그럼유. 으르신이 경만이 저 사람 빼내 올라구 힘쓰신 거 봐유. 경만이 자네 그건 잊으면 안되여. 으르신이 자네 땜시 올마나 노심초사 허시문서 애쓰신 줄 아나?"

은수 작은아버지가 맞받아 나선 것이다.

"예, 그럼요. 제가 어떻게 그걸 잊겠습니까? 은희하고 열심히 잘 살아서 꼭 보답해 드리겠습니다."

"그려, 그려야지."

"아녀, 그냥 우리 은희만 잘 위해주면 난 그걸루 끝이여. 내가 뭘 더 바라 겄어."

늦가을 햇살이 이울 때까지 마을 사람들은 경만을 둘러싼 채 삼청교육대 의 잔혹한 실상에 대해 이야기를 들었다.

정의사회구현을 명분으로 자행되고 있는 이 땅의 끔찍한 현실 앞에 사람 들은 분노하며 치를 떨어댔다.

"시상에나."

"죽일놈덜."

"그러니께 그 광주서 일어난 일두 죄다 그짓말일 껴."

"그럴꺼이."

"경만이 얘기 들어보니께 그것두 그럴 꺼구먼."

사람들은 그제야 서서히 저들의 실체를 깨달아 가기 시작했다. 양의 탈을 쓴 늑대의 실체를 말이다.

"경만아! 먼저 들어가라이. 난 쪼끔 있다가 들어갈 테니께."

"그래요, 그럼."

경만은 머뭇거리고 있는 석만을 뒤로한 채, 차가운 백열전등 불빛이 비어 져 나오고 있는 방문을 향해 구장 댁을 불러댔다.

"형수님! 저 경만입니다."

경만의 부름에도 아무런 인기척이 없다.

"형수님!"

다시 한 번 큰 소리로 불러 제쳤을 때에야 비로소 부스럭거리는 소리와 함께 차가운 전등불빛을 쏟아내며 힘없이 방문이 열렸다.

"아니, 이게 누구여? 되련님이."

구장 댁은 일어서지도 못한 채 앉아서 방문을 밀치고는 고개만 빠끔히 내밀었다.

"형수님, 몸이 안 좋으시다더니."

경만은 염려 가득한 목소리로 구장 댁의 안부를 물었다.

"하이구, 올마나 고생했대유?"

구장 댁은 경만을 바라보자마자 닭똥 같은 눈물을 서럽게 흘려댔다.

"아니, 왜 그러세요?"

경만은 심히 당혹스러웠다. 어찌 할 줄을 몰라 안절부절못하자 구장 댁은 손을 내저으며 경만을 불러댔다.

"아니유. 어여 들어와유 되련님."

경만은 별일이야 있나 싶었다. 하지만 방안으로 들어선 경만은 별일이 아님을 직감할 수 있었다. 아무리 몸이 불편하고 아파도 이리 어지럽게 방안을 방치할 형수가 아니었기 때문이다.

"형수님, 어떻게 편찮으시길래."

경만은 수척해진 형수의 모습을 안타까운 눈으로 찬찬히 살폈다.

"그나저나 되련님, 이 일을 오쩌면 좋대유?"

구장 댁의 말투와 표정에서 경만은 일이 있어도 큰일이 있음을 직감했다.

"무슨 일인데요, 형수님?"

"그늠으 인간이 땅을 죄다."

구장 댁은 고개를 숙인 채 더 이상 말을 잇지 못했다. 경만은 자신의 직감이 들어맞았음을 알았다.

"신 상문가 뭔가 허는 늠헌티 사기를 당해갔구."

"예, 사기요?"

경만은 뒤통수를 한 대 얻어맞은 듯한 충격을 받았다.

"그류."

석만은 도둑고양이처럼 살며시 토방위로 올라섰다. 그리고는 방안에서 들려오는 말을 훔쳐 듣다가는 긴 한숨을 몰아쉬었다. 석만은 마루에 걸터앉아 담배를 피워 물고는 길게 한 모금 빨아올렸다. 두어 번 더 연거푸 빨아올린 석만은 각오라도 한 듯 담배를 토방에 떨어뜨리고는 발로 비벼 껐다. 발끝에 힘이 들어가 있었다.

"그게 말여, 오티기 된거냐면 말여."

석만은 당당히 방문을 열어젖혔고 느닷없이 열리는 방문을 경만과 구장 댁은 멍한 눈으로 올려다보았다.

"아이구, 이 늠으 웬수야 오쩌자구 그런 짓을 혀서."

잡아먹을 듯이 눈을 부라리며 구장 댁은 석만에게로 달려들었다.

"형수님! 진정하시고 형님 얘기를 한 번 들어보시죠."

고래고래 소리를 질러대는 구장 댁을 경만이 겨우 달래어 진정시키자 석만은 못다 한 이야기를 풀어놓듯 마른침을 삼켜대며 떠벌리기 시작했다.

"그게 말여, 오티기 된거냐면 말여. 신 상무, 그 자식이 좋은 값을 받어 주겄다구 해놓구선 사기를 치구 날른 거여. 땅문서랑 도장이랑 필요허다구 히서 내 준 내가 잘못이긴 허지만 그 새끼가 나쁜 놈이지 내야 뭐 알었간디 이렇케 될 줄."

"그래서 어떻게 됐어요?"

"오티기 되긴. 안양교도소서 콩밥 처먹구 있지."

경만의 물음에 석만은 죽을죄를 지었다는 듯 고개를 처박은 채 힐끔거리는 눈길로 연신 눈치만 보아댔다.

"잘혔다, 잘혔어. 그것두 자랑이라구 시방 떠들어대구 있남. 내 기가 멕혀서."

구장 댁은 한심하다는 투로 잔뜩 비아냥댔다.

"뭐, 내 잘했다구 그러는 건감."

석만은 뒤통수를 긁적이며 경만의 눈치만을 보아댔다.

"땅은 얼마나?"

"내 한두 필지면 말두 안 허유. 있는 땅은 죄다 갔다 엾슈 했으니."

"예?"

경만은 놀란 눈으로 석만을 바라보았다.

"전부 다라면?"

경만은 예감이 좋지 않았다. 아니나 다를까.

"이, 내 앞으루다 돼 있는 건 전부다."

찢어진 입이라고 또박또박 대답 하나는 잘도 해댔다.

"형님도 참!"

경만은 기가 막혔다. 어떻게 해야 할지 엄두가 나질 않았다. 경만은 그저 밭 한 뙈기 정도거니 생각했는데 그게 아니었다.

"그러니 되련님, 이 일을 오티기 해야 헌대유?"

구장 댁은 다시 통곡을 해댔다.

"여기저기 알만 헌 디를 찾어 댕기매 알어 봤넌디 땅은 찾기 어렵다는구먼유. 방법은 그 신 상문가 뭣인가 허는 찢어 죽일 눔 헌티 손해배상인가 뭔가를 받어야 허는 디, 가진 거라군 달랑 두 쪽밖에 웂는 눔인디 그것두 어려운 일이구."

"그래요? 그럼 땅문서나 판 돈은?"

"그 찢어 죽일 눔 얘기루는 저두 사기를 당했다는 거유. 서울 부동산쟁이 덜헌티."

그야말로 눈뜨고 코 베인 격이었다.

"형님, 어쩌다 그런 일을 하셨어요, 그래."

경만도 그제야 한심하다는 투로 석만을 나무랐다.

"그러게 말이다. 내 눈에 씌여두 한 참 씌였지. 그 잡눔헌티 속어 넘어간 걸 생각허문 내 자다가두 벌떡벌떡 일어난다니께."

욕을 먹어도 싸다는 표정으로 석만은 경만의 말을 받어넘겼다.

"하이구, 말은 잘헌다. 당신이 온제 자다가 벌떡벌떡 일어나 일어나긴. 코까정 골어가문서 잠만 잘 자뻐저 자더구먼."

구장 댁의 계속되는 비아냥거림에 석만은 더 이상 참기가 어려웠던 모양이다.

"뭐여? 이 늠으 여편네가 근디 말이먼 단가."

석만은 눈을 부릅떠 제켰다.

"왜들 이러세요, 또."

신경질적인 경만의 외침에 석만은 고개를 숙이며 찔끔 입을 다물었다.

"내 보기에는 인저 다 글렀어. 물 건너갔다니께."

구장 댁의 한 마디를 끝으로 긴 침묵이 이어졌다. 경만은 고개를 숙인 채 깊은 생각에 잠겼다.

"형님, 그리고 형수님!"

"이?"

석만과 구장 댁은 심각해진 경만의 얼굴을 빤히 바라보았다.

"제 앞으로 되어 있는 땅을 형님께 드릴게요."

경만의 말에 구장 댁은 앗 뜨거라 하며 손사래를 쳐댔다.

"안뎌유. 그건 되련님 몫으루다 아버님이 물려 주신건디 오티기."

"그려, 그건 벼룩두 낯짝이 있지 오티기."

일말의 양심은 남아 있었던지 석만도 그것만은 사양했다.

"괜찮아요, 전 어차피 은희하고 결혼하게 되면 장인어른 땅만도 벅찰 텐데요 뭘. 이제 다 잊으세요."

"그려두 그건."

"되련님, 이 냥반 그 땅 또 오티기 헐지 몰러유. 마음이 콩밭이 가 있는디."

구장 댁은 석만의 부라린 눈짓에 흠칫하며 말을 끊고 말았다.

"형님, 그 대신 저하고 약속하세요. 앞으로 한 눈 팔지 말고 열심히 농사짓기로 말예요."

"뭐, 그렇키 히야지 오쩌냐?"

경만의 눈치를 보아가며 석만은 어렵사리 대답을 했다.

"그럼 됐어요. 앞으로 형수님 일하시는데 형님이 안 보이면 제가 가만 안 있을 겁니다."

"그려, 알었어."

석만은 기어들어 가는 목소리로 미안해하며 경만의 말에 대답했다. 구장 댁은 한심하다는 표정으로 석만을 노려보고는 한숨을 푹 내쉬었다. 그런 구장 댁을 석만은 흘끔거리며 노려보았다. 그러면서도 속으로는 미스 조와의 관계가 들통 나지 않은 것만으로도 천만다행으로 여겼다. 사실 미스 조와의 관계가 발각되었다면 석만은 구장 댁에게 그리 큰소리도 치지 못 할뿐더러 이렇게 방안에 제대로 앉아 있지도 못했을 것이다.

"그나저나 다리는 오떠냐? 괜찮겄냐?"

석만은 이제 기회다 싶어 얼른 화제를 돌렸다.

"며칠 쉬고 나면 괜찮을 거예요. 걱정 마세요."

"하이구, 나쁜 늠덜!"

"도대체 사람을 오티기 했길래."

그제야 구장 댁은 걱정스럽고 안쓰러운 눈길로 경만의 다리를 내려다보았다.

"괜찮다니까요. 걱정 마세요, 형수님."

"그나저나 인저 은희허구 결혼식을 치룰라면 당신이 바쁘게 움직여야 겄구면."

"걱정두 팔자유. 되련님이 장개 드는디 아무렴 내가 팔장만 끼구 구경헐 거 같어서 그류?"

"근디 이 여편네는 내가 말만 허문 이 지랄이여!"

"멀쩡헌 사람헌티 내 그류. 걸핏허문 사고나 턱턱 쳐대는 냥반이니께 그러지."

"에이구, 내."

"그만 하세요, 형님."

"그류, 내 되련님 봐서 참지유."

밤늦도록 경만의 지난날을 얘기 들어가며 석만과 구장 댁은 한숨과 노여움을 연발해댔다.

별이 유난히도 빛나는 늦은 가을밤이었다.

11. 누가 사랑을 아릅답다 했는가?

"와, 이쁘다! 은희 누나 저렇키 채려입으니께 꼭 선녀 같다, 히."

소철이는 마치 어린아이처럼 박수를 쳐대며 천방지축 난리가 아니었다.

"조용히 혀 빙신아, 니 땜에 주례선상님 말씀이 하나두 안 들리잖여."

병덕이의 꾸지람에 식장 안은 환한 웃음으로 가득 넘쳐났다.

"빙덕이, 니는 왜 자꾸 나만 갖구 그러냐? 씨이, 저기 은수 아저씨두 떠들구 동철엄마두 잔소리허구 했는디."

불만 가득한 소리로 소철이는 다시 한 번 소리를 질러댔다.

"뭐여, 잔소리? 저눔이 근디 누구더러 잔소리랴 잔소리가."

소철이의 말에 동철엄마가 발끈 나서며 소철이를 나무랐다.

"에이, 동철어매가 참어. 원래 그런 눔인디 오쩔겨? 이런 좋은 날 웃구 말어야지, 안 그려?"

인수 작은어머니의 달래는 말에 동철 엄마도 못 이기는 척 말을 받았다.

"에유, 내 은희 시집가는 날 승질대루 헐 수두 읍구. 참는다, 참어."

"그려, 생각 잘 힛어."

북적북적한 결혼식장은 발 디딜 틈도 없이 꽉 차 있었다. 주례사가 끝나고 결혼식은 화기애애한 분위기 속에 잘 진행되었다.

"에, 그럼 다음 순서는 신랑 신부의 행복을 비는 의미에서 축가가 있겠습니다. 축가는 갈마지가 낸 카수 임병덕 씨께서 해주시겠습니다. 오늘을 위해 카수 임병덕 씨는 아무도 모르게 보름간 연습을 했다고 합니다. 제가 카수 임병덕 씨라고 부르는 것은 카수 임병덕 씨의 부탁으로 그렇게 부른다는 것을 참고로 알아주셨으면 합니다. 그럼 기대가 되는 대요. 카수 임병덕 씨를 신랑 신부 그리고 하객 여러분 앞에 모십니다. 임병덕 씨!"

사회자의 장황한 설명을 앞세우고 병덕이는 기타를 둘러맨 채 보무도 당당히 식장 앞으로 나섰다. 깔끔한 정장에 제법 그럴싸한 차림이었다.

"빙덕이, 파이팅. 잘 해라이."

소철이는 가뭄에 물을 만난 고기처럼 그렇게 떠들어댔다.

"쟈가 잘 헐라나 물르겄네. 먼젓번처럼 또 그러는 거 아닌가 물러?"

"그려이."

사람들은 웅성대며 지난 콩쿨대회를 떠올렸다. 그리고는 모두들 병덕이의 입을 주시했다.

"감사헙니다. 우선 이런 자리를 마련해 주신 신랑 경만이 성과 신부 은희 누나헌티 감사를 드리겄습니다. 지가 사회자께서 소개를 허신대루다 오늘을 위해 밤낮으루다 연습을 했습니다."

"야, 집어치우구 빨리 노래나 히봐!"

필성이 삼촌이 참지 못하고 그예 소리를 질러대고 말았다. 그러자 병덕이는 경만이와 은희를 살짝 돌아보았다.

"하튼 경만이 성, 은희 누나 결혼을 진심으루다 축하허유."

그리고는 예의 그 폼 나는 자세를 잡고는 잔뜩 분위기를 잡아갔다.

기타 줄 고르는 소리가 한 차례 울려 퍼졌다.

"창가에 서면 눈물처럼 떠오르는 그대에 흰 손. 돌아서 눈감으면 강물이어"

"저게 무슨 축가라?"

"저 시키 허는 짓이 그러문 그렇지. 내 츰부터 다 알어 봤다니께."

한 소절이 채 끝나기도 전에 여기저기서 웅성거리는 소리가 들려오기 시작했다.

"야, 인마 그게 뭔 축가여! 축가면 축가다운 노래를 불러야지. 짜식이."

"하이구, 남으 잔칫집이 와서 분우기 싹 망치는구먼, 싹 망쳐."

사람들은 야유를 던져댔고 병덕이는 잔뜩 잡고 있던 폼을 일그러뜨리며 노래를 멈추었다.

"이게 시방 질루 인기 있는 조용필 노랜디?"

오히려 이해 못 하겠다는 표정으로 병덕이는 식장의 하객들을 둘러보았다.

"야, 인마. 노래두 노래 나름이지, 그게 오디 결혼식장 축하노래냐?"

"그려, 맞어. 결혼식장에 어울리는 노래를 허야지, 인마."

"짜식은 말여, 여가 뭐 지 콘서트장인줄 알어."

예식장은 웃음바다가 되어버리고 말았다. 병덕이는 뒷머리를 긁적이며 멀뚱히 서 있다가는 뒤로 돌아 경만이와 은희를 슬쩍 바라보았다. 경만과 은희는 행복한 웃음을 머금은 채 병덕이를 바라보고 있었다.

"하, 저 자식이 근디 축간가 뭔가 헌다구 히서 내 양복까정 한 벌 해줬더니만."

"예? 하이구, 그러셨슈?"

"야, 빙덕아! 으르신께서 양복까정 맞춰 줬다는디 지대루 히야헐거아녀."

"뭐여, 양복까정?"

"하이구, 저렇키 해 입혀놓으니께. 지우 저 따우루 허는 심보는 대체 뭐여?"

"그러게 말여."

들끓는 여론에 밀려 병덕이는 안절부절못했다.

"그럼, 지가 다음에 다시 불르께유."

"야, 인마! 온제 다시 불러, 지금 허야지."

"그려, 결혼식 끝나구 뭐러 다시 혀 다시 허긴. 지금 허야지."

"그려, 맞어."

여기저기서 또다시 성화가 일자 병덕이는 난처한 듯 고개를 돌려 경만을 바라보았다.

"그래, 그럼 다음에 다시 해. 좋은 노래, 들은 걸로 할 테니까."

"여러분, 증말 죄송헌디유. 지는 노래를 연습을 히야만 지대루 헐 수 있거든유. 그럼 다음에 다시 연습을 히서."

"그만둬, 인마."

병덕이는 하객들의 우하는 야유 소리를 뒤로 한 채, 무대 아니 식장을 물러났다. 경만과 은희는 여전히 행복에 겨운 모습으로 웃음 짓고 있었다.

"쇠칠아, 증말 내가 노래를 잘못힛냐?"

"아니, 잘힛다. 진짜 카수같더라. 그 양복 좌악 빼입구 그러니께 증말 테레비에 나오는 카수같더라. 히."

소철이의 부추김에 병덕이는 다시 목에 힘을 주어 댔다.

"흠, 그러냐? 허긴 이 정도 인물이면 카수 허구두 남지."

"으, 그럼."

"누가~ 사랑을~ 아름답다~ 했는가~~. 누가~ 사랑을~ 아름답다~ 했는가~~. 차라리~, 차라리~ 그대에~ 흰 손으로~ 나를~ 잠들게 하라~~."

아리랑 고개를 넘다 말고 병덕이는 소철이의 부추김에 다시 한 번 폼을 잡아가며 부르다 만 조용필의 '창밖의 여자'를 마저 뽑아 제켰다.

"야, 죽여준다이. 역시 갈마지 카수 빙덕이여."

소철이의 말에 병덕이는 하늘을 올려다보며 푸념처럼 중얼거려댔다.

"경만이 성은 좋겄다!"

축복이라도 하듯 풀빛 이파리 사이로 흐드러진 아카시아 꽃잎이 눈꽃처럼 하얗게 흩날리고 있었다.

끝.